VERSCHWUNDEN IM AARGAU

Ina Haller lebt mit ihrer Familie im Kanton Aargau, Schweiz. Nach dem Abitur studierte sie Geologie. Seit der Geburt ihrer drei Kinder ist sie «Vollzeit-Familienmanagerin» und Autorin. Zu ihrem Repertoire gehören Kriminalromane sowie Kurz- und Kindergeschichten.

www.facebook.com/autorininahaller
www.instagram.com/ina.haller.autorin/
www.inahaller.ch

Dieses Buch ist ein Roman. Handlungen und Personen sind frei erfunden. Ebenso sind die Orte, an denen die Verbrechen stattfinden, nur Fiktion. Ähnlichkeiten mit lebenden oder toten Personen und realen Handlungen sind nicht gewollt und rein zufällig. Ab S. 266 finden sich Rezepte und ein Glossar.

INA HALLER

VERSCHWUNDEN IM AARGAU

Kriminalroman

emons:

Bibliografische Information der Deutschen Nationalbibliothek
Die Deutsche Nationalbibliothek verzeichnet diese Publikation in der Deutschen Nationalbibliografie; detaillierte bibliografische Daten sind im Internet über http://dnb.d-nb.de abrufbar.

MIX
Papier | Fördert gute Waldnutzung
FSC® C083411
FSC www.fsc.org

Umschlagmotiv: mauritius images/Prisma/Frischknecht Patrick
Umschlaggestaltung: Nina Schäfer, nach einem Konzept von Leonardo Magrelli und Nina Schäfer
Umsetzung: Tobias Doetsch
Gestaltung Innenteil: DÜDE Satz und Grafik, Odenthal
Druck und Bindung: CPI – Clausen & Bosse, Leck
Printed in Germany 2022
ISBN 978-3-7408-1587-5
Originalausgabe

Für Becca

Prolog

Er glaubte, seinen Augen nicht zu trauen, und blieb abrupt stehen. Fassungslos starrte er auf den Mann, der gerade die Migros im City-Märt in Aarau verliess.

Konnte das sein?

Der Mann wechselte den Papiersack von der einen in die andere Hand und schaute auf seine Armbanduhr, bevor er weiterging.

Ja, das war er. Eindeutig.

Mehr als einmal hatte er versucht, sich auszumalen, was er empfinden würde, wenn er diesem Mann nach langer Zeit wieder begegnen würde.

Wie ein Wahnsinniger hatte er damals versucht, dessen Aufenthaltsort ausfindig zu machen. Vergebens.

Und nun stiess er nach über zehn Jahren an diesem ungewöhnlich milden, beinahe frühlingshaft anmutenden Tag Anfang November fast mit ihm zusammen. An einem Ort, an dem er am wenigsten damit gerechnet hatte.

Er musste aufpassen, dass er ihn nicht gleich wieder verlor. Dabei musste er jedoch darauf achten, nichts zu überstürzen, um es nicht zu vermasseln.

Betont lässig schlenderte er dem Mann hinterher, wohl darauf bedacht, genügend Abstand zu halten.

Bei dem Optikergeschäft bog der Mann links ab und ging an den Bekleidungsgeschäften und den Buchhandlungen vorbei weiter zur Bahnhofstrasse. Er überquerte den Zebrastreifen und lief die Treppe nach oben zum Behmenplatz.

Unschlüssig blieb er vor der untersten Stufe stehen und starrte die Treppe hoch. Sollte er ihm folgen?

Die Wahrscheinlichkeit, dass der Mann ihn erkannte, lag bei null. Das stimmte nicht, musste er widerwillig einräumen. Die Ähnlichkeit mit seinem Vater würde ihm sicher zum Verhängnis werden. Bei dem Veloparkplatz waren meistens nur wenige

Leute unterwegs. Die Gefahr, selbst nach all den Jahren erkannt oder in Verbindung gebracht zu werden, war zu gross.

Zwei Jugendliche drängten an ihm vorbei und liefen die Treppe nach oben.

Er musste das Risiko eingehen, da er Gewissheit brauchte, ob er es wirklich war.

Zwei Stufen auf einmal nehmend, eilte er die Treppe hoch. Auf dem Platz schaute er sich um. Zwei junge Männer lungerten auf den Treppenstufen vor dem überdachten Veloparkplatz herum und rauchten. Eine Frau kam ihm entgegen. Von dem Mann keine Spur.

Hatte er ihn verloren, weil er zu lange gezögert hatte?

Er wollte sich frustriert abwenden, als er bei den Velos eine Bewegung bemerkte.

Gerade stellte der Mann den Papiersack auf den Gepäckträger eines Velos.

Nachdem der Mann abgefahren war, ohne sich umzusehen, nahm er sein Velo und beeilte sich, ihm zu folgen. Es hatte einen Sinn gehabt, dass sein Auto nicht angesprungen war und er heute mit dem Velo in die Stadt fahren musste.

Der Mann legte ein zügiges Tempo vor, und fast hätte er ihn verloren. Ungefähr zehn Minuten später hielt er in einer Einfahrt eines Hauses und stieg vom Velo. Er drehte sich um und schaute kurz in seine Richtung.

Er war älter geworden, aber er war es. Definitiv.

Nichts überstürzen, dachte er. Die Aktion muss gut durchdacht sein. Er musste sich einen Plan zurechtlegen.

Ein Handy klingelte. Erschrocken holte er seins hervor und verfluchte sich, es nicht auf lautlos gestellt zu haben. Das Display war dunkel, und er brauchte einen Moment, bis er begriff, dass es nicht seins, sondern das des Mannes war.

Hatten sie etwa den gleichen Klingelton?

Was der Mann sagte, konnte er nicht verstehen, aber diese Stimme … Es war dieselbe, die ihm damals gesagt hatte, wie leid es ihm tue.

Der Mann lauschte und schaute abermals in seine Richtung.

Erneut trafen sich ihre Blicke. Er lachte, und für einen Augenblick dachte er, es gelte ihm. Lachte er ihn etwa aus?

Sein Puls schnellte in die Höhe. Hatte er ihn erkannt?

Nach einigen Sekunden begriff er, dass nicht er, sondern der Gesprächspartner am Telefon damit gemeint war.

Der Mann wandte sich ab und ging mit dem Handy am Ohr und dem Papiersack in der anderen Hand zum Haus. Er lachte erneut, bevor die Haustür hinter ihm ins Schloss fiel.

Das wird dir vergehen, dachte er. Und zwar gründlich.

EINS

«Vielen Dank, dass ihr gekommen seid», sagte Erika Fäs und reichte nacheinander Andrina und Enrico die Hand.

«Das ist das Mindeste, das wir tun können», erwiderte Enrico.

«Du musst dir keine Vorwürfe machen. Du kannst gar nichts dafür.» Erika ging vor Rebecca in die Hocke und drückte ihre Hand. Das fast zweijährige Mädchen strahlte sie an. «Eure Tochter ist ein Goldschatz», sagte Erika.

Sie blieb in der Tür stehen und schaute ihnen nach, als sie zur Strasse gingen. Dort angekommen, drehte Andrina sich um und blickte auf die in Schwarz gekleidete, zerbrechlich wirkende Gestalt.

«Sie sieht einsam aus», sagte Andrina und schloss den Reissverschluss ihrer Winterjacke.

Aus dem wolkenverhangenen Himmel hatte es zu nieseln angefangen, und die Bise hatte aufgefrischt. Enrico stellte den Kragen seiner Jacke auf. Als gebürtiger Süditaliener hatte er sich nie an den Aargauer Winter gewöhnen können, wie er mehrfach betont hatte.

«Ich mache mir Vorwürfe», sagte Enrico und nahm Rebecca auf den Arm. «Ich hätte merken müssen, dass etwas nicht stimmt.»

Seit jenem Dienstag eine Woche vor Weihnachten stellte er sich regelmässig die gleiche Frage, ob er Erikas Mann nicht hätte ansehen müssen, dass es ihm nicht gut ging. Alfred hatte Enricos Büro verlassen, dann war er zusammengebrochen und innert kurzer Zeit einem Herzinfarkt erlegen.

Obwohl Enrico keine Schuld traf, fühlte er sich für den Tod verantwortlich. Er war die letzte Person, die mit Alfred kurz vor dessen Zusammenbruch gesprochen hatte.

Der Achtundfünfzigjährige hinterliess eine Frau und zwei erwachsene Kinder, die im Ausland lebten. Die Beerdigung hatte vor Weihnachten stattgefunden. Am Stephanstag mussten Erikas Kinder und deren Familien abreisen. Erika hatte somit Silvester allein verbracht, was Enrico keine Ruhe gelassen hatte. Daher hatten sie ihr am heutigen zweiten Januar spontan einen Besuch abgestattet.

Sie winkten Erika ein letztes Mal zu und gingen weiter zum Auto, das Enrico in einiger Entfernung von dem Haus, in dem Erika wohnte, geparkt hatte.

«Erika tut –» Bevor Andrina den Satz beenden konnte, wurde sie von hinten gepackt. Sie stiess einen erstickten Schrei aus. Holzgeruch stieg in ihre Nase. Andrina wurde losgelassen und gleich erneut gepackt. Dornen stachen in ihr Gesicht und kratzten über ihre Haut. Gejohle drang gedämpft zu ihr vor. Andrina hörte Rebeccas Aufschrei.

«Es guets Nois!», rief eine Männerstimme dicht neben ihrem Ohr.

Andrina wurde losgelassen. Sie schaute in eine graue Maske mit einer Fratze. Die Gestalt schüttelte ihr Gewand, das aus Stechpalmenblättern bestand, und wandte sich ab. Eine Gruppe von Frauen und Männern lief ihr lachend nach. Andere Gestalten in Kostümen aus Tannenästen und aus Stroh folgten. Die Stechpalmengestalt hatte eine andere Frau gefasst, die ebenfalls aufschrie. Die Kostümierten umarmten weitere Männer und Frauen. Die Gruppe tanzte ausgelassen. Gelächter und Pfiffe waren zu hören.

Andrinas Puls beruhigte sich, als sie begriff, um wen es sich bei den finsteren Gestalten handelte.

«*Madre mia*, was ist das?», rief Enrico hervor und war in dem Tumult beinahe nicht zu verstehen. «Bis zur Fasnacht dauert es noch Wochen.» Er drückte Rebecca an sich und strich über ihren Rücken. Sie presste ihr Gesicht gegen seinen Hals und klammerte sich fest.

«Das hat nichts mit der Fasnacht zu tun. Das sind nur die Bärzeli-Buebe», antwortete Andrina.

«Die was?»

«Das ist ein lokaler Brauch hier in Hallwil, der am zweiten

Januar, dem Berchtoldstag, stattfindet.» Andrina wich erneut mehreren Passanten aus. «Sie begrüssen das neue Jahr und wünschen jedem, der ihnen im Weg steht ‹es guets Nois›. Von ihnen umarmt zu werden bringt Glück. Das Gleiche gilt für diejenigen, die von der ‹Söiblootere› getroffen werden.»

«Von einer Schweinsblase?» Enrico rümpfte die Nase. «Ist das dieses Gebilde, mit dem der weiss Gekleidete, dem dieses Kamel folgt, auf die Leute einschlägt?»

«Genau. Die sind präpariert.»

«In dem Fall hast du gleich ein doppelt gutes Jahr vor dir, weil dich dieser Sägespänenhaufen und dieses Stachelungeheuer umarmt haben.»

«Es sieht so aus.»

Rebecca beruhigte sich und schaute mit grossen Augen zu der Horde, die einige Meter vor ihnen stehen geblieben war. Hin und wieder wurde sie von einem Aufschluchzer geschüttelt.

«Die Kostüme haben sicher eine Bedeutung.»

«Das ist richtig. Die vier, die an uns vorbeigegangen sind, sind der ‹Stächpaumig›, ‹Tannreesig›, ‹Straumaa› und der ‹Hobuspöönig›. Der ‹Straumaa›, also der mit dem Gewand aus Strohbündeln, und der ‹Hobuspöönig›, der Hobelspänige, stehen für den unfruchtbaren Winter. Der ‹Stächpaumig›, das ist der mit dem Stechpalmenkostüm, und der ‹Tannreesig›, der mit den Tannenästen, symbolisieren mit dem Immergrün den Frühling und das Leben. Zusätzlich gibt es einige andere Figuren. Das Kamel und der ‹Spielchärtler›, das ist der mit dem Jasskartenkostüm dort hinten, gehören dazu. Spontan kann ich dir nicht alle Figuren aufzählen und sagen, was sie bedeuten.»

«Das Ganze soll den Winter vertreiben und den Frühling wecken, nehme ich an.»

«So ist es.»

Die Maskierten umringten eine Gruppe aus jungen Frauen und Männern. Passanten feuerten sie an. Lachen schallte zu ihnen herüber. Einzelne Frauen und Männer wurden von ihren Kollegen zu den Verkleideten gestossen. Das Gejohle wurde lauter. Ein Mann taumelte zu Boden und riss den «Stächpaumig» mit sich. Der «Tannreesig» und andere Personen verloren ebenfalls das Gleichgewicht und gingen zu Boden. Weitere folgten, und es kam Andrina wie ein Knäuel aus Armen und Beinen vor, das über den Asphalt kugelte.

Schreie und Rufe mischten sich unter die Pfiffe.

Das klingt nicht mehr fröhlich, dachte Andrina. Unbehagen machte sich breit.

Eilig wurden zwei Männer hochgezogen. Andere rappelten sich auf, und eine Frau beugte sich über eine Person auf dem Boden. Eine weitere Frau presste die Hände gegen ihren Unterleib. Sie taumelte gekrümmt zur Seite und wurde von einem Mann aufgefangen. Der «Stächpaumig» lag auf dem Rücken. Ein Mann zog an dessen Maske.

Jemand zückte ein Handy, zwei Frauen kreischten, und ein weiterer Mann gestikulierte mit den Händen in der Luft. Er schrie etwas, das Andrina nicht verstand.

***

Andrina stellte zwei Tassen mit Tee auf das Glastischchen im Wohnzimmer. Eine Geruchsmischung von Nelken, Zimt, Orangen und Kardamom breitete sich aus.

Sie setzte sich neben Enrico und nahm ein Buch. Sie lehnte sich gegen ihn und schlug es auf. Enrico nahm die Fernbedienung, und eine Sekunde später hörte Andrina die Eingangsmelodie, die die Abendnachrichten ankündigte. Andrina blendete die Moderatorin aus und konzentrierte sich auf den Roman.

«*Merda*, das ist unser Auto!», rief Enrico, und Andrina schreckte aus ihrer Lektüre.

«Was? Wo?», stammelte sie.

«Dort.» Enrico wies auf den Bildschirm.

Andrina brauchte einen Augenblick, bis sie Enricos Audi erkannte, der im linken oberen Bildausschnitt aus der Parklücke fuhr, wendete und sich in die entgegengesetzte Richtung entfernte. Im vorderen Ausschnitt des Filmes, der von einem Handy stammen musste, sah sie die Bärzeli-Buebe und einige

Frauen und Männer, die auf dem nassen Asphalt lagen. Ein Mann half einer Frau auf. Der «Tannreesig» rappelte sich auf. Als das Menschenknäuel weitestgehend entwirrt war, blieben drei Männer und zwei Frauen liegen. Die Kamera schwenkte rasch auf die Seite und erfasste Schaulustige.

«Heute kam es beim Bärzeli-Treiben in Hallwil zu einer Messerstecherei», sagte die Moderatorin.

«Eine Messerstecherei», flüsterte Andrina. «Wir sind Zeugen einer Messerstecherei geworden?»

Während der Heimfahrt hatte Andrina Enrico auf ihren Eindruck hingewiesen, dass die Stimmung gekippt war und sie eine Bedrohung wahrgenommen hatte. Sie war sich unschlüssig gewesen, ob sie nicht doch hätten helfen sollen.

«Es waren genügend Personen da, und wir wären im Weg gestanden», war seine Antwort gewesen. «Für mich sah es aus, als sei einer gestolpert und habe eine Kettenreaktion ausgelöst. Es ist für mich klar, dass die Unholde in den Kostümen nicht beweglich sind und wie gefällte Bäume umfallen, wenn sie das Gleichgewicht verlieren.»

Enrico beugte sich vor und starrte auf den Bildschirm.

«Die Gründe sind ungeklärt», fuhr die Moderatorin fort. «Ein Mann sei tödlich verletzt worden, und weitere mittel- bis schwer verletzte Personen mussten ins Spital eingeliefert werden, liess der Pressesprecher der Kantonspolizei verlauten. Weitere Personen haben leichte Verletzungen davongetragen. Ein Passant sagte aus, ein Wagen habe sich nach dem Vorfall schnell vom Ort des Überfalls entfernt. Weitere Erkenntnisse über die Hintergründe der Tat gibt es nicht. Es werden Zeugen gesucht.»

«*Mamma mia*, dein Gefühl hat dich nicht getrogen», stiess Enrico hervor. «Für mich herrschte eine ausgelassene Stimmung. Nie wäre ich auf die Idee gekommen, es stimme etwas nicht. Auch nicht, als einige Leute umfielen.»

«Wir müssen uns melden.»

«Hast du mehr gesehen?», fragte Enrico. «Zum Beispiel, wie einer ein Messer in der Hand hatte?»

«Nein.»

«Ich wie gesagt auch nicht. Wir sind in dem Fall keine grosse Hilfe.»

Oder sie wären sogar das Gegenteil, dachte Andrina. Wie oft hatte sich ihre Freundin Susanna Marioni, die bei der Kantonspolizei in der Abteilung Leib und Leben arbeitete, beschwert. «Es rufen eine Menge Leute an, und die meisten haben keine brauchbaren Hinweise, sondern wollen sich nur wichtigmachen. Hilfreicher wäre es, wenn sich nur Leute melden, die genaue Angaben liefern können.»

ZWEI

Auf dem Wohnzimmerboden herrschte ein Chaos aus Schienen, Zügen, Häusern, Bäumen und anderen Teilen. Andrinas Schwester Seraina hatte ihrem Gottemeitli zu Weihnachten neue Bauteile für die Holzeisenbahn geschenkt.

Andrina und Enrico hatten heute frei. Er sass neben Rebecca. Die beiden legten gemeinsam eine Weiche in das Schienennetz.

Es klingelte an der Haustür.

Enrico brummte etwas Unverständliches und machte Anstalten aufzustehen.

«Ich übernehme das», erwiderte Andrina und erhob sich vom Sofa.

Ihr Erstaunen war gross, als sie Susanna Marioni und Max Wagner sah.

«So eine Überraschung», sagte sie.

Sie nahm Wagner und Susanna die Winterjacken ab und hängte sie an die Garderobe.

«Kommt rein», sagte sie betont locker, obwohl die ernsten Mienen der beiden sie verunsicherten. Das war kein spontaner Besuch, um ein gutes neues Jahr zu wünschen.

Wagner nahm seine Brille ab, die sich beschlagen hatte. Er reinigte sie mit dem Saum seines Pullovers und setzte sie wieder auf. Der graue Rahmen wirkte wie abgestimmt auf seine grauen Haare, die er vor Kurzem zu nur fünf Millimeter langen Stoppeln getrimmt haben musste. Die Frisur liess sein Gesicht hager und streng erscheinen. Andrina fragte sich, ob er abgenommen hatte.

Susanna strich eine Strähne ihrer weizenblonden Haare, die sich aus dem Rossschwanz gelöst hatte, hinter das Ohr. Ihr Gesicht war blass. Sie machte beinahe einen kranken Eindruck, der durch Schatten unter ihren Augen verstärkt wurde.

Irritiert schaute Enrico in Andrinas Richtung, als sie das

Wohnzimmer betraten. Offenbar bemerkte er, wie kühl die Begrüssung ausfiel. Susanna kniete sich neben Rebecca.

«Das, was du baust, ist toll», sagte sie. Die Stimmung löste sich, und Andrina kam zum Schluss, es sich eingebildet zu haben.

Rebecca reichte ihr eine Schiene. «Du mitbauen.»

«Ein anderes Mal gerne. Heute bin ich aus einem anderen Grund da.» Das klang unheilverkündend, und das Knistern war zurück.

Susanna setzte sich neben Wagner, der am Esszimmertisch Platz genommen hatte.

«Papà hier», protestierte Rebecca, als Enrico sich einen Stuhl heranzog.

«Das ist okay», sagte Wagner und wies zu Rebecca. Enrico schob den Stuhl zurück und setzte sich neben Rebecca auf den Boden.

«Was ist passiert?», fragte Andrina besorgt.

War Seraina oder ihrer Familie etwas zugestossen? Sie hatte vor nicht einmal einer Stunde mit ihrer Schwester telefoniert. Da hatte sie geklungen, als sei alles in bester Ordnung.

«Was habt ihr gestern gemacht?», fragte Wagner ohne Einleitung.

Das klang schneidend. Als wolle er ein Alibi, dachte Andrina bestürzt.

«Wir haben ausgeschlafen», sagte Enrico. «Später sind wir nach Hallwil gefahren und haben Erika Fäs besucht. Ihr Mann erlitt vor Weihnachten bei JuraMed einen Herzinfarkt und starb. Wir wollten wissen, wie es ihr geht.»

Andrina fragte sich, ob Enrico ins Detail ging, weil er die Frage ebenfalls als Aufforderung für ein Alibi verstanden hatte.

«Wo wohnt Frau Fäs?»

Enrico nannte die Adresse.

«Von wann bis wann wart ihr dort?», fragte Wagner weiter.

«Wir sind am späten Vormittag hingefahren und hatten geplant, nur kurz bei ihr zu bleiben. Daraus wurde ein Mittagessen.»

«Das wie lange ging?» Wagner wirkte genervt, was Andrina nicht nachvollziehen konnte.

«Bis kurz nach zwei Uhr», erwiderte Enrico. «Danach sind wir nach Hause gefahren.»

«Gab es einen Zwischenfall, nachdem ihr von Frau Fäs aufgebrochen wart?»

Nun wurde Andrina klar, worauf Wagner anspielte.

«Auf dem Weg zum Auto sind wir den Bärzeli-Buebe begegnet», sagte sie. «Ich bin in den Genuss ihrer stacheligen Umarmung gekommen. Anschliessend sind wir direkt nach Hause gefahren.»

Andrina hielt Wagners Blick stand.

«Wir können keine Angaben zur Messerstecherei machen, falls du das meinst», sagte Enrico.

«Wieso weisst du von der Messerstecherei?», fragte Wagner.

«In den Nachrichten wurde gestern Abend darüber berichtet. Wir müssen in der Nähe gewesen sein, da wir unseren Wagen in dem Beitrag erkannt haben. Ich nehme an, ihr seid deswegen hier.» Kaum hatte Andrina das gesagt, wurde ihr bewusst, wie defensiv es rüberkommen musste.

Sie hätten gestern anrufen und melden sollen, in der Nähe gewesen zu sein, auch wenn sie keine Angaben zum Tathergang oder der Tatperson machen konnten.

Das Schweigen, das sich einstellte, war unangenehm. Nur das Aufeinandertreffen der Holzschienen war zu hören, während Rebecca weiter an der Bahnlinie baute. Andrina war froh, dass sie sich gerade selbst beschäftigte.

«Wir haben einen Hinweis zu einem blauen Wagen bekommen. Der Zeuge hat ausgesagt, eine dunkelhaarige, schlanke Person ungefähr ein Meter achtzig gross», er schaute zu Enrico, «sei zu dem Wagen geeilt. Darf ich fragen, welche Kleidung du gestern getragen hast?»

Enrico zögerte, als wolle er abwägen zu sagen, er wisse es nicht genau.

«Jeans, dunkle Jacke. Schal.»

Wagner schaute in sein Notizbuch und nickte.

«Es gibt genügend Leute, die im Moment so gekleidet herumlaufen», sagte Andrina. «Du auch.»

Wagner schwieg.

«Hat euer Zeuge Rebecca und mich erwähnt?», fuhr sie schnell fort. Sie musste aufpassen, Wagner in dieser Situation nicht gegen sich aufzubringen. Sie wollte ihn nicht extra provozieren.

«Er konnte sich an das Modell des Autos und an den Anfang des Kennzeichens erinnern und hat ausgesagt, der Wagen habe sich schnell vom Tatort entfernt», wiederholte Wagner.

Andrinas Kopf weigerte sich zuzulassen, was das bedeutete.

«Ich bin nicht zu schnell gefahren», sagte Enrico. Er sass weiterhin inmitten der Schienen und hielt eine Weiche in der Hand. Sein Rücken war durchgedrückt, als habe er einen Stock verschluckt. Das Gesicht hatte einen grauen Schimmer angenommen. «Nachdem die Gruppe an uns vorbeigegangen ist, sind wir in den Wagen gestiegen. Ich habe gewendet, und wir sind davongefahren. Dabei musste ich auf weitere Passanten achtgeben, die den Neujahrsunholden gefolgt sind. Wenn dieser Zeuge anderes behauptet, sind das falsche Angaben.»

Neues Schweigen, das ähnlich unangenehm wie das vorangegangene war.

«Rebecca hatte Angst. Ich war froh, als sie weitergegangen sind. Wir haben uns kein zweites Mal in die Nähe der Gruppe begeben», fühlte Andrina sich genötigt zu sagen. «Auch nicht, als einige Leute das Gleichgewicht verloren und zu Boden gingen.»

Was sollte das Ganze? Sie kannten Susanna und Wagner seit langer Zeit. Die beiden sollten wissen, dass weder Andrina noch Enrico wahllos mit einem Messer auf Passanten einstechen würden. Im gleichen Atemzug hörte sie Susannas Stimme im Kopf: «Wie oft habe ich von Zeugen gehört, dass sie jemanden lange kannten und der Person nie einen Mord zutrauen würden. Und passiert es, fallen sie aus allen Wolken.»

Susanna und Wagner mussten diesen Hinweisen nachgehen. Das war ihr Job. Allerdings konnten sie es weniger anschuldigend tun. Oder war dem nicht so, und Andrina reagierte überempfindlich?

«Wie weit war die Gruppe von euch weg, als einzelne Leute zu Boden gingen?», fragte Susanna. Zum Glück klang sie neutral.

«Vier oder fünf Meter? Ich bin schlecht im Schätzen. Abgesehen davon, dass wir kein Messer bei uns hatten, hatten wir keine Veranlassung, der Gruppe zu folgen.» Sei ruhig, dachte Andrina. Du machst es nur schlimmer.

«Was ist überhaupt genau passiert?», fragte Enrico. Die Blässe war verschwunden, und in seinen Augen loderte es. Andrina wusste, wie er sich bemühte, seinem Ärger über diese Unterstellung nicht freien Lauf zu lassen.

Wagner schaute ihn lange an, als überlege er, ob und was er ihnen erzählen durfte. «So genau weiss das keiner», begann er schliesslich. «Während die Gruppe durch das Dorf zog und Passanten in ihre stacheligen und kratzigen Umarmungen nahm, hat jemand mit einem Messer zugestossen. Mehrmals. Eine Frau und ein Mann wurden tödlich verletzt.» Das hiess, es hatte ein zweites Todesopfer gegeben, dachte Andrina entsetzt.

«Es gab mehrere Verletzte – von leicht bis schwer. Die Tatwaffe konnte nicht sichergestellt werden», sagte Wagner.

«Wer läuft mit einem Messer herum?», fragte Enrico. «War es eine geplante Aktion?»

Wagner blickte zu Susanna.

«Die Attacke muss zu dem Zeitpunkt erfolgt sein, als die Leute zu Boden gingen», fuhr Susanna fort. «Die Personen, die dabei beteiligt waren, aber unverletzt blieben, haben nicht mitbekommen, was genau passiert ist. Es ging alles zu schnell. Am Anfang fanden es alle lustig, bis jemand realisierte, dass es Verletzte gab.»

«Keiner konnte sagen, wann genau das Messer ins Spiel gekommen ist und warum», fügte Wagner an.

Andrina sah vor sich, wie sich einige Leute auf dem Boden wälzten. Sie hatte keinen gesehen, der plötzlich ein Messer in der Hand hielt. Sie erinnerte sich an die Beklemmung, die sie gespürt hatte, als die Stimmung gekippt war. Es mussten an die fünfzehn Personen gewesen sein, die auf dem Boden lagen. Mehrere hatten danebengestanden. Sie konnte nicht nachvollziehen, wie keiner, der näher am Geschehen war, bemerkt hatte, dass jemand ein Messer zückte und auf die Leute einstach.

«Warum gab es die Aussage, wir seien fluchtartig abgefahren?», fragte sie.

Schulterzucken war die Antwort.

«Könnte er ein anderes Auto gemeint haben?», fragte Andrina. «Wie viele Ziffern des Kennzeichens hat der Zeuge nennen können?»

Weder Susanna noch Wagner antworteten.

«Dunkle Wagen gibt es viele», fuhr Andrina fort.

«Habt ihr ein anderes Auto gesehen, das eurem ähnlich sah?», fragte Wagner.

Enrico und Andrina sahen einander an. Gleichzeitig schüttelten sie den Kopf. Falls ein anderer Wagen zum gleichen Zeitpunkt abgefahren war, hätte die Handykamera, die Enricos Wagen gefilmt hatte, das einfangen müssen. Es sei denn …

«Das Auto muss sich in die andere Richtung als wir entfernt haben», sagte Andrina.

«Wir haben keinerlei Aussage, die diese Annahme bestätigt», sagte Wagner.

Andrina sah zu, wie Wagners Wagen rückwärts aus der Einfahrt fuhr. Nachdem er aus ihrem Blickfeld verschwunden war, verharrte sie einige Sekunden, bis der kalte Wind Regen in ihr Gesicht blies. Sie fuhr mit den Händen über ihre Oberarme und schloss die Tür.

Obwohl Wagners aggressiver Umgangston gegenüber Enrico am Ende abgenommen und er sich gemässigter verhalten hatte, blieb der schale Beigeschmack, den die Befragung hinterlassen hatte.

Andrina setzte sich zu Enrico und Rebecca auf den Boden. Rebecca kuschelte sich an sie. Enrico legte eine Schiene auf den

Boden. «Mir ist die Lust zum Schienenlegen vergangen. Ich brauche eine Portion frische Luft.»

«Draussen ist es ungemütlich.»

«Das ist mir egal. Ich muss meinen Kopf durchlüften.»

Fünf Minuten später zog Andrina die Haustür ins Schloss und folgte Enrico, der den Kinderwagen mit Rebecca zur Strasse schob. Rebecca sah mit ihrem Skianzug und der tief in die Stirn gezogenen Kappe wie ein Eskimo aus. Andrina richtete den Plastikregenschutz, den sie über den Wagen gebreitet hatte.

Der Wind hatte weiter aufgefrischt, und die graue Wolkendecke war wie ein Deckel, der alles niederzudrücken schien. Es hatte aufgehört, stark zu regnen. Der Nieselregen war ähnlich unangenehm. Die Feuchtigkeit und Kälte drangen durch die Winterjacke, und Andrina fröstelte.

Bei der KEBA, der Kunsteisbahn, bogen sie in den Wald ab. Der Boden war schlammig, und Pfützen standen auf den Wegen, um die Enrico den Kinderwagen steuerte. Es war ausser ihnen keiner unterwegs, und es war, als seien sie am Ende der Welt. Schweigend folgten sie dem Verlauf des Vitaparcours. Durch die unbelaubten Büsche und Bäume konnte Andrina das Häxehüsli und den dazugehörenden Spielplatz mit der Grillstelle erkennen.

«Glaubst du, Max hat uns für tatverdächtig gehalten?», fragte sie.

«Er klang so.»

«Er sollte uns kennen.» Sie hatte angenommen, Max Wagner sei ein Freund.

«Er ist Polizist. Er musste diesem Hinweis nachgehen. Besonders, da dieser Zeuge genaue Angaben geliefert hat.»

«Ich würde gerne wissen, wer uns beschuldigt.»

«Nicht uns, sondern mich.»

«Das ist für mich gleichbedeutend mit *uns*. Ich war dabei.»

«Er beschuldigt uns nicht automatisch. Ihm ist nur aufgefallen, wie wir weggefahren sind.»

«Fluchtartig ist in diesem Fall übertrieben.»

«Das ist es. Seine Erinnerungen könnten sich jedoch verfälscht haben, nachdem er erfahren hat, was passiert ist. Oder er gehörte zu der Gruppe und stand unter Schock.»

Durchaus möglich, dachte Andrina. Trotzdem empfand sie es als persönlichen Affront.

«Es ist Routine, wenn sie uns befragen», wiederholte Enrico. «Sie müssen dem nachgehen.»

Sie folgten dem Weg, der nun leicht bergauf führte. Rebecca zupfte an dem Regenschutz, und er rutschte auf die Seite.

«Piccola, no.»

«Das weg», rief Rebecca.

«Es regnet nicht mehr.» Andrina entfernte den Schutz und legte ihn in den Korb des Buggys. «Es könnte eine Verwechslung vorliegen», sagte sie. «Die Person hat einen anderen Wagen gemeint und nicht uns.»

«Warum sollte Max Wagners Aufmerksamkeit dabei ausgerechnet uns zuteilwerden?»

Sie gingen geradeaus und erreichten den Suhrerchopf. Die reformierte Kirche schlug halb drei am Nachmittag. Auf der Strasse von Gränichen staute sich der Verkehr. Von ihrem Standort konnte Andrina das Ende der Blechschlange nicht erkennen.

«Warum sagt Max nicht, um welche Art Messer es sich handelt?», fragte Andrina. «Sie müssen mehr wissen. Der Rechtsmediziner kann anhand der Wunden Rückschlüsse auf die Tatwaffe ziehen.»

«Ermittlungstechnische Gründe», brummte Enrico. «Der Zeuge wird hundertprozentig mich gemeint haben», fuhr er fort. «Immerhin hat er das Kennzeichen nennen können.»

«Wie ich Max verstanden habe, war es nur der Anfang.»

«Sogar die ersten Ziffern dürften Max reichen. Die Polizei wird eine Abfrage im System machen und die Wagen herausfiltern, die auf die Beschreibung passen.»

Andrina hatte keine Ahnung, ob das dem Vorgehen entsprach. Falls es stimmte, müsste Wagner die anderen Autobesitzer auch aufsuchen. So hatte er allerdings nicht geklungen.

«Ich zermartere mir den Kopf, ob ich nicht etwas gesehen habe, das ich zu diesem Zeitpunkt als harmlos eingestuft habe», sagte Enrico. «Mir ist kalt. Lass uns nach Hause gehen.» Er drehte sich um, und sie folgten dem gleichen Weg zurück.

«Wenn ich darüber nachdenke, könnte ich etwas gesehen haben», sagte Andrina.

Enrico blieb stehen und starrte sie an.

«Kurz nachdem die Gruppe auf den Boden getorkelt ist, ist eine Person aufgestanden. Sie hat sich durch die Umstehenden geschlängelt und sich zügig in die uns entgegengesetzte Richtung entfernt.»

«War es ein Mann oder eine Frau?»

«Keine Ahnung.»

«Kannst du die Person beschreiben?»

«Jeans und Winterjacke. Wie alle, die gestern unterwegs waren. Von der Statur her würde ich auf einen Mann tippen. Er war gross und hatte breite Schultern.»

«Das trifft auf viele zu. An was kannst du dich sonst erinnern? Haarfarbe?»

«Ich glaube, er trug eine Kappe.»

«Ähnelte er mir?»

«Das kann ich nicht beantworten. Ich habe ihn nur von hinten gesehen.»

«Vielleicht reicht deine Beschreibung. Du musst mit Max reden.»

«Und wenn ich mich täusche? Am Ende hat er wie wir nichts mit alledem zu tun.»

DREI

Als Andrina das Sitzungszimmer des Cleve-Verlags um neun Uhr betrat, waren bereits alle versammelt.

«Wie schön, dass du gekommen bist», sagte Elisabeth Veldt, die Verlegerin des Cleve-Verlags und Andrinas Chefin.

Sie hatte Andrina gefragt, ob sie am Vormittag zum Neujahrsapéro kommen wolle. Obwohl Mittwoch nicht ihr Verlagstag war, hatte Andrina zugesagt. Enrico hatte den Vormittag freigenommen und würde am Nachmittag zur Arbeit gehen.

Elisabeth füllte Prosecco in die Gläser. Es verblüffte Andrina, welch entspannten Eindruck sie machte. Vor Weihnachten war sie übellaunig und reizbar gewesen. Kilian und Lukas hatten gewagt zu fragen, was los sei. Stattdessen hatten sie eine heftige Abfuhr erhalten. Sie sollten sich um ihre Angelegenheiten kümmern.

Das Weihnachtsgeschäft liefe nicht so wie im Jahr davor, hatte Tatjana angedeutet. Als Elisabeths Sekretärin hatte sie Zugang zu den Verkaufszahlen. Sie organisierte zudem alles, was mit Lesungen zu tun hatte, und kümmerte sich um die Social-Media-Accounts des Verlags.

«Ein kleiner Begrüssungsapéro muss sein», hatte Elisabeth erklärt. Da sie am Nachmittag wegmusste, fand er am Vormittag statt.

Auf dem Tisch standen Teller mit verschiedenen Gipfeli, Lachsbrötli und Gebäck sowie Orangensaft.

«Spasiba», sagte Tatjana, der Elisabeth das erste Glas reichte. Tatjana war die Tochter eines Russen und einer Deutschen. Sie war in Sankt Petersburg aufgewachsen. Seit sieben Jahren lebte sie in der Schweiz und war mit einem Schweizer verheiratet.

Stefanie stiess Andrina leicht mit dem Ellenbogen an. «Elisabeth hat sich richtig in Unkosten gestürzt», raunte sie ihr zu. Stefanie Dubach hatte wie Tatjana im letzten Sommer neu im Verlag angefangen und gehörte mit Andrina und Gabi Hug zum Lektorats-Team, das seit Dezember von Sybille Lenz verstärkt wurde. Gabi und Andrina arbeiteten Teilzeit, seitdem sie aus ihrem Mutterschaftsurlaub zurückgekehrt waren. An den beiden Tagen, an denen Andrina im Büro war, kümmerte sich ihre Schwester Seraina um Rebecca. Das war in der Regel dienstags und donnerstags und funktionierte nach wie vor gut.

Sybille nippte am Prosecco. Sie war zurückhaltend und das Gegenteil der stets grell gekleideten Tatjana. Am liebsten lief sie in Jeans und Schlabberpullover herum. Verstärkt wurde das unscheinbare Aussehen durch eine altmodische Brille.

Heute machte sie einen bedrückten Eindruck. Sie hatte dunkle Ringe unter den Augen, und die kurzen aschblonden Haare hingen ihr strähnig ins Gesicht.

Lukas Sandmeier, der für den Vertrieb zuständig war, rückte seine Brille zurecht und musterte prüfend den Inhalt seines Glases. «Das scheint ein edler Tropfen zu sein.»

«Neujahr ist schliesslich nur einmal im Jahr», sagte Kilian Gerber und stiess mit seinem Glas gegen das von Lukas. Er war der Verantwortliche für die Cover-Gestaltung, für das Marketing und die Presse.

Elisabeth schlug leicht mit einem Löffel gegen ihr Glas.

«Achtung, Ansprache», flüsterte Lukas und setzte eine ernste Miene auf, die vermutlich seriös sein sollte. Das Gegenteil war der Fall, und Andrina und Stefanie mussten grinsen.

«Wie ich sehe, wird sich im neuen Jahr gegenüber dem alten nichts ändern», sagte Elisabeth und schaute dabei Lukas an. «Und das ist gut so. Ich hoffe auf weiterhin gute Zusammenarbeit und Kollegialität. Um deiner Befürchtung einer langen, langweiligen Rede nicht gerecht zu werden, Lukas, will ich mich kurzfassen. Im Weihnachtsgeschäft haben wir mehr Bücher verkauft, als es anfangs aussah. Das vergangene Jahr war somit ein durch und durch erfolgreiches. Das haben nur unsere erstklassigen Autorinnen und Autoren und dieses grossartige Team möglich gemacht. Machen wir dort weiter, wo wir aufgehört haben. Und nun lasst es euch schmecken.» Sie stiess mit Tatjana an, die ihr am nächsten stand.

«Ein Lob von Elisabeth», raunte Kilian Andrina zu. «Das muss man direkt mit einem roten Ausrufezeichen in der Agenda markieren.»

Lukas griff nach einem Lachsbrötchen, während Kilian sich drei Gebäckstücke sicherte.

«Du bleibst im neuen Jahr gleich verfressen wie im alten», sagte Gabi.

«Ich sehe nur zu, vom Besten etwas abzubekommen.» Er zeigte auf das Thunfisch-Canapé in Gabis Hand. «Diesen Fischkram könnt ihr gerne selbst essen.»

Andrina nahm sich einen Schokoladenmuffin und ignorierte Kilians Protest. Als sie sich gegen den Tisch lehnte, sah sie, wie Sybille ihr Glas auf einem Korpus abstellte und mit gesenktem Kopf aus dem Raum schlüpfte.

Stefanie öffnete ein Fenster. Feuchtkalte Luft strömte ins Innere. Das Rauschen des Regens wurde lauter.

«Mach es zu», protestierte Kilian. «Es zieht, und es regnet herein.»

«Das ist egal. Die Luft hier drin ist zum Schneiden», sagte Stefanie.

«Dieser Dauerregen nervt.»

«Sie haben gesagt, heute soll es besser werden. Einzelne Schauer und hin und wieder Sonne.»

«Wo siehst du Sonne? Und so ein einzelner Schauer dauert offenbar vierundzwanzig Stunden.» Mit einer energischen Bewegung schloss Kilian das Fenster und stellte sich neben Andrina.

«Was ist mit dir?», fragte er. «Du bist so schweigsam.»

«Nichts», antwortete sie und schaute zur Tür. Was war mit Sybille los? «Ich muss zur Toilette.»

Sie stellte das Glas auf den Tisch.

Statt den Weg zum WC einzuschlagen, öffnete sie die Tür zu Sybilles und Stefanies Büro.

Sybille stand am Fenster und starrte nach draussen. Andrina durchquerte den Raum und stellte sich neben sie. Sybille reagierte nicht.

«Was ist mit dir los?», fragte Andrina, und Sybille zuckte zusammen.

«Nichts», kam es erstickt zurück. Entsetzt bemerkte Andrina die Tränen, die in Sybilles Augen schimmerten.

«Entschuldige, wenn ich aufdringlich erscheine, aber nach nichts sieht das nicht aus.»

Sybille senkte den Kopf und knetete die Hände, die auf der Fensterbank lagen.

«Für mich hat das neue Jahr nicht gut angefangen, und mir ist nicht nach Feiern. Meine Schwester wäre vorgestern beinahe ermordet worden.»

Andrina stellte eine Tasse mit Tee vor Sybille auf den Tisch. Sybille legte ihre Hände um die Tasse. Bei diesem Anblick taten Andrinas Finger weh, aber Sybille schien die Hitze nicht zu spüren. Sie starrte auf einen Punkt neben der Tasse und sah aus, als habe sie Andrinas Anwesenheit vergessen.

Aus dem Sitzungszimmer schallte Gelächter. Der Apéro ging weiter. Elisabeth musste milde gestimmt sein, wenn sie es so lange zuliess.

Vor einigen Minuten hatte sie den Kopf zur Tür hereingestreckt und sich erkundigt, was los sei.

Sybille hatte etwas von ihrer verletzten Schwester gemurmelt, und Elisabeth hatte sich sogleich zurückgezogen.

«Was ist mit deiner Schwester passiert?», fragte Andrina vorsichtig. «Warum wollte sie jemand umbringen?»

«Das weiss ich nicht. Ich war nicht dabei. Soviel ich von der Mutter ihres Freundes erfahren habe, waren sie mit ihren Kollegen unterwegs, als der Täter sich auf sie stürzte.»

«Unterwegs? Wo?»

«In Hallwil.»

Andrina richtete sich kerzengerade auf. «Du meinst damit hoffentlich nicht den Bärzeli-Umzug.»

Sybilles Blick huschte zu Andrina und war Antwort genug.

«Sie waren mit Kollegen von Remo unterwegs, als es passierte.»

«Wer ist Remo?»

«Hannas Freund. Seine Eltern wohnen in Hallwil, und sie waren zum Mittagessen eingeladen. Anschliessend wollten sie sich das Treiben der Bärzeli-Buebe anschauen. Sie trafen Freunde von Remo und sind gemeinsam losgezogen. Als die Bärzeli-Buebe die Gruppe als ihre nächsten Opfer ausgesucht hatten, ist es passiert. In dem Getümmel hat einer zugestossen.»

«Zugestossen?», fragte Andrina.

«Mit einem Messer. Er muss auf meine Schwester und ihren Freund eingestochen haben. Genauso auf andere Passanten. Eine Person ist vor Ort gestorben, soviel ich weiss.»

Falsch, dachte Andrina. Es waren bereits zwei Tote. Sie korrigierte Sybille nicht – sie würde es früh genug erfahren. Hoffentlich starb kein weiterer. Der fahle Geschmack in Andrinas Mund verstärkte sich.

Das klang nach einem Gemetzel. Das hätten Enrico und sie sehen müssen. Das Gleiche galt für die Umstehenden.

Wenn sie Susanna und Wagner gestern richtig verstanden hatte, war das nicht der Fall.

Erneut fragte Andrina sich, um was für ein Messer es sich gehandelt hatte. Hatte der Täter eins von zu Hause mitgenommen? Falls das so war, wäre es vorsätzlich gewesen. Oder war es eine spontane Aktion gewesen?

«Was ist mit deiner Schwester?»

«Sie wurde mittelschwer verletzt. Im Gegensatz dazu kämpft Remo um sein Leben.» Sybille starrte in die Tasse, die sie nach wie vor umklammert hielt. «Die Polizei sagte, es könnte sich um einen gezielten Anschlag auf meine Schwester, ihren Freund und auf seine Kollegen handeln. Ich weiss nicht, wer einen Grund haben könnte.»

***

Andrina blickte auf ihre Armbanduhr. Kurz vor halb zwölf. Sie war zu früh dran und überlegte, ob sie das Polizeikommando betreten oder damit warten sollte. Andrina verspürte keinen grossen Wunsch reinzugehen. Zu oft war sie bereits in diesem Gebäude gewesen. Das letzte Mal lag erst vier Monate zurück. Dieses Mal kam erschwerend hinzu, dass Max Wagner in Betracht zog, Enrico habe mit dem Anschlag zu tun.

Wagner hatte sie im Büro angerufen. Es seien neue Fragen aufgetaucht, ob sie gegen Mittag zum Polizeikommando ins Telli kommen könne. Andrina hatte Enrico angerufen, dass es später werden könne. Da er zu JuraMed musste, hatte er Rebecca zu Seraina gebracht, die spontan übernommen hatte. Wie so oft hatte Andrina sich gefragt, was sie ohne ihre Schwester machen würde.

Andrina betrat das Gebäude und meldete sich an. Keine zwei Minuten später erschien Marco Feller. Er kam auf Andrina zu und nickte zur Begrüssung. «Corina und Max mussten unvorhergesehen weg und baten mich, die Befragung zu übernehmen.»

Das war Andrina alles andere als recht. Ihr Verhältnis hatte sich zwar seit Marcos Rückkehr im September normalisiert. Sich hin und wieder auf der Strasse zu treffen war in Ordnung, aber sie wollte von ihm nicht im Rahmen einer polizeilichen Ermittlung befragt werden. Das lag nicht nur an ihrer unschönen Trennung vor vier Jahren, die Marco lange nicht akzeptieren wollte. Ein weiterer Grund war Gabi. Marco hatte sich in eine Beziehung mit ihr geflüchtet, die ebenfalls in die Brüche gegangen war. Gabi hegte Misstrauen gegen ihn, da sie befürchtete, Marco wolle ihr den gemeinsamen Sohn André wegnehmen. Bisher hatte Marco nichts unternommen. Andrina kam es vor, als steigere sich Gabi in etwas hinein, und das war das grössere Problem.

Um nicht zwischen die Fronten zu geraten, bemühte Andrina sich, Abstand zu Marco zu halten, was ihr in den letzten Monaten gut gelungen war. Nur zwei- oder dreimal war sie ihm in Aarau begegnet, und sie hatten einige Worte gewechselt. Einmal hatte er sie auf einen Kaffee eingeladen.

Marco hielt ihr die Tür auf und bedeutete ihr mit einer Geste, voranzugehen. Schweigend gingen sie den Korridor entlang und betraten ein Sitzungszimmer, das Andrina sofort wiedererkannte. Auf dem Tisch lagen eine Mappe und ein Notizbuch.

Marco machte eine Handbewegung zu einem Stuhl, und Andrina setzte sich. Zu ihrem Erstaunen nahm er nicht ihr gegenüber Platz, sondern setzte sich über das Eck. Andrina unterdrückte den Impuls, ein Stück wegzurücken.

«Max sagte, ihr habt neue Fragen», begann Andrina, bevor Marco das Wort ergreifen konnte. «Ich kann euch nicht mehr als gestern sagen.»

Gleichzeitig dachte sie an das Gespräch, das sie mit Enrico geführt hatte. Inzwischen war sie zum Schluss gekommen, der Mann, den sie in Hallwil gesehen hatte, hatte nichts mit allem zu tun. Auch andere Personen, Männer, Frauen und Kinder, waren teilweise schnell weggegangen, um den Bärzeli-Buebe aus dem Weg zu gehen. Sie würde sicher keine Person in den Fokus der Polizei rücken, die sich am Montag in Hallwil vergnügt hatte. Was passierte, wenn man einen Unschuldigen bei der Polizei anschwärzte, erfuhr sie gerade am eigenen Leib.

«Es gibt einen Zeugen, dem ein Mann aufgefallen ist, der sich verdächtig verhalten hat», wiederholte Marco das, was Wagner gestern angedeutet hatte, ohne auf Andrinas Aussage einzugehen.

«Ich weiss, er hat euch auf Enrico angesetzt.»

«Das meine ich nicht. Er sprach von einer anderen Person.»

Die Polizei hatte ihr Augenmerk auf eine andere Person gelenkt? Das war neu.

«Mir ist leider in dem Tumult keiner aufgefallen. Es herrschte eine ausgelassene Stimmung. Hin und wieder gab es einen Aufschrei, wenn jemand in den Genuss der stacheligen Umarmung kam.»

«Du hast keinen gesehen, der sich rasch entfernt hat?»

«Einige liefen vor den Bärzeli-Buebe davon. Davonlaufen ist übertrieben. Sie wichen ihnen aus und kehrten gleich darauf zurück.»

«Hast du gesehen, wie es dazu kam, dass die Gruppe zu Boden ging?»

Das hatten Wagner und Susanna bereits gefragt. Wie sie wusste, liess Wagners Team bei nachfolgenden Befragungen gerne Aussagen wiederholen, in der Hoffnung, es kämen neue Details hinzu. «Nein. Ich vermutete, es habe einer das Gleichgewicht verloren, ein anderer sei über ihn gestolpert, und das Ganze habe eine Kettenreaktion ausgelöst.»

«Es wurde keiner geschubst oder bewusst zu Fall gebracht?»

«Du meinst, es habe jemand einem ein Bein gestellt?», fragte Andrina zurück.

«Zum Beispiel.»

«Falls das so ist, habe ich es nicht gesehen.»

Marco nahm aus einer Mappe sechs Fotos und verteilte sie vor Andrina auf dem Tisch. «Kennst du diese Personen?»

Andrina nahm eins nach dem anderen in die Hand und betrachtete sie ausgiebig. Auf zwei Bildern waren Frauen, auf den anderen Männer. Alle mussten zwischen Ende zwanzig und Ende dreissig sein. Die Männer kannte sie nicht, und ob sie ihnen einmal zufällig auf der Strasse begegnet war, konnte sie ebenfalls nicht sagen.

Andrina nahm nochmals das Bild der Frau mit den langen dunkelblonden Haaren. Sie erinnerte sie an jemanden. Nach längerem Betrachten kam sie zum Schluss, dass sie die Frau nicht kannte. Andrina legte das Bild zu den anderen zurück.

Als sie den Kopf hob, bemerkte sie, wie Marco sie beobachtete. Der prüfende Blick seiner strahlend blauen Augen war ihr unangenehm.

Wie so oft, wenn sie ihn sah, fiel ihr die Ähnlichkeit mit seinem Halbbruder auf. Die gleichen dunkelbraunen Haare, in die sich hier und da ein graues verirrte. Die Kinnpartie hatte die gleiche Form, und die Mimik ähnelte der von Enrico. Einziger Unterschied waren Enricos dunklerer Teint und seine dunklen Augen, die das Erbe seiner süditalienischen Mutter waren.

«Ich kenne keinen von denen da.»

«Bist du sicher?»

«Ja. Wer sind sie? Tatverdächtige?»

«Nein. Sie waren vorgestern beim Bärzeli-Treiben.»

Sie waren nicht einfach da, sondern in unmittelbarer Nähe, ergänzte Andrina das, was sie zwischen den Zeilen heraushörte. War eine dieser Personen der potenzielle Zeuge, der die Polizei auf Enrico gehetzt hatte? Erneut schaute sie die Fotos an und blieb wiederum bei der Frau hängen. Die Erkenntnis kam wie aus dem Nichts. Das musste Sybilles Schwester sein.

Sybilles Schwester war eins der Opfer. Gehörten die anderen ebenfalls zu den Opfern? Waren sogar die Personen darunter, die die Attacke nicht überlebt hatten?

«Ich kenne sie nicht, aber sie hat Ähnlichkeit mit einer Arbeitskollegin – Sybille Lenz.»

Marco erwiderte nichts.

«Sybille hat mir heute Morgen erzählt, ihre Schwester sei in Hallwil gewesen und verletzt worden.»

Erneut keine Antwort.

«Wenn du wissen willst, ob ich sie bewusst in Hallwil gesehen habe, muss ich das verneinen. Genauso kann ich dir nicht sagen, ob einer von denen», sie zeigte auf die übrigen Fotos, «in der Nähe war und was er oder sie getan hat.»

Weiterhin Schweigen. Allmählich wurde es mühsam. Welche Information erhoffte er sich von ihr? Und warum durfte Marco sie befragen? Enrico war sein Halbbruder und Andrina somit seine Schwägerin. Obwohl sie keinen Kontakt pflegten, war Marco befangen.

«Okay», sagte er schliesslich und griff nach der zweiten Mappe. Er drehte sie auf dem Tisch hin und her, als wisse er nicht, wie er die nächste Frage formulieren sollte.

«Du, Enrico und Rebecca waren die ganze Zeit zusammen?»

Was sollte das heissen? Andrina verschränkte die Arme vor der Brust. Hielt er Enrico für tatverdächtig? Sah er die Gelegenheit, Enrico zu verunglimpfen und sich für damals zu rächen? Über dieses Stadium sollten sie längst hinaus sein. Zumindest hatte Andrina das angenommen. Zwischen den Halbbrüdern hatte im September eine Art Waffenstillstand geherrscht.

«Entschuldige, das war ungeschickt formuliert. Es gibt neue

Aussagen.» Marco zog ein Blatt aus der Mappe und schob es zu Andrina. Ein Phantombild. «Kennst du diesen Mann?»

Andrina war über den Themenwechsel verwirrt, und es dauerte einige Sekunden, bis sie begriff, wem die Person ähnelte.

«Der sieht wie Enrico aus», stiess sie hervor. «Das ist unmöglich. Wir waren zusammen bei Erika Fäs und sind danach direkt zum Auto gegangen.»

«Das ist genau das Problem, das wir haben. Gemäss den Aussagen war der Mann allein unterwegs und hat sich der Gruppe um die Bärzeli-Buebe angeschlossen.»

«Wir sind zusammen zum Auto gegangen», sagte Andrina mit Nachdruck. «Ich hatte bis zu diesem Zeitpunkt, an dem der Bärzeli-Trupp auftauchte, keine Ahnung, dass das Treiben gerade stattfand. Enrico hatte Rebecca auf dem Arm, als mich der ‹Stächpaumig› überrumpelt hat. Danach hat er sie ins Auto gesetzt und ist in den Wagen gestiegen.»

Sie hob den Kopf. Marco beobachtete sie.

Andrina stutzte. Sie blickte auf das Bild und sah erneut Marco an.

«Was ist?», fragte er.

«Ist das keinem von euch aufgefallen?»

«Was?»

«Der Typ da hat nicht nur Ähnlichkeit mit Enrico.» Sie tippte mit dem Zeigefinger auf das Blatt.

«Mit wem sonst?»

«Mit dir.»

***

«Langsam und von vorne», sagte Enrico. «Marco zeigt dir ein Bild des mutmasslichen Messerstechers von Hallwil. Der Mann auf der Zeichnung sieht aus wie ich. Gleichzeitig könnte es Marco sein, weil mein Halbbruder grosse Ähnlichkeit mit mir hat.»

«Ja», erwiderte Andrina.

Enrico schichtete Holzscheite im Schwedenofen übereinander und zündete sie an. Er starrte in die Flammen. Deutlich konnte Andrina sehen, wie es in seinem Kopf arbeitete.

«Es stellen sich zwei Fragen.» Enrico setzte sich zu Andrina auf das Sofa. «Erstens. Wer hat einen Grund, eine Beschreibung von mir zu liefern, aufgrund derer ein Phantombild von mir angefertigt wird – Marco? Wir werden nie die besten Freunde sein, doch so eine Aktion traue ich ihm nicht zu.»

Es knackte, als das Metall des Ofens sich wegen der Hitze ausdehnte.

«Zweite Frage», fuhr Enrico fort. «Warum fällt keinem auf, dass die Person auf dem Phantombild nicht nur ich, sondern auch Marco sein kann? Das muss offensichtlich sein, wenn man das Bild betrachtet. Besonders wenn er gegenübersitzt. Dir ist es sofort aufgefallen.»

«Ich habe einen Grund, von dir als möglichem Tatverdächtigen abzulenken.»

«Strunzata!» Enrico stand auf und schob den Regler für die Luftzufuhr ein Stück zurück. «Auf so eine Idee kann nur er kommen. Marco hat ebenso einen Grund dafür. Wie hat er reagiert, als du ihn darauf angesprochen hast?»

«Er war bestürzt.»

Andrina sah vor sich, wie Marco abwechselnd das Bild und sie gemustert hatte. «Stimmt», hatte er geflüstert.

Nachdem Andrina das Polizeikommando verlassen hatte, fragte sie sich, ob seine Fassungslosigkeit echt oder gut gespielt war.

«War er in Hallwil?», fragte Enrico. «Oder hatte er einen Grund, dort zu sein?»

«Er war bei seinen Nachbarn. Die Familie ist im Dezember eingezogen und hat einen kombinierten Einstands- und Neujahresapéro gegeben.»

«Sagt er.»

«Immerhin wird die Nachbarschaft vor Ort gewesen sein. Die Aussage kann leicht überprüft werden.»

«Von wem? Von dir?»

«Von seinem Team», erwiderte Andrina.

«Glaubst du allen Ernstes, sie würden das tun? Soweit ich weiss, ist die Loyalität gross, und niemand würde wagen, Marco zu verdächtigen.»

«Ja und nein. Susanna würde nachfragen, um sicher zu sein.»

«Auch Susanna kann unter Druck gesetzt werden.»

«Enrico!»

«Okay, okay.» Er hob die Hände. «Sie ist nicht davor gefeit, manipuliert zu werden. Vergiss nicht, was letzten Herbst geschehen ist. Da hat sie sich nicht korrekt verhalten. Jemand könnte versuchen, sie einzuschüchtern.»

«Wir leben in der Schweiz, und hier sollten derartige ... Einschüchterungen –»

«Korrupt kann man überall sein», fiel Enrico Andrina ins Wort.

«Ich kann nicht glauben, dass Marco und seine Kollegen Beweismittel manipulieren.» Sie hob die Hand, als Enrico zu einer Erwiderung ansetzte. «Okay, schwarze Schafe hat es überall, aber gleich ein ganzes Team? Ich halte es für unwahrscheinlich, dass das gesamte Team mitzieht und jeder Einzelne riskiert, den Job zu verlieren.»

«Wie lange war Marco überhaupt bei den Nachbarn?», fuhr er fort. «Länger oder hat er nur kurz angestossen, bevor er gegangen ist?»

«Das weiss ich nicht.»

«Ich finde es seltsam, weil –»

Die Türklingel unterbrach ihn. Enricos Missmut über die Störung war deutlich, als er das Wohnzimmer verliess.

Ein kurzer Wortwechsel drang zu Andrina. Kurz darauf kehrte Enrico mit Marco zurück. Beim Anblick der versteinerten Mienen der Männer fröstelte es sie.

Enrico machte eine Geste zu einem der Sessel, und Marco nahm Platz. Er selbst blieb stehen und lehnte sich gegen den Türrahmen, mit vorgerecktem Kinn und vor der Brust verschränkten Armen.

«Ich weiss, es ist spät», sagte Marco. «Es ist wichtig.»

Enrico reckte das Kinn ein Stück weiter nach vorne, als wollte er Marco davor warnen, etwas Unüberlegtes zu sagen.

«Dies vorneweg», fuhr Marco fort. «Ich bin nicht hier, um dir was anzulasten oder dich als Tatverdächtigen ins Auge zu fassen.»

Andrina konnte Enrico ansehen, wie erstaunt er über Marcos versöhnlichen Tonfall war, der nicht zu dessen Gesichtsausdruck passte.

«Bitte.» Marco machte eine Handbewegung zum Sofa.

Enrico kam der Aufforderung mit Widerwillen nach. Andrina setzte sich neben ihn.

«Max hat ein zweites Mal mit dem Zeugen gesprochen. Er bleibt dabei, dich dort gesehen zu haben. Andere, denen das Phantombild gezeigt worden war, haben bestätigt, einen Mann bemerkt zu haben, der diesem ähnelte.»

«Darfst du überhaupt ermitteln, wenn du …» Enrico suchte offensichtlich nach den passenden Worten. Sein Tonfall war zu Andrinas Erleichterung neutral. «Wenn du mit drinsteckst?»

«Ich stecke nicht mit drin.» Erstaunen pur.

«Nicht? Du und nicht ich kannst auf dem Phantombild verewigt sein.»

«Erstens war ich nachweislich nicht in Hallwil. Zweitens, die Beschreibung trifft auf dein und nicht auf mein Auto zu.»

«Heisst das, du bist nicht vom Fall abgezogen?»

«Die Hauptverantwortlichen sind Max und Corina Burkhard.»

Nachdem Marco auf seine einjährige Reise aufgebrochen war, war Max Wagner der Chef der Abteilung Leib und Leben geworden. Corina Burkhard war die Neue in seinem Team. Sie gehörte seit letztem Sommer dazu. Andrina mochte sie nicht besonders. Wenn man Susanna glauben konnte, war sie eine fähige Beamtin.

«Ich war von Anfang an nur unterstützend tätig, indem ich Leute vor Ort befragt habe», fuhr Marco fort. «Ich habe mich nun aus dem Fall zurückgezogen.» Enrico setzte zu einer Erwiderung an, aber Marco kam ihm zuvor. «Ich bin nicht in offizieller Funktion hier.»

Bildete Andrina es sich ein, oder zuckten Enricos Mundwinkel nach oben. Gleich darauf war er wieder ernst. «Unsere Anwesenheit dort», er schaute Andrina an, «war kein Geheimnis. Falls ich mich verdächtig verhalten habe oder was gemacht habe, was diese Aussage nach sich zieht, ist mir das nicht bewusst.»

«Ich denke, es geht um was anderes. Wer könnte ein Interesse haben, dir etwas anhängen zu wollen?»

Du, dachte Andrina.

«Keine Ahnung», erwiderte Enrico. «Man könnte die Frage anders stellen. Wer hat ein Interesse, *dir* etwas anzuhängen, aufgrund deines Jobs?»

Kein abwegiger Gedanke, überlegte Andrina. In Marcos Berufsumfeld gab es sicher genügend Leute, die einen Grund hatten, sauer zu sein.

«Ich wüsste nicht, wer», sagte Marco gedehnt.

«Bei beiden ist das möglich», schaltete Andrina sich ein.

«Es gibt keine Verbindung von mir nach Hallwil», sagte Marco. «Ich habe weder Familie noch Bekannte oder Freunde dort und war seit Ewigkeiten nicht da. Du warst nachweislich vorgestern in Hallwil.»

«Das war spontan, weil wir Erika Fäs besucht haben.»

«Das heisst, du hast keinem von euren Plänen erzählt?»

«Nein.»

«Du?» Marco wandte sich an Andrina.

Sie verneinte.

«Ich habe gegen zehn Uhr am Morgen mit Erika telefoniert, und sie freute sich über den spontanen Besuch», sagte Enrico.

«Frau Fäs wird euren Besuch in dieser Stunde, bevor ihr bei ihr angekommen seid, nicht überall herumerzählt oder auf anderen Kanälen verbreitet haben.»

«Mit Kanälen meinst du Social Media?», fragte Enrico.

«Zum Beispiel», sagte Marco. «Oder sie hat es doch jemandem erzählt. Immerhin dauerte es eine Stunde, bis ihr bei Frau Fäs eingetroffen seid.»

Enrico lachte. «Gemäss dem, was ihr Mann mir einmal erzählt hat, macht Erika um Computerkram, wie sie es nennt, einen riesigen Bogen.»

Wäre der Anlass ein anderer gewesen und hätte Andrina nicht gewusst, worüber sich die beiden unterhielten, hätte es eine gemütliche Plauderei sein können. Sowohl Marco als auch Enrico hatten sich zurückgelehnt und das linke Bein über das rechte geschlagen.

«Ist euch in der letzten Zeit Ungewöhnliches aufgefallen? Ist euch jemand gefolgt? Gab es jemanden, der sich im Quartier herumgetrieben hat?»

«Nein», sagten Enrico und Andrina wie aus einem Munde.

«Wie ist es mit Montag? Habt ihr jemanden bemerkt, der euch hinterherfuhr, als ihr nach Hallwil aufgebrochen seid?»

Erneut verneinten Andrina und Enrico.

«Gab es ungewöhnliche Vorkommnisse im Verlag oder bei JuraMed?»

«Nein», sagte Enrico. «Wir hatten zwischen Weihnachten und Neujahr Betriebsferien. Davor ist nichts passiert, was ich mit dem Vorfall in Hallwil in Verbindung bringen würde.»

Unweigerlich musste Andrina an den Tod von Alfred Fäs denken.

VIER

«Er muss damit zu tun haben», rief Gabi. Mit einer heftigen Bewegung stellte sie die Tasse ab. Tee schwappte auf den Tisch. Gabi ignorierte es und lehnte sich gegen die Anrichte in der Verlagsküche. «Es ist eindeutig, was er bezwecken will. Eine einfachere Gelegenheit, Enrico etwas anzuhängen, gibt es nicht.»

«Das kann ich mir nicht vorstellen», erwiderte Andrina. «Die beiden haben ganz normal miteinander gesprochen.»

«Taktik. Ganz klar.»

«Taktik?», wiederholte Andrina.

«Er tut freundlich, und ihr wiegt euch in Sicherheit.»

«Das glaube ich nicht. Als Marco bei uns war, gab es keine Anfeindungen. Sie haben sachlich miteinander diskutiert.»

«Zu einem sachlichen Gespräch ist Marco nicht fähig. Du solltest ihn kennen. Er sucht nur nach einer Gelegenheit, euch eins auszuwischen.»

Warum hatte sie Gabi davon erzählt? Andrina versuchte zu rekonstruieren, wie sie auf dieses Thema gekommen waren. Richtig, der Auslöser war Sybilles Anruf gewesen, mit der Bitte, heute freinehmen zu können. Danach hatte ein Wort das andere ergeben. Andrina verfluchte sich, nicht besser aufgepasst zu haben und in diese Diskussion hineingerutscht zu sein.

«Bevor er für ein Jahr weg war, hätte ich dir recht gegeben», sagte sie, obwohl sie wusste, dass es nichts brachte. Aber sie hatte nach Marcos anständigem Verhalten von gestern Abend das Bedürfnis, ihn zu verteidigen. «Seit er zurück ist, sehe ich das anders. Er hat sich verändert, zum Positiven, meine ich.»

«Hast du eine Ahnung», rief Gabi. «Er hat sich nicht verändert. Ich erlebe das regelmässig am eigenen Leib.»

Erschrocken starrte Andrina Gabi an. Es war zwischen Marco und Gabi einiges im Argen, wie sie wusste. Besonders André war der wunde Punkt. Wie sie es mitbekommen hatte, forderte Marco seine Besuchstage ein, und Gabi versuchte diese auf ein

Minimum zu reduzieren, soweit es ihr im rechtlichen Rahmen möglich war. Einmal hatte sie bei André eine Magen-Darm-Grippe oder eine andere Ausrede erfunden, damit Marco ihn nicht sehen konnte. Welche Diskussionen es zwischen Marco und ihr gab, erzählte Gabi Andrina nicht. Andrina wollte nicht in diese Angelegenheit hineingezogen werden und hatte sich weitestgehend herausgehalten.

«Er ist nur an seinen Vorteilen interessiert und hält sich nicht an die Abmachungen.»

«Welche Abmachungen?»

«Regelmässig bringt er André zu spät zurück, und letzten Monat hat er nicht gezahlt.»

«Was hat er nicht gezahlt?»

«Andrés Unterhalt. Als ich ihn darauf hinwies, meinte er, er habe aus Versehen diesen Dauerauftrag anstatt eines anderen gelöscht. Wer es glaubt …»

«Das kann jedem passieren.» Falls Marco die Alimente nicht zahlte, hatte Gabi Möglichkeiten das Geld einzufordern, wusste Andrina. Sie konnte eine Bevorschussung verlangen. Dazu musste sie sich nur an die Kindes- und Erwachsenenschutzbehörde oder an das Gericht wenden. Dieses Thema hatten sie kurz nach Andrés Geburt diskutiert, als Gabi befürchtet hatte, Marco würde seinen Zahlungen nicht nachkommen, wenn er im Ausland war. Andrina verkniff es sich, Gabi daran zu erinnern.

«Warum nimmst ausgerechnet du ihn in Schutz?», rief Gabi.

«Ich brauche ihn nicht in Schutz zu nehmen, weil er sich korrekt verhält. Vergiss nicht, er hat mir im September das Leben gerettet. Daher –»

«Was hat das mit mir zu tun?», fiel Gabi Andrina ins Wort. «Es gibt eine ganz einfache Erklärung für seinen Zahlungsrückstand. Marco ist knapp bei Kasse oder sucht nach einem Grund, seinen Verpflichtungen nicht nachzukommen. Ich denke, die Herumreiserei für ein Jahr hat sein Erspartes aufgebraucht, und er hat Schulden.»

Konnte das stimmen, was Gabi vermutete? Ihr Verdacht, er habe sein Erspartes auf der langen Reise aufgebraucht, konnte zutreffen, passte aber nicht zu Marco. Er hatte früher nie auf grossem Fuss gelebt und genügend Geld auf die Seite getan.

Würde er zudem seinen Verpflichtungen André gegenüber nicht nachkommen, falls Gabis Annahmen richtig waren? Auch das passte nicht zu ihm. Hinzu kam, Marco arbeitete seit Dezember bei der Kantonspolizei in der Abteilung Leib und Leben. Zwar nicht mehr als Chef des Teams, aber er hatte wieder einen Lohn. Soweit Andrina sich erinnern konnte, war der nicht schlecht.

Und Gabi verdiente schliesslich auch etwas und bekam zusätzlich Kinderzulagen. Im Aargau waren das zweihundert Franken pro Kind im Monat. In finanzielle Schieflage sollte sie daher nicht kommen, falls sich Marcos Alimentenzahlung einmal verzögerte.

Tatjana streckte den Kopf zur Küchentür herein. «Hier seid ihr. Gleich fängt die Sitzung mit der Zuteilung der Krimis fürs Lektorat an.»

Andrina schaute auf ihre Armbanduhr. «Danke für das Bescheid geben. Wir kommen gleich», sagte sie und räumte ihre Tasse in den Geschirrspüler. Zuspätkommen war nicht ratsam, wenn sie Elisabeths Unmut nicht auf sich ziehen wollten.

«Was hat das eine mit dem anderen zu tun?», fragte Andrina, als Gabi ihr ihre Tasse reichte. «Warum sollte Marco ein Phantombild von Enrico erstellen lassen? Das würde auffallen, und er hätte keinen Nutzen davon, was seine finanzielle Situation betrifft.»

«Er muss es nicht selbst in Auftrag gegeben haben, sondern könnte einen potenziellen Zeugen aus dem Hut gezaubert haben.»

«Der in seinem Auftrag eine Falschaussage inklusive Personenbeschreibung von Enrico liefert?»

«Zum Beispiel.»

«Das würde dieser Zeuge nicht umsonst machen.»

«Damit er ihn zahlen kann, hat er mein Geld zurückbehalten.»

Andrina lachte auf. «Gabi! Du verrennst dich in etwas.»

«Marco ist zu allem fähig.»

«Dabei lässt er ausser Acht, selbst in den Fokus der Ermittlungen geraten zu können? Falls es herauskommt, dass er eine Falschaussage gemacht oder andere dazu angestiftet hat, wird er in Schwierigkeiten geraten und kann sogar im Gefängnis landen. So dumm wird er nicht sein.»

«Daran hat er nicht gedacht, oder es ist ein günstiger Nebeneffekt.»

«Was meinst du damit?»

«Wer würde auf die Idee kommen, er könnte damit zu tun haben, wenn der Verdacht durch dieses Phantombild gleichzeitig auf ihn fällt?»

***

Den Kopf einzuziehen nützte nichts. Die Bise blies kräftiger als am Morgen. Andrina fror bereits fünf Minuten nachdem sie das Verlagsgebäude verlassen hatte und mit dem Velo am Herzogplatz in die Bachstrasse einbog. Zum Glück musste sie nicht nach Erlinsbach. Enrico hatte angeboten, Rebecca bei Seraina abzuholen.

Beim Brügglifeldstadion bog Andrina rechts ab. Nach nochmaligem Abbiegen erreichte sie ihr Haus.

Vor der Einfahrt stand ein Velo auf dem Lenker und Sattel. Ein Mann, der stärker vermummt war als Andrina, machte sich an der Kette zu schaffen. Sein Schal war über die Nase gewickelt und die Kappe bis zu seinen Augenbrauen heruntergezogen.

Er schaute auf, als Andrina neben ihm vom Velo stieg, und erwiderte ihren Gruss.

«Geht es?», fragte Andrina.

«Die Kette ist rausgesprungen, aber sie ist wieder drin.» Zur Bestätigung drehte er am rechten Pedal. «Das passiert im Moment dauernd und wird langsam lästig. Wohnen Sie hier?»

«Ja», sagte Andrina vorsichtig.

«In dem Fall können Sie mir bestimmt helfen. Ich suche die General-Guisan-Strasse. Dort ist eine Wohnung zu vermieten, die ich mir anschauen möchte. Der Block soll direkt am Waldrand sein.»

«Sie müssen in diese Richtung fahren», sagte Andrina. Sie wies die Strasse entlang und erklärte den Weg.

Der Mann bedankte sich und drehte sein Velo um. Als er aufstieg, fuhr Enrico in die Einfahrt. Er begrüsste Andrina mit einem Kuss. «Wer war das?», fragte er.

«Keine Ahnung. Er will zu den Wohnblöcken an der General-Guisan-Strasse.»

Der Mann hatte nach einigen Metern angehalten und schaute zu ihnen zurück. Er holte sein Handy aus der Jackentasche und hielt es an das Ohr.

Enrico öffnete die hintere Wagentür und hob Rebecca aus dem Kindersitz.

«Mami!», rief sie.

Andrina hob sie hoch und bekam einen dicken Kuss auf die Wange.

«Liebe Grüsse von Seraina», sagte Enrico und ging zum Haus.

Bevor Andrina ihm folgte, sah sie zu dem Mann, der weiterhin an der gleichen Stelle stand und zu ihnen herüberschaute. Ihre Blicke trafen sich. Er steckte das Handy ein, hob die Hand wie zum Gruss und fuhr ab.

***

Andrina stellte Rebeccas Zahnbürste ins Zahnputzglas. Rebecca drehte sich um und eilte aus dem Badezimmer. Anstatt zu ihrem Zimmer abzubiegen, lief sie zur Treppe, die nach unten führte. Auf der obersten Stufe wurde sie von Enrico abgefangen.

«*No, piccola.* Bettzeit.» Er hob sie hoch und trug sie zurück.

Rebecca wand sich und stiess mit den Händen gegen seine Brust. «*No*», stiess sie hervor und trommelte mit Fäusten gegen Enrico. «Will nicht.»

«Schade, ich wollte dir gerade vorlesen.»

«Buch?»

«*Sì.*»

Kurz darauf hörte Andrina Enrico aus einem italienischen Kinderbuch vorlesen.

Andrina beschloss, die beiden nicht zu stören. Aufatmend, da es kein Theater gab, ging sie ins Wohnzimmer. Heute Abend war Rebecca unleidig gewesen. Sie hatte nichts essen wollen, und ihre Laune hatte sich zusehends verschlechtert, je näher die Zeit zum Schlafengehen rückte.

Bevor Andrina sich auf das Sofa setzen konnte, klingelte das Telefon. Rasch nahm sie das Gespräch entgegen, damit Rebecca die Ruhestörung nicht als Anlass auffassen konnte, nachzuschauen, wer anrief.

Niemand meldete sich.

«Hallo?», sagte Andrina.

Keine Reaktion. Nur ein Rauschen wie von Wind war zu hören.

Andrina legte auf. Gleich darauf klingelte es erneut. Die Nummer auf dem Display kannte sie nicht. Dennoch nahm sie das Gespräch entgegen. Wie vorhin meldete sich keiner. Kein Rauschen oder andere Hintergrundgeräusche waren zu hören. Lag es an ihrem Telefon? Es wäre nicht das erste Mal. In der Vergangenheit hatten sie öfter Probleme. Nach einer halben Stunde funktionierte es unerklärlicherweise wieder. Die Telefongesellschaft hatte keinen Grund für die Störung herausgefunden.

Andrina holte ihr Handy. Bevor sie testen konnte, ob das Problem an ihrem Anschluss lag, klingelte das Telefon zum dritten Mal. Das Display zeigte die gleiche Nummer wie vorhin.

Andrina nahm das Gespräch wiederum entgegen. Atmen war zu hören.

«Hallo?»

Im Hintergrund erklang die Sirene einer Ambulanz, die leiser wurde. Gleich darauf hörte Andrina auf der Strasse vor dem Haus ebenfalls eine Sirene. Andrina eilte in die Küche und konnte in der Dunkelheit das Zucken der Blaulichter erkennen, wie sie sich entfernten.

Ein Klicken.

Stille.

Irritiert schaute Andrina auf das Mobilteil. War das die gleiche Sirene gewesen? Sie rief die Anruferliste auf. Dreimal die gleiche Telefonnummer. Die eines Handys. Andrina gab die Telefonnummer im Internettelefonbuch ein.

Kein Eintrag.

Mussten nicht alle Telefonnummern registriert sein? Sie gab ihre Handynummer und die von Enrico in der Suchmaske ein. Keine Einträge.

Logisch. Sie hatten diese Einträge nicht veranlasst.

Warum rief er dreimal hintereinander an und antwortete nicht? Angst kroch ihren Rücken hoch.

Die Ambulanz. Falls es sich um dieselbe handelte, war der Anrufer in der Nähe. Andrina trat an das Küchenfenster und spähte nach draussen. Es war stockfinster. Keine Chance, was zu erkennen.

«Was machst du hier im Dunkeln?»

Andrina schrie auf und liess beinahe das Mobilteil fallen.

«Entschuldige. Ich wollte dich nicht erschrecken. Rebecca ist nach der Hälfte der Geschichte eingeschlafen. *Grazie a Diò.*»

Andrina blinzelte, als Enrico das Licht einschaltete.

«Wem bist du begegnet? Einem Gespenst? Wer hat vorhin angerufen?»

Andrina fand ihre Stimme wieder. «Keine Ahnung.» Sie berichtete von dem Anrufer und der Ambulanz.

«Seltsam», sagte Enrico und setzte sich an den Küchentisch. «Das kann Zufall sein.»

Damit konnte er recht haben. Doch Andrina war überzeugt, dass es nicht so war.

«Das Ganze hat einen einfachen Grund», sagte Enrico nach einigen Sekunden. «Er hat sich verwählt.»

«Gleich dreimal hintereinander?»

«Vielleicht dachte er, er habe die falsche Nummer eingestellt. Erst beim dritten Mal hat er gemerkt, dass er beim Notieren der Telefonnummer einen Fehler gemacht hatte. Das ist mir auch schon passiert.»

Das klang logisch.

«Hat er es ein viertes Mal versucht?»

«Bis jetzt nicht.»

«Siehst du.»

Das Unbehagen blieb. Sie dachte an Marcos Frage, ob in der letzten Zeit seltsame Dinge passiert seien. Auf solche Anrufe traf das zu. Oder war sie überempfindlich, und stimmte das, was Enrico vermutete?

Andrina beschloss, es auf sich beruhen zu lassen. Ihr Blick wanderte zu dem Fenster. Die Dunkelheit dahinter sah undurchdringlicher aus als vorhin mit ausgeschaltetem Licht.

FÜNF

Andrina und ihre Nachbarin Ruth Bischofsberger erreichten den Startpunkt des Vitaparcours. Heute hatten sie ausnahmsweise die Runde abgekürzt. Sogar Ruths Appenzellerhündin Fara schien schnell nach Hause zu wollen und zog an der Leine.

«Ich bin froh, Fara zu haben», sagte Ruth. «Ohne sie hätte ich keinen Fuss vor die Tür gesetzt. Die Bewegung tut mir gut, besonders nach den Weihnachtstagen, die mir drei Kilo mehr beschert haben.»

Andrina musterte die hagere Frau. Von einer Gewichtszunahme keine Spur. Nach dem unerwarteten Tod ihres Mannes vor bald zwei Jahren hatte Ruth im Tierheim nach einem Hund angefragt, um nicht allein in dem Haus zu sein. Das hatte die rüstige Rentnerin nicht verlassen wollen.

Andrina hatte die beiden öfter auf einem Spaziergang angetroffen, bis Ruth im letzten Sommer vorgeschlagen hatte, sie könnten zusammen spazieren gehen. Seitdem verabredeten sie sich regelmässig. Die Spaziergänge von über einer Stunde waren für Andrina Erholung, und für Rebecca waren die Ausflüge mit Ruth und Fara ein Highlight. Sie liebte die Hündin.

«Zieh nicht so», ermahnte Ruth sie. Fara verlangsamte das Tempo und ging bei Fuss.

«Ich Hund», rief Rebecca und streckte die Hand nach der Leine aus.

«Nur bis zum Parkplatz von der KEBA», sagte Ruth.

Rebecca rutschte aus dem Buggy und griff strahlend nach der Leine. Zum Glück war Fara eine Seele von einem Hund. Sie ging direkt neben Rebecca und passte ihre Geschwindigkeit dem Mädchen an, als wüsste sie, sich benehmen zu müssen.

Sie folgten dem Schwirrenmattweg zur Goldernstrasse.

«Nun musst du sie mir zurückgeben», sagte Ruth, als sie auf dem Parkplatz angekommen waren.

Rebecca zögerte. Ruth sagte nichts und streckte weiterhin die

Hand aus. Ein Trotzanfall war vorprogrammiert. Zu Andrinas Erleichterung lenkte Rebecca nach einigen Sekunden ein und kletterte zurück in den Buggy.

Ein Velofahrer fuhr dicht an ihnen vorbei. Wasser spritzte gegen Andrinas Bein, als er durch eine Pfütze fuhr. Die Feuchtigkeit drang sofort durch den Stoff der Jeans und liess Andrina frösteln.

«Sie ungehobelter Kerl!», rief Ruth. «Passen Sie doch auf.»

Der Mann drehte sich um und hob die Hand. Das war keine entschuldigende Geste. Andrina meinte gesehen zu haben, wie er den Mittelfinger ausstreckte, bevor er abbog.

«Die jungen Leute heutzutage», ereiferte sich Ruth.

«Es lohnt sich nicht, sich darüber aufzuregen.»

«Wenn man das gewagt hätte, als ich jung war.»

«Ruth, lass es gut sein.»

«Du hast recht, ich sollte an meinen Blutdruck denken. Trotzdem würde ich dem Kerl gerne die Meinung sagen.» Sie hob die Hände, als Andrina zu einer Erwiderung ansetzte. «Ja, ja. Ich weiss. Es bringt nichts.»

Während sie weitergingen, berichtete Ruth vom Seniorinnentreffen, das sie seit dem Tod ihres Mannes regelmässig besuchte. Andrina hörte nur mit halbem Ohr zu und war in Gedanken beim Velofahrer. War das nicht der Mann gewesen, der sie gestern nach dem Weg zu den Wohnblöcken gefragt hatte? Der Velofahrer hatte eine ähnliche Jacke und Kappe an. Andrina blickte zurück. Die Wohnblockanlage war von hier aus nicht zu sehen.

«Andrina?»

«Was? Entschuldige, ich war mit den Gedanken an einem anderen Ort.»

«Das habe ich gemerkt.»

Sie erreichten die Strasse, in der sie wohnten. Ein Auto fuhr langsam an ihnen vorbei und hielt auf der Höhe von Andrinas Haus. Der Fahrer stieg nicht aus. Der Wagen fuhr langsam an, wendete und kam im Schritttempo auf sie zu. Erneut hielt er vor Andrinas Einfahrt. Sogar aus der Entfernung konnte Andrina erkennen, wie er zu ihrem Haus und anschliessend zu ihr schaute. Der Wagen setzte rückwärts in die Einfahrt von Dario Roths Haus schräg gegenüber, um sich gleich darauf in die entgegengesetzte Richtung zu entfernen. Er bog an der nächsten Strasse rechts ab.

«Ich habe mich gefragt, wann sich endlich dieses Mistwetter bessert», sagte Andrina, in Gedanken weiterhin bei dem Wagen.

«Das ist eine gute Frage.» Ruth und Andrina erreichten Ruths Grundstück. Ruth öffnete das Holztor, das in ihren Garten führte, und löste die Leine. Anstatt hineinzulaufen, drehte Fara um und rannte bellend auf Andrinas Grundstück.

«Fara! Fuss!»

Die Hündin umrundete das Haus und verschwand im Garten. Das Gebell verstummte.

«Dieser verflixte Hund! Entschuldige bitte.»

Andrina folgte Ruth in ihren Garten. Von Fara war nichts zu sehen.

«Fara! Bei Fuss!», rief Ruth erneut.

Nichts. Keine Hündin. Kein Gebell.

«Das gibt es nicht. Normalerweise macht sie das nicht.»

Andrina überquerte die Wiese und ging zu den Büschen. Keine Spur von der Appenzellerhündin. Sie überquerte den Rasen und spähte in den Garten der anderen Nachbarn, ob Fara dort mit dem Mischlingshund Snoopy anzutreffen war. Der Garten von Anna und Werner Schaufelberger war leer. Ratlos schauten sie einander an.

«Fara ist noch nie davongelaufen.» Ruths Verzweiflung war deutlich.

Bevor Andrina antworten konnte, hörte sie ein Winseln, das von der anderen Seite des Hauses kam.

«Mami. Hund.» Rebecca wies auf Fara, die mit zwischen den Hinterbeinen eingeklemmtem Schwanz auf sie zukam.

«Sie humpelt», sagte Andrina.

Ruth untersuchte die rechte Vorderpfote, und Fara jaulte auf. «Sie blutet. Was hast du gemacht?»

Neues Winseln.

Andrina blickte in die Richtung, aus der Fara gekommen war. An der Grenze zu Ruths Grundstück gab es nur Büsche und den schmalen Plattenweg, der in Andrinas und Enricos Garten führte. Aber nichts, das diese stark blutende Wunde erklärte.

Fara schnüffelte an ihrer Pfote und leckte über die Wunde. Sogleich gab sie einen Schmerzenslaut von sich.

«Ich fürchte, ich muss mit ihr zum Tierarzt.»

«Bitte entschuldige.»

«Du kannst nichts dafür, wenn ich meinen Hund nicht im Griff habe und Fara ungehorsam ist, davonrennt und sich verletzt.»

***

«Becca Teig.» Rebecca streckte die Hand aus.

«Du hattest gerade davon. Sonst bleibt nichts mehr für den Dreikönigskuchen übrig.»

«Teig.»

Andrina fuhr mit dem Unterarm über ihre Stirn.

«Teig!» Rebeccas Stimme wurde eine Nuance schriller.

«Aller guten Dinge sind drei. Das ist die letzte Portion.»

Rebecca stopfte den Teig in den Mund und kaute zufrieden.

Andrina knetete Rosinen in den Hefeteig. Anschliessend formte sie neun Kugeln, von denen eine grösser war als die anderen. In eine der kleinen schob sie eine Mandel und gruppierte die kleinen Kugeln um die grössere, die sie auf ein Backblech gelegt hatte. Andrina bestrich den Kuchen mit Eigelb. Sie streute Hagelzucker und gehobelte Mandeln darüber und schob das Blech in den kalten Ofen.

«Er muss eine halbe Stunde backen», sagte sie zu Rebecca und hob sie aus dem Kinderstuhl.

Im Gang war es dunkel. Die Dämmerung hatte heute früh eingesetzt. Andrina sehnte sich nach Licht und Wärme.

Sie fröstelte. Von irgendwoher wehte ein kühler Luftzug. Oder bildete sie sich das ein? Bei dem momentanen Dauergrau hatte sie grundsätzlich das Gefühl, nonstop zu frieren.

Andrina schaltete das Licht ein. Im Spiegel neben der Garderobe bemerkte sie das Mehl an ihrer Stirn und den Wangen. Mit dem Handrücken wischte sie über das Gesicht.

Ein Knarren liess Andrina herumfahren. Die Tür zum Badezimmer schwang leicht auf. Entgeistert starrte Andrina sie an, als sie sich ein Stück wieder schloss. Sie war sich sicher, sie zugemacht zu haben.

Rebecca marschierte zum Bad.

«Nein!»

Unbeirrt stiess Rebecca die Tür auf und verschwand aus Andrinas Blickfeld. In Andrina kam Bewegung, und sie riss die Tür auf. Sie schaltete das Licht ein. Rebecca stand mitten im Raum. Ausser ihr war niemand im Bad.

«Häfi», sagte sie und ging zum Kindertöpfchen, das neben der Badewanne mit der Wickelvorrichtung stand. Seraina hatte es ihr gegeben. «Auch wenn sie noch nicht so weit ist, wird es ihr Interesse wecken, wenn sie es sieht», hatte sie erklärt.

Vor dem Fenster bemerkte Andrina auf den Bodenplatten Wasserspritzer.

Ein Luftzug wehte durch den Raum, und das Fenster schwang auf. Mehr als es anstarren konnte Andrina nicht.

«Kalt», sagte Rebecca und stellte sich vor das Fenster.

Fieberhaft überlegte Andrina, ob sie gelüftet und vergessen hatte, es zu schliessen.

Das letzte Mal war sie im Bad gewesen, bevor sie mit Ruth und Fara zum Spaziergang aufgebrochen war. Veranlassung zum Lüften hatte es keine gegeben. Oder halt. Sie hatte Rebecca gewickelt und das Fenster anschliessend gekippt. Sicher hatte sie es nicht ganz geöffnet.

Zögernd trat Andrina an das Fenster und untersuchte den Fensterrahmen. Es sah nicht aus, als habe sich jemand daran zu schaffen gemacht. Hatte sie es geöffnet und einfach vergessen?

Andrina lehnte sich über den Fenstersims und schaute nach rechts und links. Es war fast dunkel. Sie wollte den Rückzug antreten, als sie das Geräusch von knackenden Ästen vernahm.

Der Lichtstrahl aus dem Badezimmer erfasste für den Bruchteil einer Sekunde eine Bewegung. Ein Schatten huschte zu Ruths Grundstück. Bevor sie sich sicher war, dass er existierte, war er verschwunden. Gebannt starrte sie auf die Stelle. Dichte Büsche in ihrem und in Ruths Garten, die die Grundstücke voneinander trennten. Einige davon waren kahl, andere immergrün.

Aus dieser Richtung war Fara gekommen, fiel Andrina ein. Sie sah die winselnde Hündin vor sich, wie sie mit blutender Vorderpfote auf sie zugehumpelt kam.

«Mami?» Rebecca zupfte an ihrem Hosenbein.

Mit einer raschen Bewegung schloss Andrina das Fenster und rüttelte daran, um sicher zu sein, dass es verschlossen war.

Ein Klicken hinter ihr. Andrina wirbelte herum. Schritte näherten sich und gingen an der Badezimmertür vorbei. Es war jemand im Haus. Der Schatten da draussen musste der Komplize gewesen sein. Sie wollte sich nicht ausmalen, was passierte, wenn der Einbrecher auf sie traf.

Raus aus dem Haus, echote es in ihrem Kopf. Andrina hob Rebecca hoch, stürmte aus dem Raum und stiess im Gang mit jemandem zusammen.

«Nein!»

Sie machte auf dem Absatz kehrt und rannte ins Wohnzimmer. Hektisch schob sie den Vorhang zur Seite, aber er verfing sich im Türgriff. Andrina zerrte fester und befreite den Griff. Sie riss die Tür auf. Bevor sie ins Freie laufen konnte, wurde sie von hinten gepackt.

Eine Stimme dicht neben ihrem Ohr. Was sie sagte, verstand Andrina nicht.

Sie wand sich und presste Rebecca fester an sich.

«Papà.»

«Was?», stiess Andrina hervor.

«Madre mia, was ist mit dir los?»

«Ich …» Andrina stellte Rebecca auf den Boden und liess sich von Enrico in die Arme nehmen. Er führte sie zum Sofa, auf das sie sich sinken liess. Wie lange sie auf dem Sofa gesessen hatte, bis das Zittern nachliess, wusste Andrina nicht.

«Was ist passiert?», fragte Enrico.

«Ich … ich dachte, du bist jemand anderer.»

«Das habe ich fast vermutet.» Sein Mund verzog sich, was offenbar ein Lächeln sein sollte. Die Aufforderung war deutlich.

Andrina versuchte sich zu sammeln.

«Das Fenster im Bad war offen, und ich habe eine Gestalt im Garten gesehen.»

«Es hat sich jemand in unserem Garten herumgetrieben?»

«Als ich dich im Gang hörte, dachte ich, es wäre jemand im Haus. Woher sollte ich wissen, dass du es bist?»

«Ich habe spontan früher Schluss gemacht. Zur Feier des Tages, weil das Wochenende vor der Tür steht.» Enrico schnupperte. «Sag mal, bist du gerade am Backen?»

«Himmel!» Andrina sprang auf und eilte in die Küche. «Er ist brauner als normalerweise, aber geniessbar», murmelte sie und stellte das Blech mit dem Dreikönigskuchen auf die Küchenanrichte.

Enrico füllte Wasser in den Teekocher. «Was für eine Gestalt hast du im Garten gesehen?»

«Vermutlich habe ich mir alles eingebildet», erwiderte Andrina und zog Rebecca zu sich auf den Schoss. «Wahrscheinlich liegt es an dem Vorfall mit Fara.»

Sie berichtete von der verletzten Hündin und von dem Fenster, das weit offen stand.

«Du kannst dich nicht erinnern, das Fenster geöffnet zu haben.» Keine Frage, sondern eine Feststellung.

«Ich bin mir sicher, es nur gekippt und später geschlossen zu haben, bevor ich das Haus verlassen habe.»

«Fara hat geblutet?»

«Ja, am Bein. Ruth ist mit ihr zum Tierarzt gefahren. Sie wollte sich melden, wenn sie mehr weiss. Bis jetzt habe ich nichts gehört.» Hoffentlich war das kein schlechtes Zeichen.

Das Telefon klingelte.

Andrina sprang auf und schaute auf das Display. Das musste Gedankenübertragung sein.

«Die Wunde musste genäht werden», sagte Ruth. Sie klang

gefasst, obwohl Andrina ein leichtes Zittern in ihrer Stimme wahrnahm. «Zum Glück ist das Bein nicht gebrochen, aber die Wunde ist tief, und der Knochen lag frei.»

«Um Himmels willen!», rief Andrina.

«Der Tierarzt sagte, es sei kein Problem, die Wunde zu behandeln. Fara ist jung, und die Wunde wird komplett verheilen. Ich konnte Fara mit nach Hause nehmen. Sie wird sich die nächsten Wochen schonen müssen. Die Aussicht auf einen zappeligen Hund macht mir inzwischen mehr Sorgen.»

«Gott sei Dank. Ich hätte es mir nicht verziehen, wenn Fara ernster verletzt gewesen wäre und eingeschläfert werden müsste.»

«Du musst dir keine Vorwürfe machen.»

«Das ist in unserem Garten passiert. Ich frage mich, was sie gemacht hat.»

«Der Tierarzt sagte, sie könnte irgendwo hinuntergesprungen und dabei hängen geblieben sein.»

«Bei uns im Garten? Dort gibt es keine Mauer oder ein Gestrüpp mit Dornen.»

«Das habe ich ihm gesagt und ihm erzählt, dass sie davongerannt ist. Der Tierarzt sagte, es gebe eine andere Möglichkeit. Es könnte jemand mit einem harten Gegenstand auf sie eingeschlagen haben. Sie hatte nämlich eine weitere Platzwunde an der Schulter.»

Andrina glaubte, sich verhört zu haben.

«Ich habe ihm erklärt, meinen Hund nicht zu schlagen.» Ruths Entrüstung war deutlich.

Geschlagen? Puzzleteile setzten sich im Kopf zusammen. Andrina sah Fara vor sich, wie sie bellend in ihrem Garten verschwand. Das Bellen hatte anders geklungen als das, wenn Fara sie begrüsste oder Rebecca mit ihr spielte.

«Vielleicht war jemand in unserem Garten, den Fara bemerkt hat.» Andrina berichtete von ihren Beobachtungen, die sie vorhin Enrico erzählt hatte.

«Du meinst, Fara wollte einen Einbrecher stellen?», flüsterte Ruth. «So erschreckend ich es finde, es macht Sinn. Er könnte sie mit dem Einbruchswerkzeug, zum Beispiel einer Brechstange, geschlagen haben.»

***

Samuel Häusermann schlug die Haustür zu und hängte seinen Wintermantel an die Garderobe. Seine dunklen Haare waren feucht und lockten sich im Nacken.

«Mistwetter», sagte er.

Heute fiel sein Hinken stark auf. Vor einigen Jahren hatte er einen Skiunfall gehabt, der einen komplizierten Bruch seines linken Beins zur Folge gehabt hatte. Ganz in Ordnung war das Bein nie mehr gekommen. Es war von seiner Tagesform oder vom Wetter abhängig, wie sehr das Hinken hervortrat.

«Und?», fragte Andrina.

Nachdem sie das Gespräch mit Ruth beendet hatte, hatte Enrico darauf gedrängt, die Polizei zu verständigen. Die anonymen Anrufe gestern Abend, Faras Verletzung und der potenzielle Einbrecher heute im Garten waren ihm zu viele Zufälle. Andrina wusste nicht, ob das ausreichte, damit die Polizei aktiv wurde. Besonders beim dritten Punkt war sie nach wie vor unsicher, ob ihr nicht die Dämmerung einen Streich gespielt hatte. Ein Einbruch lag für sie definitiv nicht vor, da sie keine Einbruchspuren am Badezimmerfenster erkennen konnte. Genauso wenig fanden sich Beweise für die Anwesenheit einer fremden Person in ihrem Haus, während Andrina und Ruth spazieren waren.

Als Enrico das Mobilteil des Telefons in die Hand genommen hatte, hatte es geklingelt.

Andrinas Freundin Susanna Marioni war dran. Für Enrico war es ein Wink des Schicksals, da sie bei der Kantonspolizei in der Abteilung Leib und Leben arbeitete wie ihr Lebenspartner Samuel Häusermann.

Susanna hatte Andrina und Enrico spontan am Wochenende zum Nachtessen einladen wollen. Als sie hörte, was geschehen war, war sie sofort mit Samuel Häusermann gekommen.

Die beiden hatten das Badezimmerfenster inspiziert und waren um das Haus gelaufen. Anschliessend war Häusermann zu Ruth gegangen, um sie zu befragen.

«Es ist schwer, brauchbare Hinweise zu finden», sagte Häusermann. «Es schüttet wie aus Kübeln.»

Er folgte Andrina ins Wohnzimmer und setzte sich neben Susanna auf das Sofa.

«Wir haben Folgendes.» Susanna hob den Daumen der rechten Hand und tippte mit dem Zeigefinger der anderen dagegen. «Erstens, einzelne Äste an den Büschen zum Grundstück zu eurer Nachbarin sind abgebrochen. Das kann ein allfälliger Einbrecher verursacht haben, oder es ist passiert, als ihr nach Fara gesucht habt. Frau Bischofsberger hat ausgesagt, ihr hättet zusätzlich zwischen den Büschen gesucht.»

«Das ist richtig. Als wir Fara entdeckt haben, sind wir zu ihr gelaufen. Der Gärtner hat den Winterschnitt noch nicht gemacht, und die Büsche sind ausladend. Es kann gut ein Ast während unserer Suche abgebrochen sein.»

«Zweitens.» Susanna streckte den Zeigefinger auf. «Das Fenster im unteren Bad stand sperrangelweit offen. Wobei nicht klar ist, ob du vergessen hast, es zu schliessen.»

Andrina nickte.

«Kannst du dich erinnern, ob es offen stand, als ihr Fara gesucht habt?»

«Nein. Das wäre mir bestimmt aufgefallen.»

«Oder ob es gekippt war?»

«Das kann ich nicht sagen. Wir waren auf Fara fixiert …»

«Okay. Drittens.» Der Mittelfinger gesellte sich zu den anderen beiden. «Keiner von uns kann Hinweise am Fenster ausmachen, dass jemand versucht hat, sich gewaltsam Zutritt zu verschaffen. Viertens. Brauchbare Spuren wie Schuhabdrücke sind im Garten bei dem Sauwetter nicht erkennbar. Weder in eurem noch in dem von Frau Bischofsberger.» Der Ringfinger schnellte hoch.

«Alles in allem heisst das, wir können nicht sagen, ob eine fremde Person auf unserem Grundstück war», folgerte Enrico.

«Nicht ganz.» Susanna hob fünf Finger in die Luft. «Es lag ein Holzstück neben dem Weg.»

«Das könnte von unserem Cheminéeholz heruntergefallen sein, das wir neben dem Badezimmerfenster an der Hauswand aufgeschichtet haben.»

«Das ist ein Erklärungsansatz. Allerdings lag das Holzscheit zu weit von der Wand weg, als wenn es einfach hinuntergepurzelt wäre.» Susanna bückte sich und legte das Holzstück, das in einem durchsichtigen Plastiksack steckte, auf das Wohnzimmertischchen. «Das hier scheint Blut zu sein», sagte sie und wies auf die Holzfläche, auf der Andrina neben dem Rot schlammige Erde erkannte.

«Das wäre vom Regen abgewaschen worden», sagte Enrico.

«Es lag mit der Fläche nach unten.»

«Ist das Blut frisch?», flüsterte Andrina.

«Es sieht so aus. Faras Verletzungen wurden von einem harten Gegenstand verursacht. Wenn dies Hundeblut ist, ist das Holzstück nach ihr geworfen worden, oder er hat zugeschlagen, als Fara ihn stellte.» Sie hob die Hand, als Enrico zu einer Erwiderung ansetzte. «Es wird nicht genau zu dem Zeitpunkt vom Holzstapel heruntergefallen sein, als Fara daran vorbeilief, und sie am Bein getroffen haben. Das wäre ein arger Zufall.»

SECHS

«Schön, dass du da warst», sagte Clarissa Rüegg, die Einkaufsleiterin bei JuraMed.

«Dem stimme ich zu», pflichtete ihr Ueli Siebert bei, der wie sie zur Geschäftsleitung des Pharmaunternehmens gehörte.

Da die meisten Angestellten in der vergangenen Woche in den Ferien gewesen waren, hatte Enrico den Neujahrsapéro auf diese Woche verlegt und die Mitarbeiter am Montagnachmittag eingeladen.

Er hatte Andrina gefragt, ob sie vorbeikommen wolle. Zuerst hatte sie keine Lust gehabt. Als er hinzufügte, seine Mitarbeiter würden sich freuen, Andrina und Rebecca wiederzusehen, hatte sie eingewilligt.

«Für dich», sagte Enricos Sekretärin Fadrina und drückte ihr ein Päckchen in die Hand.

«Das ist unfair», rief Ueli Siebert. «Mir backt sie nie eine Bündner Nusstorte.»

«Das stimmt nicht», sagte Fadrina. Sie stammte wie Andrinas längst verstorbene Grosseltern mütterlicherseits aus dem bündnerischen Ftan, und ihre Nusstorten waren legendär.

Andrina verabschiedete sich von weiteren Mitarbeitern.

Ein dunkelhaariger Mann begleitete sie aus dem Raum. Alex Moser hiess er, wenn Andrina sich richtig erinnerte. Er gehörte zum Team des Einkaufs.

«Ich schau einmal nach, wie weit die Handwerker mit unserem Gäste-WC sind», sagte er zu Enrico.

Er hatte am ersten Arbeitstag in diesem Jahr den Wasserschaden entdeckt. Ein Rinnsal hatte sich den Weg unter der Tür hindurch in den Eingangsbereich von JuraMed gebahnt. Warum ausgerechnet Alex Moser den Job gefasst hatte, sich darum zu kümmern, wusste Andrina nicht.

«Kommen sie voran?», fragte Enrico.

«Nicht wirklich. Heute Morgen mussten sie zweimal Material holen, das sie vergessen hatten.» Er bog beim Empfang rechts ab und verschwand durch eine offen stehende Tür. Aus dem Raum schallte Gehämmer zu ihnen heraus.

«Ich bringe euch zum Auto», sagte Enrico.

Andrina schloss den Reissverschluss ihrer Jacke und folgte Enrico nach draussen. Sie wichen zwei Männern aus, die ein Lavabo trugen.

«Das ist eine grössere Angelegenheit», sagte Enrico. «Sie mussten alles herausreissen und die Plättli abspitzen, um die Wand freizulegen.»

«Haben sie das Problem gefunden?»

«Eine Leitung hatte einen Riss. Der Grund dafür ist unklar. Es scheint immerhin erst in der Nacht auf den dritten Januar passiert zu sein und nicht früher. Sonst hätte der Eingangsbereich unter Wasser gestanden, und der Schaden wäre um einiges grösser.»

Sie gingen an den Wagen der Handwerker vorbei, die auf den Geschäftsleitungsparkplätzen abgestellt waren. Enrico hatte darum gebeten, den Handwerkern diese Parkfelder zu überlassen, damit sie nicht alles über den gesamten Parkplatz tragen mussten.

Andrina überquerte den Parkplatz. Sie hatte ihren Wagen neben Enricos abgestellt. Enrico folgte ihr, als sie auf die Fahrerseite ging.

«Porca miseria!», stiess er hervor. Er schwankte und stützte sich an Andrinas Wagen ab.

«Was …» Sie brach ab, als ihr Blick auf Enricos Wagen fiel. In hellroten Buchstaben war «Mörder» auf die Fahrertür gesprayt.

***

Andrina sass mit durchgestrecktem Rücken auf dem Sofa. Marco und Susanna hatten ihr gegenüber Platz genommen. Rebecca sass auf Susannas Schoss und zupfte an ihren Haaren.

Andrina war sich nicht schlüssig, was die beiden hier wollten, aber sie war froh, nicht allein auf Enrico warten zu müssen.

Nach der Befragung der Polizei bei JuraMed durfte sie gehen. Wie in Trance war sie nach Hause gefahren und wusste nicht, wie sie das ohne Unfall geschafft hatte. Danach hatte Susanna sie angerufen. Allerdings hatte sie keine Gelegenheit gehabt, den Grund ihres Anrufes zu sagen, da Andrina in Tränen ausgebrochen war.

«Wir sind ganz in der Nähe und kommen vorbei», hatte Susanna gesagt, da Andrina keinen zusammenhängenden Satz auf die Frage, was los sei, hervorgebracht hatte.

Wen sie mit «wir» gemeint hatte, war klar geworden, als sie mit Marco vor der Tür gestanden war.

«Wir waren wegen einer Befragung unterwegs», erklärte Susanna und verzog das Gesicht, als Rebecca zu fest an ihren Haaren zog.

«Rebecca.» Andrina merkte, wie matt sich das anhörte.

«Lass sie. Das ist kein Problem.»

«Von vorne. Ihr seid auf den Parkplatz gegangen und habt Enricos Wagen versprayt vorgefunden?», fragte Marco.

«Ja, ich wollte nach Hause.»

«Als du neben ihm parkiert hast, war alles in Ordnung?» Das hatte dieser Polizeibeamte bei JuraMed ebenfalls gefragt.

«Ja.» Das stimmte nicht. Sie hatte Enricos Wagen nicht genau angeschaut. Allerdings wäre ihr der Schriftzug ins Auge gesprungen, war sie sich sicher.

«Die Farbe ist frisch», hatte ein Mann der Spurensicherung gesagt, als sie JuraMed verlassen hatte. «Sie ist nicht einmal trocken», hatte der Beamte angefügt.

«Waren andere Personen anwesend, als du auf den Parkplatz fuhrst?», wollte Marco wissen.

«Ja. Die Handwerker.»

«Und in deiner Nähe?»

«Ich glaube, es ist jemand weggefahren, und ein oder zwei Autos kamen an.» Auch das konnte Andrina nicht beschwören.

«Hast du jemanden gesehen, als du gegangen bist?», fragte er weiter.

«Ich habe nicht auf die Umgebung geachtet.»

«Haben die Handwerker was gesehen?», fragte Marco.

«Da musst du dich bei ihnen erkundigen.» Andrina stutzte. Warum befragte er sie so, als sei das sein Fall? Das fiel nicht in seinen Zuständigkeitsbereich. «Oder ich nehme an, das werden deine Kollegen erledigt haben.» Das klang schnippisch, und sie murmelte eine Entschuldigung.

«Ich finde es seltsam», mischte Susanna sich in das Gespräch ein. «Das Ganze passiert kurz nach dem Anschlag in Hallwil. Zusätzlich dieser Vorfall mit der Hündin von eurer Nachbarin am letzten Freitag.»

Andrina streckte den Rücken weiter durch. Nun war klar, warum Susanna so schnell vorbeigekommen war. Allerdings hatte Max Wagner Corina Burkhard und nicht ihr den Messerattacken-Fall zugeteilt. Susanna war ihr um einiges lieber als sie, obwohl Marco dabei war.

«Meinst du, es besteht ein Zusammenhang?», fragte Andrina.

«Es gibt diese Aussagen, Enrico habe sich in Hallwil verdächtig verhalten», erwiderte Susanna.

«Wie kommt dieser Zeuge darauf, oder sind es inzwischen mehrere?»

Susanna antwortete nicht. Das Schweigen zog sich in die Länge. Andrina widerstand der Versuchung, es zu brechen.

«Frau Fäs hat eure Angaben zum Besuch bestätigt», sagte Susanna schliesslich.

«Was ihr nach dem Besuch gemacht habt, wusste sie natürlich nicht», fügte Marco an.

Susanna stiess ihm mit dem Ellenbogen in die Seite. «Sei ruhig, du Trampel», zischte sie.

«Das ist so. Es gibt diesbezüglich nur eure Aussagen. Wenn jemand bei euch gewesen wäre, wäre es einfacher.»

«Wie gesagt, du kannst das auf dem Phantombild ebenfalls sein», fauchte Andrina.

Susanna schaute verwirrt von einem zum anderen, bis ihr Blick an Marco hängen blieb.

«Stimmt», sagte sie gedehnt. Das klang, als wisse sie nichts davon. Hatte Marco ihr diesen Teil seines Gesprächs mit Andrina vorenthalten? Erneut fragte Andrina sich, wieso das niemandem vorher aufgefallen war.

Eine steile Falte bildete sich zwischen Marcos Augenbrauen.

«Das glaube ich genauso wenig, wie ich denke, Enrico sei für den Anschlag verantwortlich. Marco war auf diesem Nachbarschaftsanlass, und mehrere Personen haben dies bestätigt», sagte Susanna.

Die Falte auf seiner Stirn glättete sich. «Wir sollten langsam ins Polizeikommando zurück», sagte er und tippte auf seine Armbanduhr.

«Bitte melde dich, wenn ich was für dich tun kann», sagte Susanna, als sie die Haustür öffnete.

«Du hast mir geholfen, indem du vorbeigeschaut hast.»

Das stimmte nicht. Nach der Wendung, die das Gespräch genommen hatte, wäre es Andrina lieber gewesen, sie wären nicht gekommen. Oder anders, Susanna hätte Marco nicht mitgebracht.

Marco stieg in den Wagen, und Susanna schlüpfte auf den Beifahrersitz. War das sein neuer Wagen? Ein Audi? Marco wendete und fuhr langsam aus der Einfahrt. Er hatte wie Enrico einen Audi? Das war ein ähnliches Modell, wie Enrico fuhr. Zwar nicht dunkelblau, dafür anthrazitfarben. Andrina erhaschte einen Blick auf das Kennzeichen, bevor er abbog. Die ersten beiden Ziffern waren gleich wie die von Enrico.

***

Andrina lehnte die Tür zu Rebeccas Zimmer an und ging leise die Treppe nach unten. Sie fand Enrico in der Küche. Er sass in der gleichen Position am Tisch, die er eingenommen hatte, als Andrina mit Rebecca nach oben gegangen war. Seine Arme hatte er auf den Tisch aufgestützt und den Kopf auf die Hände gelegt. Seine Schulterpartie war verkrampft.

Andrina trat hinter ihn und legte die Arme um ihn.

«Keiner hat was gesehen», sagte er. «Ich fasse es nicht. Warum ausgerechnet mein Wagen?»

«Was sagt die Polizei?»

«Nicht viel. Die Befragungen der Mitarbeiter haben zu keinem Ergebnis geführt.»

«Was ist mit den Kameras?»

«Ich habe mir mit den Polizisten die Aufzeichnungen angeschaut. Sie zeigen eine Person, wie sie sich dem Gebäude nähert. Das war zu dem Zeitpunkt, als wir beim Apéro waren. Die Bilder sind schwarz-weiss, und die Auflösung ist nicht die beste.»

Nach den Vorfällen im vergangenen September hatte Enrico beschlossen, neue Kameras installieren zu lassen. Leider gab es Lieferengpässe, und sie würden frühestens im Frühling geliefert werden.

«Die Person war dunkel gekleidet, trug eine Kappe und hatte einen Schal um das Kinn und über den Mund gewickelt. Nur die Nasenspitze und die Augen waren zu erkennen», fuhr Enrico fort. «Sie hatte einen Rucksack dabei. Als sie die Autos erreicht hat, ist sie in die Hocke gegangen. Deines und die anderen Autos haben die Person abgedeckt. Nach ungefähr zehn Sekunden ist zu sehen, wie sie sich geduckt entfernt und aus dem Bild verschwindet. Wie du weisst, erfassen die Kameras nicht den gesamten Parkplatz. Während der ganzen Zeit war kein anderer auf dem Parkplatz. Auch die Handwerker nicht. Die Beamten gehen davon aus, er habe gewartet, bis der Platz frei war.»

«Er?», hakte Andrina nach. «Also ein Mann?»

«Das ist nicht richtig erkennbar, weil mein Wagen zu weit weg war. Ich denke, aufgrund der Statur handelt es sich zu achtzig Prozent um einen Mann.»

«Was passierte, nachdem er weg war?»

«Ungefähr zwei Minuten nichts. Danach sieht man einen von den Handwerkern und einige von den Mitarbeitern, die eine rauchen gegangen sind.»

Der Sprayer hat Nerven, dachte Andrina. Er war ein grosses Risiko eingegangen. Auch wenn er das Gebäude längere Zeit beobachtet hatte, konnte er nicht sicher sein, dass nicht genau zu dem Zeitpunkt, als er beim Wagen war, jemand auftauchte.

Andrina kam zu dem Schluss, dass es jemand sein musste, der wusste, was gerade bei JuraMed lief. Sie konnte sich allerdings nicht vorstellen, dass keiner was gesehen hatte. Es musste aufgefallen sein, wenn jemand auf dem Parkplatz herumlungerte. Oder wollte es keiner zugeben? Weil einer der Mitarbeiter der Sprayer war?

Das war plausibel. Er hatte die Kleidung und das Tatwerkzeug in seinem Wagen versteckt, der ausserhalb der Kamerareichweite stand. Danach war er zurückgeschlendert und hatte sich unter die rauchenden Kollegen gemischt.

Warum Enricos Wagen? Das machte keinen Sinn. Soweit Andrina wusste, war Enrico beliebt. Gab es eine neue Stelle zu besetzen, wurde JuraMed mit Bewerbungen überhäuft. Das Pharmaunternehmen galt als Top-Arbeitsplatz. Ein solch gutes Arbeitsklima war in der heutigen Zeit nicht selbstverständlich, hatte Andrina wiederholt von Mitarbeitern gehört, wenn sie an einem Anlass im Pharmaunternehmen war.

Offenbar gab es einen, der nicht zufrieden war. Oder war es ein ehemaliger Mitarbeiter gewesen? Wieso aber das Wort «Mörder»? Spielte es auf die Messerattacke in Hallwil an, wie von Marco vermutet?

«Wurde in der letzten Zeit jemand entlassen?», fragte Andrina.

«Nein. Die Abgänge, die wir hatten, waren aufgrund von Pensionierungen oder einem Stellenwechsel. Zwei Sachbearbeiterinnen haben gekündigt, weil ihre Partner einen neuen Job angenommen hatten und sie weggezogen sind.»

«Sie hätten pendeln können.»

«Zwei Stunden pro Weg wollten sie nicht auf sich nehmen.»

«Stand jemand unter Stress oder hatte ein Burn-out?»

Enrico verneinte abermals.

«Kein Selbstmord oder ein Todesfall?» Kaum hatte Andrina das ausgesprochen, fiel ihr Alfred Fäs ein.

«Alfred», kam es prompt von Enrico.

Andrina dachte an Erika. Der gutmütigen Frau traute sie keine solche Aktion zu. «Gab es Schuldzuweisungen von ihr wegen seines Todes?»

«Nein. Sie hat sich für alles bedankt, was wir versucht haben, um ihn zu retten. Das Gleiche gilt für die übrigen Mitglieder von Alfreds Familie.»

«Wie sieht es bei anderen Personen aus?»

«Du meinst Mitarbeiter? Alle waren bestürzt, aber keiner hat Vorwürfe erhoben.»

Oder nicht öffentlich, dachte Andrina. Vielleicht dachte jemand, Enrico hätte die Anzeichen bemerken müssen. Wurde er in so einem Fall gleich zu einem vorsätzlichen Mörder? Je nach Ansicht schon, lieferte Andrina sich die Antwort selbst. Wie oft hatte sie von Susanna gehört, die Motivation von Tätern sei nicht unbedingt nachvollziehbar.

«Wurde ausser deinem Auto ein anderes beschädigt?»

«Nein.»

«Könnte es sich um eine Verwechslung handeln?»

«Meinen Wagen kennen ziemlich alle.»

Andrina dachte an das, was Enrico erzählt hatte. Alfred sei zu seinem Arbeitsplatz zurückgekehrt und vor der Tür seines Büros zusammengebrochen. Unterwegs habe er zwei oder drei Kollegen gegrüsst. Diese hatten ebenfalls die Anzeichen nicht erkannt und könnten Mörder genannt werden. Aber es war nur ein flüchtiger Gruss gewesen, bei dem man nicht unbedingt merkte, wenn etwas nicht stimmte. Enrico hatte länger mit Alfred gesprochen. Er war der Eigentümer der Firma und somit exponiert. Es war ein Leichtes, ihm stellvertretend für Mitarbeiter von JuraMed, die von der betreffenden Person als fehlbar eingestuft wurden, die Schuld zu geben.

SIEBEN

Andrina stellte ihre Tasche ab und setzte sich an ihr Pult. Sie war hundemüde, da sie geschätzt nur drei Stunden geschlafen hatte. Je länger sie wach gelegen war, desto mehr hatte sie gegrübelt, was alles schlimmer gemacht und die Chance auf Schlaf weiter reduziert hatte.

Kilian streckte den Kopf zur Tür herein. «Lukas?», fragte er und wies zum Tisch, der gegenüber dem von Andrina stand.

«Nicht da.»

Kilian legte eine Mappe auf den Tisch und machte eine Notiz auf einem Post-it.

Andrina lehnte sich nach hinten und schloss für einen Moment die Augen. Das Klingeln des Telefons schreckte sie auf. Sie erkannte Susannas Namen.

«Wie geht es Enrico?», fragte sie.

«Er tut gelassen, ist es aber nicht», erwiderte Andrina.

«Das wäre ich auch nicht.»

«Er ist trotz allem zur Arbeit gefahren. Derjenige, der ihm das Leben zur Hölle machen will, soll keinen Erfolg haben, hat er gesagt. Ich hätte es besser gefunden, er wäre zu Hause geblieben. Wer weiss, was der Typ vorhat.»

«Wie meinst du das?»

«Dieses Mal war es Sachschaden.»

Kilian richtete sich auf. Ihn hatte Andrina völlig vergessen.

«Anfangs wollte ich es nicht glauben, aber je mehr ich darüber nachdenke, für desto wahrscheinlicher halte ich Marcos Theorie. Das Ganze muss mit dem Anschlag in Hallwil zu tun haben», sagte Susanna.

«Ist das nicht weit hergeholt? Die Person, die versucht, Enrico etwas anzuhängen, müsste bei JuraMed arbeiten. Sonst finde ich es einen zu grossen Zufall, wenn er ausgerechnet bei JuraMed über seinen Wagen stolpert und gleich eine Spraydose dabeihat.»

«Du hast recht, die Geschichte ist ein wenig, wie soll ich sagen, unrund.»

Unrund? Seltsame Wortwahl, dachte Andrina.

«Habt ihr das Ergebnis der Untersuchung des Holzstücks?» Andrina vermied bewusst das Wort «Blut» und schielte zu Kilian, der so tat, als wäre er beschäftigt, indem er die Mappe auf Lukas' Pult hin und her schob.

Susanna schwieg einige Sekunden. «Ach, du meinst, was für Blut es ist.»

«Genau.»

«Wir haben das Ergebnis noch nicht erhalten. Sobald ich mehr weiss, melde ich mich. Warte mal.» Andrina hörte, wie Susanna mit einem Mann sprach. Marco?

«Ich muss in eine Sitzung. Sag Enrico einen lieben Gruss. Die Kollegen setzen alles daran, herauszufinden, wer sich diesen Spass erlaubt hat.»

Toller Spass, dachte Andrina, als sie das Telefon zurück auf die Station stellte. Falls es einer war, hatte diese Person einen makabren Humor.

«Was ist passiert?», fragte Kilian. Er lehnte gegen Lukas' Schreibtisch. Seine Neugierde war greifbar. Andrina würde nicht darum herumkommen, ihm von den Vorfällen bei JuraMed zu erzählen, obwohl sie das lieber nicht getan hätte.

Seine Augen weiteten sich, als er Andrinas Bericht hörte.

«Das muss eine Verwechslung sein», sagte er.

«Selbst wenn es eine Verwechslung ist, fragt sich, warum jemand annimmt, es arbeite ein Mörder bei JuraMed.»

Andrina war dankbar, weil er nicht nachhakte und sie allein liess. Ruhe würde sie jedoch nicht lange haben, wenn sie Kilian richtig einschätzte. Es war nur eine Frage von Minuten, bis jeder im Verlag Bescheid wusste.

Sie entsperrte den Computer und öffnete den Krimi, den sie gerade lektorierte. Nachdem sie einen Satz zum fünften Mal begonnen hatte, stand sie auf. So brachte das nichts.

Sie holte sich aus der Küche einen Kräutertee, stellte sich ans Fenster.

Eine Verwechslung, dachte sie, während sie am Tee nippte. Blaue Audis gab es viele. Auch auf dem Parkplatz von JuraMed? War der Sprayer vorbeigekommen und hatte zufällig das Auto gesehen, von dem er annahm, es gehöre dem Mörder? Der Parkplatz war von Büschen umgeben, doch im Winter boten sie keinen Sichtschutz. Enrico hatte sein Auto am Rand des Parkgeländes abgestellt. Von ausserhalb des Areals war das Auto gut sichtbar.

Ein Fussgänger konnte das Gelände einfach an der Schranke vorbei betreten. Aber dort hatte es Kameras. Er konnte genauso gut ausserhalb des Sichtbereiches der Kameras über den halbhohen Zaun, der kein Hindernis darstellte, klettern und durch die Büsche schlüpfen.

Eine Verwechslung ... Marco fuhr wie Enrico einen dunklen Audi. Leicht konnte dunkelblau mit anthrazit verwechselt werden. Die ersten Ziffern des Kennzeichens stimmten mit denen von Enricos Wagen überein.

Marco ... Er hatte gestern viele Fragen gestellt. Dabei war es nicht sein Fall: weder der in Hallwil noch der Vorfall mit Enricos Auto. War es seine Déformation professionnelle, oder hatte er ein persönliches Interesse – weil er und nicht Enrico damit gemeint war? Weil er herausfinden wollte, was Andrina und Enrico wussten?

Andrina setzte sich zurück an ihren Tisch und stellte die Tasse neben die Tastatur.

Marco hatte gesagt, es könnte mit Hallwil zu tun haben. Wer in Hallwil kannte Enrico? Erika Fäs. Gab Erika Enrico die Schuld an dem Tod ihres Mannes? Andrina dachte an das Mittagessen. Andrina würde nicht die Person bewirten, die sie für schuldig hielt. Das Essen war in einer herzlichen Atmosphäre verlaufen. Keine Anschuldigungen waren zwischen den Zeilen herauszuhören gewesen. Erika hatte sich über den Besuch gefreut und die Hoffnung zum Ausdruck gebracht, sie würden das wiederholen.

Das konnte alles gespielt gewesen sein ...

Andrina ging nicht davon aus, Erika selbst habe die Botschaft auf Enricos Auto hinterlassen. Sie würde jemanden gebeten haben. Doch wen? Ihre Kinder waren nach Weihnachten abgereist. Jemand aus der Nachbarschaft?

So kam sie nicht weiter. Andrina beschloss, Erika einen Besuch abzustatten.

***

Alle ausser Elisabeth hatten sich zum Mittagessen in der Verlagsküche versammelt. Sybille hatte Geburtstag. Anstelle eines Kuchens hatte sie Dampfnudeln mit Vanillesauce mitgebracht.

Andrina hatte zwar davon gehört, aber bisher keine gegessen. Die gebackenen Teigkugeln waren sättigend, und nach der Hälfte der zweiten Portion bekam Andrina keinen Bissen mehr herunter. Im Gegensatz zu Killian, der zum dritten Mal nachfasste.

«Wo lässt du das?», sagte Stefanie.

«Im Magen.»

«Witzig. Ich meinte damit, du bist dünn wie ein Stecken. Würde ich diese Menge wie du essen, hätte ich morgen mindestens fünf Kilo mehr auf den Rippen.»

Kilian brummte einige Worte, die Andrina nicht verstand, und schöpfte Vanillesauce auf den Teller.

«Ich stimme dir zu, das ist fein», sagte Stefanie. «Wo hast du das Rezept her?», wandte sie sich an Sybille.

«Das hat mir meine Schwester gegeben. Die Tante ihres Freundes stammt aus dem süddeutschen Raum. Die Zubereitung erfordert ein wenig Aufwand, aber es lohnt sich.»

«Durchaus», sagte Tatjana und kratzte mit dem Löffel den Rest Vanillesauce von ihrem Teller. «Wie geht es deiner Schwester?», wandte sie sich an Sybille.

«Besser. Wenn man den körperlichen und nicht den psychischen Zustand meint. Sie durfte nach Hause und ist im Moment bei den Eltern.»

«Und ihr Freund?»

«Er schwebt nicht mehr in Lebensgefahr, aber die Lage ist

weiterhin ernst. Die Milz und das Zwerchfell wurden verletzt. Er musste operiert werden und hat viel Blut verloren.»

«Ist er bei Bewusstsein?»

«Bis gestern nicht. Sie behalten ihn im künstlichen Koma.»

«Weiss man inzwischen mehr über den Hintergrund?», fragte Killian kauend.

Sybille verneinte. «Meine Schwester konnte zu dem Vorfall keine hilfreichen Angaben machen. Sie hat den unerwarteten Schmerz nicht einordnen können. Im Vorfeld hatte sie keine Person bemerkt, die sich verdächtig verhalten hat.»

«Und ihre Freunde?»

«Die waren wie sie nicht hilfreich. Von anderen Passanten gab es zwar Beschreibungen eines möglichen Täters. Das hat sich jedoch als Sackgasse herausgestellt.»

Unweigerlich richtete Andrina sich auf. Sie musste an das Phantombild von Enrico denken. Hiess das, diese Spur war von den Ermittlern fallen gelassen und Enrico von der Liste gestrichen worden? Erleichterung wollte sich nicht recht einstellen. Enrico hatte mehrmals für weitere Befragungen ins Polizeikommando gehen müssen.

«Ich kam mir wie ein Verbrecher vor», hatte er Andrina erklärt. «Max Wagner hat sich wie eine Raubkatze auf der Lauer benommen.»

Wiederholt hatte sie überlegt, warum Max Wagner sich so verhielt. Warum hatte er und nicht Corina Burkhard Enrico befragt? Hatte er den Fall zur Chefsache erklärt und die Verantwortung Corina Burkhard wieder weggenommen? Egal, wer die Hauptverantwortung trug, sie würden Enrico nicht von der Liste streichen, war Andrina sich sicher. Besonders nicht nach dem Vorfall mit dem Auto. Sie konnte sich vorstellen, was in den Köpfen vor sich ging: Für diesen Vandalenakt musste es einen Grund geben. Ihre Gedanken drifteten weiter zum vergangenen Freitag. Hatte die Person, die sie im Garten gesehen hatte, nicht einbrechen wollen, sondern nach einer Gelegenheit gesucht, eine Botschaft zu hinterlassen? Hatte sie ins Haus eindringen wollen, um dort eine Nachricht zu platzieren? Wie auch immer die ausgesehen hätte. Oder hatte der Einbrecher mehr vorgehabt … Andrina wagte nicht, den Gedanken zu Ende zu führen.

«Kannst du mir bitte das Wasser reichen?», wandte Sybille sich an Andrina.

Mechanisch kam Andrina der Bitte nach. Handelte es sich beim Sprayer um einen Angehörigen eines der Opfer? Die Identität der Personen, die gestorben waren, war bisher nicht an die Öffentlichkeit gelangt. Andrina fragte sich, ob Sybilles Schwester das Phantombild gezeigt bekommen hatte. Bestimmt. Die Beamten würden sie gefragt haben, ob sie den Mann kannte. Sie würde mit Sybille darüber gesprochen und den Mann beschrieben haben. Zog Sybille die Verbindung zu Enrico? Bisher hatte Sybille Enrico nicht getroffen, aber Andrina hatte ein Foto von ihm und Rebecca auf dem Pult stehen. Kurz nachdem Sybille beim Cleve-Verlag angefangen hatte, hatte sie Andrina gefragt, wer das sei. Danach war Andrinas Familie nie mehr ein Thema gewesen.

Was war mit Marco? Er konnte es schliesslich ebenfalls sein. Ihm musste sie im Polizeikommando begegnet sein. Nicht unbedingt, musste Andrina gleich darauf einräumen. Max Wagner hatte Corina Burkhard den Fall zugeteilt. Sie würde bis auf wenige Ausnahmen die Befragungen durchgeführt haben.

Warum wurde Marcos Auto nicht beschädigt? Wenn es sich um einen der Angehörigen der Opfer handelte, würde dieser ihn beim Polizeikommando gesehen haben. Oder eben nicht. Die Gedanken in Andrinas Kopf kreisten schneller, und ihr wurde schwindlig.

«Ich glaube, ich bin satt», sagte Kilian und schob den Teller von sich.

«Ehrlich?», fragte Stefanie.

«So schlimm, wie ihr mich darstellt, bin ich nicht.» Kilian stand auf und stellte die Teller zusammen.

Nachdem sie gemeinsam aufgeräumt hatten, ging Andrina gefolgt von Lukas in ihr Büro. Sie entsperrte ihren Laptop.

«Du bist schweigsam heute», sagte Lukas.

«Wie bitte?»

«So kenne ich dich nicht. Die ganze Zeit scheinst du mit deinen Gedanken woanders zu sein.»

«Hm.» Andrina öffnete Outlook. Keine neue E-Mail. Sie starrte weiter den Bildschirm an. Hatte Kilian Lukas nichts erzählt? Allgemein war es erstaunlich, dass beim Essen keiner nachgefragt hatte.

«Es ist nicht nur das. Jedes Mal wenn das Telefon klingelt, zuckst du zusammen und ... wirkst irgendwie enttäuscht, wenn du das Gespräch entgegengenommen hast. Wartest du auf einen speziellen Anruf? Hat es mit der Sache mit deinem Mann zu tun?»

Kilian hatte doch nicht den Mund gehalten. Offenbar waren die anderen taktvoll genug und hielten sich zurück.

Andrina lehnte sich nach hinten. «Ja und nein. Es ist nicht nur das mit Enricos Auto. Wie es aussieht, wollte am Freitag jemand bei uns einbrechen.»

«Um Gottes willen», rief Kilian, der in der Tür aufgetaucht war.

Muss das sein, dachte Andrina. Normalerweise schätzte sie Kilian, heute ging er ihr hingegen auf die Nerven. Dauernd hielt er sich in ihrer Nähe auf. Auch jetzt hatte sie das Gefühl, er habe vor der Tür gewartet und gelauscht. «Bei euch geht es Schlag auf Schlag.»

«Oh Mann», rief Lukas. «Du sagtest ‹wollte›. Das heisst, er hat es nicht geschafft? Hast du ihn überrascht?»

«Indirekt.» Andrina war klar, nicht mehr zurückzukönnen, und sie berichtete von Fara und dem Schatten, den sie im Garten gesehen hatte.

«Heisst das, wenn das Blut nicht von der Hündin deiner Nachbarin stammt, ist es das vom potenziellen Einbrecher?», fragte Lukas.

«Das ist eine Vermutung.»

«Könnte es nicht von der Person stammen, die das Holz gespalten hat?»

«Dazu war es zu frisch, sagt Susanna.»

«Das ist deine Freundin bei der Polizei, nicht wahr?», fragte Kilian.

«Ja.»

«Kann man Menschenblut überhaupt von Hundeblut unterscheiden?»

Gute Frage, dachte Andrina. Darüber hatte sie bisher nicht nachgedacht.

Sie rief das Internet auf und gab die entsprechende Frage in die Suchmaske ein. Lukas und Kilian stellten sich neben sie.

«Offenbar kann man das», sagte Lukas und tippte auf den Bildschirm.

«Paul Uhlenhuth entdeckte 1901 die gerichtsmedizinisch wichtige Methode, der sogenannte Uhlenhuth-Test. Die biologische Eiweissdifferenzierung dient zur Unterscheidung von Menschen- und Tierblut», las Andrina laut.

Bevor Andrina sich dazu äussern konnte, klingelte das Telefon.

«Susanna», sagte sie.

«Nun weiss ich, auf welchen Anruf du gewartet hast. Auf den von deiner Freundin.»

«Eindeutig Hundeblut», sagte Susanna, nachdem Andrina sich gemeldet hatte.

Wie vermutet, dachte Andrina. Ihr lief ein Schauer über den Rücken. Der, der in ihrem Garten gewesen war, hatte mit dem Holzstück nach Fara geworfen oder nach ihr geschlagen. Zum Glück hatte er sie nur am Bein und an der Schulter erwischt. Hätte er sie am Kopf getroffen, hätte Fara tot sein können.

«Das passt nicht zusammen», holte Susannas Stimme sie aus den Gedanken. «Der Typ war vor euch auf eurem Grundstück. Wieso hat er nicht versucht, ins Haus zu gelangen?»

Andrina erzählte von dem Auto, das mehrmals gewendet hatte, bevor es wegfuhr. Das musste der Komplize gewesen sein.

Auf Susannas Frage, ob sie sich das Autokennzeichen gemerkt hatte, verneinte Andrina. «Bevor du fragst, ich weiss nicht mal, um welche Automarke es sich gehandelt hat. Falls die beiden zusammengehören, wird er noch nicht lange da gewesen sein.»

«Das meine ich nicht. Er wird weiterhin in der Nähe gewesen sein, nachdem Frau Bischofsberger mit Fara gegangen war. Das Fenster vom Bad stand lange Zeit offen. Eine bessere Einladung gibt es nicht.»

«Ich war anschliessend im Haus. Das muss ihn abgehalten haben.»

«Du bist nicht sofort ins Haus gegangen, da du Fara zu Ruth Bischofsberger getragen hast. Nach deinen Angaben warst du ungefähr fünfzehn Minuten fort.»

«Er befürchtete, ich würde ihn überraschen, wenn ich zurückkäme. Er konnte nicht wissen, wie lange ich fortblieb.»

Susanna schwieg. «Nein», sagte sie gedehnt. «Du warst abgelenkt. Eine bessere Gelegenheit gibt es nicht. Warte.»

Andrina hörte, wie sie am anderen Ende mit jemandem sprach. Das, was sie sagte, klang dumpf, und Andrina konnte die Worte nicht verstehen. Susanna musste mit der Hand das Telefon abgedeckt haben.

«Da bin ich wieder», sagte Susanna. «Was mir seltsam erscheint: Der Typ hat im Garten herumgelungert, als du später im Haus warst. Falls deine Vermutung zutrifft, er könnte wegen deiner Anwesenheit abgehalten worden sein, ins Haus einzudringen, frage ich mich, warum er kein anderes Objekt gesucht hat.»

«Was meinst du mit ‹anderes Objekt gesucht›?»

«Ein anderes Haus zum Einsteigen, bei dem niemand zu Hause ist.»

Andrina verstand nicht, worauf Susanna hinauswollte. «Es könnte ein anderer Einbrecher gewesen sein», sagte sie.

«Das gleiche Haus im Visier von zwei verschiedenen Einbrechern? Die einsteigen wollten, weil sie Bargeld oder Wertgegenstände stehlen wollten? Das erscheint mir ein zu grosser Zufall. Die logischere Erklärung für mich wäre, er hat dich beobachtet.»

«Mich?», rief Andrina. «Wieso das?»

«Hattest du in den Tagen vor dem Zwischenfall das Gefühl, es folge dir jemand?»

«Nein.»

***

«Du musst hier links», sagte Sybille.

Andrina kam der Aufforderung nach und bog in die Bläuenstrasse ein. Sie folgte dem Strassenverlauf.

«Hier ist es», sagte Sybille.

Andrina hielt vor dem Wohnblock an.

«Vielen Dank fürs Mitnehmen.»

«Das ist kein Problem. Es liegt auf meinem Weg.»

«Wohnst du in Erlinsbach?»

«Nicht ich, sondern meine Schwester. Sie hütet an den Tagen, an denen ich im Verlag bin, meine Tochter.»

«Richtig, davon hast du erzählt.»

Andrina stieg aus und öffnete den Kofferraum. Sie reichte Sybille eine Kiste, nahm die zweite und schlug den Kofferraum zu. «Wie hast du deine Dampfnudeln heute Morgen mit dem Bus transportiert?»

«Gar nicht. Mein Nachbar hat mich gefahren. Er wusste jedoch nicht, wie lange er heute Abend arbeiten muss. Da ich davon ausging, dass das meiste gegessen wird, nahm ich an, die leeren Kisten mit dem ÖV transportieren zu können. Trotzdem danke für dein Angebot. Es war einfacher.» Sechs Sätze hintereinander. Für die wortkarge Sybille eine Leistung. «Möchtest du auf einen Kaffee mit hochkommen? Oder wartet deine Tochter auf dich?»

Das Angebot war eine zweite Überraschung.

Andrina schaute auf ihre Armbanduhr. «Ich bin früh dran. Kurz komme ich gerne mit hoch.»

Sybille ging voran.

«Warte, ich helfe dir», sagte eine Männerstimme, als sie bei der Haustür ankamen und Sybille in ihrer Jackentasche nach dem Schlüssel suchte.

«Danke.»

«Hätte ich geahnt, zur gleichen Zeit nach Hause zu kommen, hätte ich dich fahren können.»

«Andrina hat mich gefahren.»

Die braunen Augen des muskulösen Mannes richteten sich auf Andrina.

«Sie ist meine Kollegin. Und das ist Sirio Hauser, mein Nachbar.»

Sirio reichte Andrina die Hand. «Freut mich. Soll ich dir das abnehmen?», wandte er sich an Sybille.

«Danke, es geht.»

Hintereinander stiegen sie die Treppe in den zweiten Stock hoch. Sirio blieb an der Tür gegenüber von Sybilles Wohnung stehen.

«Möchtest du mit reinkommen?», fragte Sybille. «Es hat einen Rest Dampfnudeln.»

«Da sage ich nicht Nein.»

Andrina folgte Sybille und Sirio durch einen schmalen, kurzen Gang in ein kleines Wohnzimmer, das zu Andrinas Erstaunen einen hellen und freundlichen Eindruck vermittelte, obwohl der Holzboden zerkratzt war und die Wände einen neuen Anstrich vertragen hätten.

«Setzt euch.»

Andrina und Sirio kamen der Aufforderung nach. Der beige Sessel war bequem. Sybille schob Illustrierte, Bücher und die Tageszeitung, die auf dem quadratischen Wohnzimmertischchen verteilt waren, zusammen und legte sie auf das Buffet, das neben der Tür stand. Sie stellte einen Stuhl vom Esszimmertisch zum Wohnzimmertischchen und verschwand in der Küche.

«Sind wir uns schon einmal begegnet?», fragte Sirio Andrina.

«Keine Ahnung.»

«Ich denke, ich habe dich gesehen, als du bei Sybille zu Besuch warst.»

«Ich war noch nie hier.»

«In dem Fall muss ich dich verwechseln.»

Andrina hörte das Klappern von Geschirr, und sogleich zog

der Duft von Kaffee durch die Wohnung. Kurz darauf kehrte Sybille mit den Tassen zurück und stellte einen Teller mit vier Dampfnudeln dazu.

«Leider habe ich keine Vanillesauce mehr, und die Dampfnudeln sind nicht warm.» Sie setzte sich neben Sirio auf das Sofa.

«Kein Problem.» Sirio biss in einen der Hefeklösse. «Du arbeitest im gleichen Verlag?», wandte er sich an Andrina.

«Ja. Ich bin wie Sybille Lektorin. Was machst du?»

«Ich bin bei einer Versicherung angestellt», antwortete er. «Falls du die Autoversicherung oder Haushaltsversicherung wechseln möchtest ...» Er zeigte mit einem breiten Grinsen auf sich. «Keine Sorge, ich werde nicht aufdringlich.» Er malte bei «aufdringlich» mit den Händen Anführungszeichen in die Luft. «Darf ich einen weiteren?», fragte er.

«Nimm ruhig», antwortete Andrina. «Ich habe mir heute Mittag den Bauch vollgeschlagen und bin immer noch satt.»

«Wie geht es deiner Schwester?», fragte Sirio.

«Den Umständen entsprechend», antwortete Sybille und senkte den Kopf. «Sie durfte nach Hause.»

«Das sind gute Nachrichten.» Sirio rutschte näher zu Sybille und berührte ihren Arm. Sybille starrte auf die Hand, allerdings schien es ihr nicht unangenehm zu sein. «Und wie geht es ihrem Freund?»

«Er ist am Nachmittag aus dem Koma erwacht.»

Andrina bemühte sich, ihr Erstaunen nicht zu zeigen. Beim Mittagessen hatte es geklungen, als würde er weiterhin im Koma bleiben müssen. Offenbar hatte sich sein Zustand jetzt rasch verbessert.

«Das sind endlich einmal gute Nachrichten.» Er legte den Arm um Sybille. War das Verwunderung, die in ihrem Gesicht aufgeblitzt war. Bevor Andrina sich darüber klar war, ob es so war, war der Ausdruck verschwunden. Sybille sah aus, als müsse sie sich zusammenreissen, sich nicht an ihn zu schmiegen.

Andrina fühlte sich fehl am Platz.

«Konnte er Angaben zu dem Anschlag machen?», fragte Sirio

und strich mit seiner Hand über Sybilles Schulter. Sie rutschte dichter zu ihm.

«Soweit ich weiss, konnte er bisher nicht vernommen werden», sagte Sybille.

«Ich hoffe, er kann weiterhelfen und Hinweise auf den Täter liefern. Lass uns über Erfreulicheres sprechen», erwiderte Sirio mit Nachdruck.

«Ich sollte los und Rebecca abholen.» Andrina stand auf, erleichtert, weil ihr ein Grund zum Gehen eingefallen war.

Als sie bei ihrem Wagen ankam, blickte sie zurück. Sirio stand hinter Sybille am Fenster und küsste ihren Hals. Gleich darauf zog Sybille den Vorhang zu.

ACHT

Andrina setzte Rebecca die Kappe auf. Da sie nicht wusste, wie lange sie fortblieb, bestückte sie Rebeccas Wickeltasche zusätzlich mit frischen Windeln, Wasser und einem klein geschnittenen Apfel.

Sie hob Rebecca hoch und verliess das Haus.

«Hallo, Andrina», hörte sie eine Frauenstimme hinter sich.

«Ruth», rief Andrina. «Wie geht es Fara?»

«Besser. Sie humpelt durch die Gegend, würde aber am liebsten lange Spaziergänge machen. Der Tierarzt hat davon abgeraten und kurze Ausflüge in den Garten verordnet. Da sie die ganze Zeit den Plastiküberzug verliert, wäre ein längerer Spaziergang ohnehin mühsam. Aber Fara im Haus zu haben ist nicht weniger nervig.»

Das konnte Andrina sich vorstellen. Die lebhafte Hündin brauchte Auslauf.

«Hat die Polizei inzwischen herausgefunden, wer bei euch im Garten war?», fragte Ruth.

«Nein.»

«Mir ist nicht wohl bei dem Gedanken, dass hier Einbruchswillige herumschleichen. Eigentlich habe ich keine Angst, allein zu leben, aber Fara ist ausser Gefecht gesetzt.»

«Der kommt so schnell nicht zurück. Er weiss, dass die Polizei ein Auge auf unsere Häuser hat.» Andrina gab sich bewusst locker. Ruth zu ängstigen war das Letzte, das sie wollte.

«Glaubst du?»

«Ja, und sobald ich mehr weiss, melde ich mich.»

Andrina schaute Ruth nach, wie sie zu ihrem Haus zurückkehrte.

Eine halbe Stunde später hielt Andrina in der Nähe von Erika Fäs' Haus. Die Fenster waren dunkel, aber das musste nichts heissen. Sie klingelte. Nichts passierte.

«Offenbar ist sie nicht da. Wir hätten unseren Besuch ankündigen sollen», sagte sie zu Rebecca. Dabei hatte sie das bewusst nicht getan, damit Erika keine Ausflüchte suchen konnte.

Andrina war ratlos. Sollte sie warten oder unverrichteter Dinge abziehen? Sie hatte keine Ahnung, wie lange Erika unterwegs sein würde.

«Sie ist nicht da.»

Erschrocken fuhr Andrina herum. Die Stimme, die wie das Krächzen einer Krähe klang, gehörte zu einer Frau, die vermutlich älter aussah, als sie war. Ihr Gesicht war faltig. Das braune, von grauen Strähnen durchzogene Haar war modisch kurz geschnitten.

«Kann ich Ihnen helfen?»

«Ich wollte spontan Erika Fäs einen Besuch abstatten», sagte Andrina.

«Sie ist verreist, und ich kümmere mich um ihre Pflanzen und leere den Briefkasten.»

«Das heisst, sie ist länger fort?»

Verreist? Erika hatte nicht erwähnt, wegfahren zu wollen.

«Spontan», sagte die Frau. «Rabe mein Name. Gisela Rabe.»

Andrina glaubte, sich verhört zu haben. Hiess die Frau wirklich so? Passender ging es nicht, was die Stimme betraf. Mit Mühe hielt sie ihr Lachen zurück.

«Ich wohne nebenan.» Sie wies auf ein weisses Haus mit braunen Fensterläden. «Und Sie sind?»

«Entschuldigung. Andrina Bianchi.»

Die Frau neigte den Kopf. «Kenne ich Sie?»

«Ich glaube nicht.»

«Sagten Sie Bianchi?»

Andrina nickte.

«Sie sind die Frau von Enrico Bianchi», rief Gisela Rabe. «Erika hat von Ihrem Besuch erzählt. Kommen Sie so lange mit rein, es ist ungemütlich hier draussen.»

Andrina behagte das Angebot nicht, aber sie folgte der Frau in Erikas Haus. Gisela Rabe füllte die Giesskanne und goss die Pflanzen im Wohnzimmer. Andrina blieb mit Rebecca in der Tür stehen.

«Ich bin froh, dass Erika sich zu dem Spontanurlaub entschieden hat», sagte Gisela Rabe. «Es ist das Beste, wenn sie Abstand gewinnen kann.»

«Wo ist sie hingefahren?»

«Ins Wallis. Zum Skifahren. Mit einer Freundin.»

«Gisela? Bist du hier?», fragte eine Stimme. Kurz darauf tauchte ein Mann Ende fünfzig mit einem leichten Bauchansatz hinter Andrina auf.

«Wer sind Sie?»

«Die Frau von Alfreds Chef.»

«Von diesem Verbrecher», rief der Mann entrüstet. Seine Feindseligkeit prallte wie Pfeile gegen Andrina. «Du bittest sie einfach ins Haus?»

«Keiner von ihnen trägt die Schuld an Alfreds Tod.»

«Dem wäre ich mir nicht sicher.» Sein Blick bohrte sich in Andrinas. Am liebsten hätte sie das Haus sofort verlassen, aber der Mann stand im Weg.

«Warum sollte er ...», setzte Gisela Rabe an und lächelte entschuldigend in Andrinas Richtung.

«Sowohl du als auch Erika seid zu gutgläubig. Das war eindeutig er auf dem Fahndungsbild, das die Polizei uns gezeigt hat.»

Der Boden schien unter Andrinas Füssen zu schwanken. Damit hatte sie rechnen müssen.

«Er war hier, als diese Messerstecherei war», rief er. «Das heisst, er hat nicht nur Alfred auf dem Gewissen, sondern weitere unschuldige Menschen, die nichts anderes getan haben, als sich zu amüsieren. Warum bringt er diese Menschen einfach um, die friedlich den Bärzeli-Tag geniessen wollen?»

«Er hat damit nichts zu tun. Wie oft soll ich dir das sagen. Erika hat gesehen, wie sie in den Wagen gestiegen sind und nicht in die Nähe der Gruppe gekommen sind, als die Leute zu Boden stürzten.»

«Papperlapapp. Ich bin nicht der Einzige, der Alfreds Chef in Verdacht hat. Und nun taucht sie hier auf. Das ist höchst verdächtig. Ich denke, es ist besser, wenn Sie sofort gehen. Sonst rufe ich die Polizei und sage ihr, dass Sie in das Haus eingedrungen sind.»

***

Der Regen war in Schneeregen übergegangen. Andrina blickte auf die Tropfen, die das Fenster hinunterrannen. Eigentlich sollte sie arbeiten und die Zeit nutzen, in der Rebecca ihren Mittagsschlaf machte, aber es ging nicht. Andrina konnte sich nicht konzentrieren. Sie verspürte nur Leere.

Wenn sie nicht selbst dabei gewesen wäre, würde sie den überzeugenden Schilderungen, Enrico habe die Taten begangen, Glauben schenken. Wieso wollte jemand Enrico den Anschlag anlasten? Wer hatte einen so grossen Hass auf ihn? War es am Ende der Täter selbst, der von sich ablenkte?

Dieser Gedanke liess Andrina zusammenfahren. Das war krank. Warum ausgerechnet Enrico?

Das alles war ein Déjà-vu. Er hatte dieses Martyrium, unschuldig verdächtigt zu werden, schon einmal durchgemacht.

Der Täter … In dem Fall musste es sich um eine Person handeln, die sie kannten. Würden Freunde dies tun? Susanna und Samuel Häusermann? Max Wagner? Er hatte sich auf Enrico eingeschossen. Lag das an der Beweislage oder daran, dass er ihm eins auswischen wollte? Dazu hatte er keinen Grund. Keiner hatte dazu einen Grund. Wagner war mehr Andrinas Bekannter als Enricos. Ein Bekannter, den sie schätzte und von dem sie annahm, er schätze sie auch.

Jemand von JuraMed? Hier sah Andrina genauso keinen Grund, was nichts heissen musste. Man konnte unzufrieden mit der Arbeitssituation sein, obwohl man nach aussen vorgab, glücklich zu sein. Überall gab es unzufriedene Leute. Mehr als Kleinigkeiten, die einem missfielen, konnten es bei JuraMed nicht sein. Oder doch? Enrico hatte Andrina nichts erzählt. Weil er sie damit nicht belasten wollte oder weil er es selbst nicht wusste?

Alfred Fäs. Andrinas Gedanken landeten unweigerlich bei

Erika Fäs. Trauer und Schmerz machten einiges möglich. Andrina wusste nicht, was sie ihren Nachbarn erzählt hatte, aber die Anschuldigungen von Anton Rabe konnten darin begründet sein. Warum hatte seine Frau eine gegenteilige Meinung? Das, was sie Andrina vor dem Auftauchen ihres Mannes über Erika erzählt hatte, und ihre Reaktion passten nicht zu den Vorwürfen ihres Mannes.

Andrina stand auf und ging in die Küche. Sie füllte Wasser in ein Glas und kehrte ins Wohnzimmer zurück.

Ging es nicht um Enrico, sondern um sie? Wollte sich jemand an Andrina rächen und benutzte Enrico dazu? Wer könnte ihr was anhaben wollen? Jemand vom Verlag? In Gedanken ging Andrina ihre Kollegen durch. Nein, das war absurd.

Das Klingeln des Telefons riss sie aus ihren Gedanken.

«André langweilt sich», sagte Gabi anstelle einer Begrüssung. «Ich drehe bald im roten Bereich, und mir fällt die Decke auf den Kopf. Ich brauche dringend eine Abwechslung. Wollen wir abmachen, damit Rebecca und André zusammen spielen können? Oder gehen wir in die Stadt? Er braucht Schuhe, aber allein mit ihm einzukaufen ist eine Tortur.»

Andrina beobachtete, wie Gabi zahlte, die Schuhe in ihrem Rucksack verstaute und diesen in den Tragekorb unter dem Kinderwagen stellte. André plapperte vergnügt im Buggy, als Gabi auf Andrina zukam.

«Das ist zum Glück erledigt. Es war dringend, dass André neue Winterschuhe bekommt. Die alten waren zu klein.»

Sie verliessen das Geschäft.

«Was machen wir als Nächstes?», fragte Andrina.

«Er braucht eine neue Winterjacke. Das ist nicht so dringend wie die Schuhe. Oder hast du etwas, das erledigt werden muss?»

«Ich muss die Bilderbücher zurückbringen.»

«Gehen wir in die Bibliothek und trinken einen Kaffee», sagte Gabi.

«Einverstanden.»

Nachdem Andrina die Bücher zurückgegeben und neue ausgeliehen hatte, gingen sie ins Café littéraire. Sie bestellten zwei Cappuccino und vier Schokoladenmuffins. «Ich lade dich ein», sagte Andrina, als Gabi ihr Portemonnaie hervorholte.

«Danke.» Sie setzten sich an einen der runden Tische am Fenster. «Was ist mit dir?», fragte Gabi. «Du machst den Eindruck, als wärst du mit den Gedanken die ganze Zeit woanders.»

«Es ist im Moment ein wenig viel», sagte Andrina gedehnt.

«Du sagst es. Das ist offenbar nicht alles. Du siehst aus, als sei was passiert.»

«Was soll passiert sein? Das, was gerade los ist, reicht völlig.» Andrina hoffte, das Lächeln misslang nicht.

Eindeutig nahm Gabi es ihr nicht ab. Aber Andrina blieb dabei. Es war besser, Gabi nichts von ihrem missglückten Ausflug nach Hallwil zu erzählen. Gabi würde sofort anfangen, über Marco zu wettern, und eine Verschwörung von seiner Seite vermuten.

«Da ist ja Max», rief Gabi.

«Was?» Andrina drehte sich um und erblickte Wagner, der einer hageren braunhaarigen Frau die Hand reichte.

Er entdeckte sie und kam auf sie zu. Seine Anwesenheit bedeutete zwar Ablenkung, aber er war einer derjenigen, denen sie im Moment am wenigsten begegnen wollte.

«So eine Überraschung», sagte er und zog einen Stuhl heran.

Die Kellnerin brachte die beiden Cappuccinos und die Muffins.

«Für mich bitte einen Espresso und auch so einen Muffin.»

«Was machst du ausgerechnet in der Bibliothek?» Gabi reichte André ein Gebäckstück, von dem er sofort abbiss.

«Ich hatte eine Befragung.»

«Hier?», fragte Andrina ungläubig.

«Und ihr?», gab er zurück.

«Shoppingpause», antwortete Gabi.

Wagner gab Zucker in seinen Espresso, nachdem die Kellnerin ihn gebracht hatte.

«Susanna hat erzählt, bei euch wollte jemand einbrechen», sagte Wagner.

«Oder uns nachstellen. Vielleicht war es die Person, die die Angaben zu dem Phantombild von Enrico gemacht hat.» Andrina erschrak. War es gar niemand aus Hallwil? Oder hatte Erika Fäs jemanden beauftragt? Sollte sie Wagner darauf ansprechen? Lieber nicht. Er würde nicht erfreut sein, wenn er von ihrem schiefgegangenen Ausflug nach Hallwil erfuhr, und gegebenenfalls war es sogar kontraproduktiv.

«Wieso meinst du, es stelle euch jemand nach?», fragte Wagner. «Fühlst du dich verfolgt?»

«Eigentlich nicht, aber das muss nichts heissen.»

«Das halte ich für unwahrscheinlich.»

«Wer ist diese Person, die die Angaben zum Phantombild gemacht hat?», fragte Andrina.

«Das darf ich dir nicht sagen, wie du weisst. Nur dieses: Ihr kennt sie nicht.»

«Daher soll es glaubwürdig sein?», rief Andrina. Die beiden älteren Frauen am Nachbartisch drehten die Köpfe zu ihr. Die mit der Brille mit dem roten Rahmen musterte erst sie, danach Rebecca, die auf Andrinas Schoss sah und den Muffin zerbröselte. Sie schüttelte missbilligend den Kopf und wandte sich ihrem Stück Kuchen zu.

«Ist es jemand aus Hallwil?» Das war heraus, bevor Andrina es zurückhalten konnte.

«Wieso aus Hallwil?», fragte Wagner.

«Dort … Dort hat alles angefangen.» Sie schaffte es, seinem Blick standzuhalten.

«Ich denke sowieso, diese Spur ist unbrauchbar. Die Person hat Enrico gesehen, wie er kurz nach der Messerattacke in den Wagen stieg und wegfuhr. Mehr nicht.» Das hatte Sybille gestern auch gesagt. Das hiess, sie konnte aufatmen. Erleichterung stellte sich aber nicht ein. Etwas an dem Phantombild, das sie nicht benennen konnte, störte Andrina weiterhin.

«Oder dieser Zeuge meinte nicht Enrico, sondern Marco», sagte Gabi.

«Marco war nicht dort», sagte Max gedehnt.

«Woher weisst du das?», fragte Gabi.

«Er war auf dem Apéro.»

«Warst du dabei?» Obwohl Gabi ihre Stimme gesenkt hatte, klang sie schrill.

«Ich weiss, du bist nicht gut auf ihn zu sprechen, aber mit solchen Anschuldigungen, die zwischen deinen Zeilen mitklingen, solltest du vorsichtig sein, wenn du dich nicht in Schwierigkeiten bringen möchtest. Das kann schnell als Verleumdung ausgelegt werden.» Wagners Stimme klang wie Donnergrollen. Er schob den letzten Bissen des Muffins in den Mund. «Ich sollte weiter.» Er erhob sich und ging zur Kasse. Nachdem er gezahlt hatte, hob er die Hand zum Gruss und verliess das Café.

Das sah für Andrina nach Flucht aus.

«Es ist immer das Gleiche», murrte Gabi. «Die hängen wie Pech und Schwefel zusammen. Sobald einer von ihnen in die Schusslinie kommt, errichten sie eine dichte Mauer um ihn, damit am Kollegen ja nichts hängen bleibt.»

Andrina legte ihre Hand auf Gabis. «Mir ist klar, du traust Marco alles zu. Aber könnte Max in diesem Fall nicht recht haben?»

Gabi biss in ihren Muffin und kaute so heftig, als handle es sich um ein zähes Stück Fleisch. Sie erwiderte nichts.

«Du solltest Max' Rat berücksichtigen und dich mit Anschuldigungen zurückhalten.»

Zorn blitzte in Gabis Augen auf. Sie kaute heftiger.

«Welchen Grund sollte Marco haben, mit dem Messer auf Leute einzustechen?», fuhr Andrina fort.

«Keine Ahnung. Frag ihn.»

«Ich denke, es ist gegen Enrico gerichtet.»

«Du meinst, jemand will ihm eins auswischen? Wer?»

«Das weiss ich nicht.»

«Bestimmt war es Marco. Er muss die Angaben für dieses Phantombild manipuliert haben.»

«Er wusste nichts von unserer Anwesenheit in Hallwil.»

«Bist du sicher?»

«Er ist nicht der Verantwortliche für den Fall.»

«Wer sagt das?»

«Susanna. Max hat den Fall dieser Burkhard zugeteilt.»

«Die anderen werden unterstützend bei den Ermittlungen tätig sein», erwiderte Gabi. «Auch Marco.»

«Susanna meinte, er wurde aufgrund des Phantombildes definitiv vom Fall abgezogen.»

«Das hindert ihn nicht daran, den Verdacht auf Enrico zu lenken. Bevor dieses Phantombild auftauchte, wird es genügend Gelegenheiten gegeben haben, von eurer Anwesenheit in Hallwil zu erfahren.»

***

Es dunkelte ein, als Andrina mit dem Buggy in ihre Einfahrt bog. Enricos Wagen stand vor der Garage. Am Morgen hatte er angedeutet, es könnte später werden. Andrina freute sich, weil dem offensichtlich nicht so war.

Sie stellte den Buggy in die Garage und ging zum Haus. Zwischen den Ästen erkannte sie Licht in Ruth Bischofsbergers Wohnzimmer.

«Wir sind es», rief sie und liess die Haustür ins Schloss fallen. Sie zog Rebecca die Jacke und Schuhe aus.

«Papà», rief Rebecca und eilte mit ausgestreckten Armen auf Enrico zu, der aus dem Wohnzimmer getreten war.

Er hob Rebecca hoch und gab ihr einen Kuss. Als er Andrina anschaute, erschrak sie wegen seiner starren Miene.

«Was ist passiert?»

«Komm mit», sagte er und stellte Rebecca auf den Boden. Er schlüpfte in die Schuhe und öffnete die Tür.

Andrina folgte ihm auf die Beifahrerseite des Wagens. Das Licht an der Garage schaltete sich automatisch ein.

«Hier.»

«Was?»

Enrico tippte mit dem Finger gegen die Beifahrertür. Andrina beugte sich vor und erkannte in dem fahlen Licht die Kratzspuren, die quer über die Wagentür verliefen.

«Himmel!», stiess sie hervor. Kaum hatte Enrico den Schriftzug entfernen lassen, wurde das Auto erneut beschädigt. «Wann ist das passiert?»

«Das weiss ich nicht. Mir ist es aufgefallen, als ich am Nachmittag meine Tasche auf die Beifahrerseite gestellt habe. Gestern Abend waren die Kratzer nicht da.»

Andrina fuhr mit dem Zeigefinger die Tür entlang. «Wer macht so was?» Gleich darauf schnappte sie nach Luft. Es waren keine willkürlichen Kratzer, wie sie zuerst angenommen hatte. «Mörder», stand da.

«Das hat mich der Polizeibeamte auch gefragt.»

Erneut fuhr Andrina mit dem Zeigefinger die Buchstaben nach. Immerhin war das Wort nicht gleich lesbar. Das machte die Situation aber nicht weniger bedrohlich.

«Die Beamten haben Fotos gemacht. Die Spurensicherung hat nichts gefunden, das Rückschlüsse auf den Täter liefert.»

«Glaubst du, es war derselbe Täter?»

«Ich habe später mit Susanna telefoniert und sie das Gleiche gefragt. Sie meint, es kann die gleiche Person oder eine andere sein.»

«Was geschieht … Rebecca, nein.» Andrina hob Rebecca hoch, die auf Socken um das Auto kam. Sie trug sie zurück zum Haus.

«Es gibt zwei Optionen. Es ist entweder hier oder bei JuraMed passiert. Wobei ich glaube, dieses Mal hat er hier zugeschlagen.»

«Warum hier?»

«Ich hatte den Wagen letzte Nacht nicht in der Garage abgestellt.»

«Das ist keine ausreichende Begründung.»

«Mein Wagen stand heute bei JuraMed direkt neben dem Haupteingang. Und auf der Überwachungskamera ist keiner zu sehen, der sich an meinem Auto zu schaffen macht.»

«Du meinst, es war derjenige, der sich am Freitag in unserem Garten herumtrieb? Er könnte zurückgekommen sein.» Andrina überlegte, ob das Sinn machte, kam aber zu keinem Schluss.

«Daran habe ich nicht gedacht.» Enrico schwieg einen Moment. «Nein», sagte er schliesslich. «Ich gehe davon aus, der im Garten war ein Einbrecher und hat mit dem Vandalismus hier nichts zu tun. Er wird weitergezogen sein, auf der Suche nach einem anderen Haus.»

«Ich muss dir auch was erzählen», sagte Andrina und hängte ihre Winterjacke an die Garderobe.

«Eine weitere Hiobsbotschaft?»

«Ich fürchte, ja. Ich war in Hallwil.»

«Ich soll sie nicht mehr behelligen», sagte Enrico, als Andrina das Wohnzimmer betrat. Er liess das Telefon sinken.

Andrina hatte Enrico erzählt, wie sie nach Hallwil gefahren war, um mit Erika Fäs zu sprechen, sie aber nicht angetroffen hatte, und wie Anton Rabe sie beschimpft hatte. Als sie Rebecca ins Bett brachte, war Enrico ins Wohnzimmer gegangen. «Sie sei in die Ferien gefahren, weil die Presse sie nicht in Ruhe lässt. Es ist ein Wunder, dass sie das Gespräch entgegengenommen hat», fuhr Enrico fort.

«Ist sie wieder zu Hause?»

«Nein. Sie hat den Festnetzanschluss auf ihr Handy umgeleitet.»

«Was hat sie sonst gesagt?», fragte Andrina, da Enrico nicht weitersprach.

«Nichts, das helfen würde. Sie hat meine Frage nicht beantwortet, ob sie gesehen hat, wie wir ins Auto gestiegen und abgefahren sind. Sie wolle nichts damit zu tun haben.»

«Sie hat uns nachgeschaut», rief Andrina und dachte an die Information von Gisela Rabe, der Erika Fäs dies sogar gesagt hatte. Warum wollte Erika Enrico das nicht mehr bestätigen?

«Wie wir zum Auto gegangen sind, ja. Sie hat die Tür zugemacht, als dieser Bärzeli-Trupp aufgetaucht war.» Daran konnte Andrina sich nicht mehr erinnern.

«Was hat Erika gegenüber der Polizei gesagt?»

«Darauf hat sie nicht geantwortet. Wenn ich sie nicht in Ruhe liesse, würde sie diese kontaktieren.»

Andrinas Mut sank. Das war für sie gleichbedeutend damit, dass Erika Enrico für den Täter hielt und es darauf anlegte, dass andere das ebenso sahen. Weshalb diese Kehrtwende in ihrem Verhalten? War die spontan erscheinende Einladung geplant gewesen, und der Vorfall beim Bärzeli-Treiben half ihr, ihre Rache umzusetzen?

Es konnte ganz anders sein. Anton Rabe hatte sie beeinflusst. Andrina meinte sich zu erinnern, wie aus dem Nachbarhaus zwei Personen herausgekommen und an den Gartenzaun getreten waren, als die Bärzeli-Gruppe aufgetaucht war. Das mussten die Rabes gewesen sein. Sie mussten beobachtet haben, was danach alles geschah. Die Situation konnte aufgrund des anderen Blickwinkels von deren Garten aus anders aufgefasst worden sein.

Inzwischen ging Andrina davon aus, die Beschreibung für das Phantombild stammte von Anton Rabe.

Er musste eine Person gesehen haben, die Enrico ähnelte.

Marco …

Egal, aus welcher Richtung sie es betrachtete, Andrinas Gedanken kehrten immer wieder zu ihm zurück. Welche Rolle spielte er in dem Ganzen? Mord traute sie ihm nicht zu.

Wie lange war er bei diesem Nachbarschaftsapéro gewesen? Bisher hatte Andrina keine konkreten Zeiten gehört. Kurz erwog sie, selbst in Marcos Nachbarschaft nachzufragen, verwarf diesen Gedanken aber sogleich wieder. Sie würde eher Misstrauen schüren, als Informationen zu erhalten. Als Polizistin wagte sie sich nicht auszugeben. Wenn das aufflog, hätte sie ein zusätzliches Problem.

Enrico hatte den Kopf in den Nacken gelegt und die Hände vor das Gesicht gepresst. Seine Verzweiflung spürte Andrina am eigenen Leib. Sie musste etwas unternehmen, da es so nicht weitergehen konnte.

Bevor sie sich einen Plan für die nächsten Schritte zurechtgelegt hatte, klingelte es an der Tür.

Andrina und Enrico schauten einander erschrocken an. Um diese Zeit konnte das nichts Gutes bedeuten.

Enrico kehrte mit Susanna in die Küche zurück. Sie sah ernst aus. Kein Lächeln umspielte ihre Lippen wie normalerweise, wenn sie einander privat begegneten. Das hiess, es war ein offizieller Besuch.

«Kennst du das?», fragte sie und legte einen durchsichtigen Asservatenbeutel, auf dem Andrina das Aargauerwappen und den Schriftzug «Spurensicherung» erkannte, vor sie auf den Tisch.

Enrico beugte sich vor und verdeckte den Inhalt.

«Nein, warum?»

«Das wurde auf dem Parkplatz von JuraMed in der Nähe des Eingangs gefunden.»

«Mir gehört es nicht.» Das klang defensiv. Er lehnte sich zurück, und Andrina erkannte nun, was sich in dem Beutel befand.

«Du besitzt solche Messer?», fragte Susanna.

«Ja. Wir haben Schweizer Sackmesser, aber die sind rot oder silberfarben und kleiner als das hier.»

Mit den Fingerspitzen zog Andrina den Beutel zu sich. Das Sackmesser hatte einen Holzgriff, welcher ihm ein edles Aussehen verlieh. Auf dem Holz befand sich ein kleines Schweizerwappen. Das Messer war über zehn Zentimeter lang.

Sie hob den Kopf und merkte, wie Susannas Blick auf ihr ruhte. «Ich habe nicht gewusst, dass es Schweizer Sackmesser mit Holzgriffen gibt», sagte Andrina.

«Du kennst das Messer nicht?»

«Nein.»

«Auf dem Messer wurden Blutreste sichergestellt, die zur Untersuchung im Labor sind. Mit grosser Wahrscheinlichkeit stimmen sie mit denen der Opfer überein.»

«Wann und von wem wurde es gefunden?», fragte Enrico.

«Heute Vormittag.»

«Und von wem?», hakte Enrico nach, da Susanna nicht weitersprach.

«Einem Mann.»

«Jemand muss es absichtlich dort deponiert haben», sagte

Enrico. Seine Stimme klang ruhig, aber das täuschte. «Auf den Kameras muss ersichtlich sein, wer es dort abgelegt hat.»

«Das Messer lag in dem Bereich, den die Kameras knapp nicht mehr erfassen.» Sie erhob sich. «Kannst du bitte morgen ins Polizeikommando kommen, Enrico?»

NEUN

Andrina schob das Velo neben die Haustür von Marcos Haus. Ihr Zeigefinger verharrte einen Zentimeter über der Klingel. Nach wie vor war sie sich nicht sicher, ob es eine gute Idee war, ihn aufzusuchen. Ihr blieb nichts anderes übrig. Wenn sie die Dynamik, die sich gegen Enrico entwickelte, unterbrechen wollte, musste sie mit ihm sprechen.

Andrina klingelte. Nichts geschah. Sie spähte durch das Milchglas und meinte, einen Schimmer von Licht zu erkennen. Er musste zu Hause sein. Oder hatte er eine Zeitschaltuhr aktiviert? Als sie zusammen gewesen waren, hatte er ihr einen langen Vortrag über Einbrüche im Winter während der Dämmerungszeit gehalten.

Sie blickte sich um. Sein Auto stand nicht in der Einfahrt. Das musste nichts heissen. Es konnte in der Garage sein. Dort nachzuschauen würde zu weit gehen. Falls er genau in diesem Moment herauskam und sie beim Schnüffeln erwischte, würde es kontraproduktiv für ihr Gespräch sein.

Andrina klingelte ein zweites Mal. Sie würde es gut sein lassen, falls Marco die Tür nicht öffnete, und es als Wink des Schicksals ansehen. Besonders nach heute, nachdem Gabi mehrmals über Marco geschimpft hatte und ihm unterstellte, er könnte die Person auf dem Phantombild sein. Es war ein zusätzlicher Grund, der Sache mit dem Phantombild nachzugehen, indem sie mit Marco darüber sprach. Eventuell würde sie sogar herausfinden, was es mit dem Sackmesser auf sich hatte.

Nach wie vor rührte sich nichts. Frust machte sich breit. Zu gerne hätte sie Klärung gehabt.

Andrina wollte sich abwenden, als das Milchglasfenster hell wurde. Der Schlüssel drehte sich, und in der nächsten Sekunde stand Marco vor ihr. Er trug eine Trainerhose und ein T-Shirt. Seine zerzausten Haare waren nass.

«Andrina?», sagte er erstaunt. «Was ist passiert?»

«Nichts. Doch, eine Menge.»
Verwirrung pur in seinem Gesicht.
«Kann ich reinkommen?»
Seine Verwirrung nahm zu. Er trat auf die Seite und deutete ins Haus.
«Lass ruhig die Schuhe an», sagte er, als Andrina die Schuhe abstreifte.
«Sie sind nass», erwiderte sie.
Andrina folgte Marco ins Wohnzimmer und lehnte ab, als er ihr Wasser oder Tee anbot.
«Was ist los?», fragte er und setzte sich ihr gegenüber an den Esstisch.
Andrina war überfordert und hatte keine Ahnung, wie sie beginnen sollte. Es war eine dumme Idee gewesen, herzukommen.
«Es geht um das Phantombild von Enrico», wagte sie einen direkten Vorstoss.
«Ich bin von den Ermittlungen ausgeschlossen. Du musst dich damit an Max, Susanna oder Corina wenden.»
«Corina Burkhard?»
«Ja.»
«Es ist ... ich möchte darüber mit dir persönlich sprechen.»
Falls Marco sich darüber wunderte, war es ihm nicht anzusehen. Schweigend schaute er sie an. Fieberhaft überlegte sie, wie sie herausfinden konnte, ob er bei der Erstellung des Phantombildes nachgeholfen hatte. Sie verwünschte sich, den Einstieg ins Gespräch und ihre Befragung nicht vorher geplant zu haben.
«Warst du dabei, als der Zeuge vernommen wurde?», fragte sie. «Ich nehme an, zu diesem Zeitpunkt warst du noch nicht von den Ermittlungen abgezogen.»
«Ich war nicht bei der Befragung dabei. Corina hat mit ihm gesprochen.»
«Wer hat gesagt, die Person auf dem Bild sähe Enrico ähnlich.»
«Susanna und Sämi ist es aufgefallen. Bis zu diesem Zeitpunkt

hatte ich das Bild nicht gesehen. Ich habe es erst zu Gesicht bekommen, bevor ich dich befragt habe.»

«Kam keiner vor mir auf die Idee, du könntest das auf dem Bild sein?»

Kurz erschien eine Falte zwischen den Augenbrauen, die sich gleich darauf glättete.

«Nein.»

«Erstaunlich, wenn man bedenkt, dass sie dich jeden Tag sehen.» Das war schärfer als beabsichtigt. Andrina setzte ein Lächeln auf. Marco wütend zu machen war das Letzte, das sie gebrauchen konnte.

«Mir hätte es ja auch auffallen können», sagte er. «Ursprünglich wollte Corina mit dir sprechen. Ein längeres Telefongespräch ist dazwischengekommen. Sie hat mir das Bild in die Hand gedrückt und bat mich, die Befragung zu übernehmen.»

Hatte er damals nicht gesagt, Wagner habe ihn darum gebeten, weil er wegmusste? Hatte sie das falsch in Erinnerung, oder widersprach Marco sich gerade? «Wann wurde das Bild erstellt?», fragte sie weiter.

«Einen Tag nach dem Messerangriff. Andrina, was willst du wirklich?»

«Ich möchte herausfinden, warum jemand Enrico etwas anhängen möchte.»

«Wie du andeutest, könnte ebenso mir jemand was anhängen wollen. Das ist der Grund, weshalb ich von den Ermittlungen abgezogen wurde.»

Sie drehten sich zunehmend im Kreis.

«Haben sie deine Fingerabdrücke genommen?»

«Die sind eh in der Datenbank. Warum willst du das wissen?»

«Wegen des Sackmessers.»

Andrina konnte sich nicht vorstellen, dass er nichts von dem Messer wusste. Als die potenzielle Tatwaffe gefunden wurde, musste das einen Wirbel gegeben haben.

Hatte Marco sogar das Messer bei JuraMed deponiert? So wie er bei dem Phantombild Einfluss genommen haben konnte. Eine neue Frage tauchte auf. Wann war das Messer bei Jura-

Med deponiert worden? An dem Tag, als es gefunden worden war, oder früher? Zum Beispiel an dem Tag, als Enricos Auto besprüht worden war? Der Fundort lag zwar ausserhalb des Kamerabereichs beim Eingang, aber die Person musste von einer anderen Kamera eingefangen worden sein, als sie das Areal überquerte. War es realistisch, dass das Messer erst so lange nach dem Attentat an einem Ort, der nicht im Zusammenhang damit stand, entdeckt wurde?

«Ich glaube, ich weiss den Grund, weshalb du hier bist», sagte Marco. «Du fragst dich, ob ich Einfluss bei der Erstellung des Bildes genommen habe oder andere Beweisstücke manipuliert habe.»

Andrina senkte den Blick.

«Mal abgesehen davon, dass du mit solchen Unterstellungen vorsichtig sein solltest, nehme ich an, diese Idee stammt nicht von dir. Oder nicht von dir allein. So feige hätte ich Enrico nicht eingeschätzt, dass er dich vorschiebt, um das herauszufinden.»

«Enrico weiss nichts von meiner Anwesenheit hier.»

«Okay, ich nehme ihm das, was in der Vergangenheit vorgefallen ist, nach wie vor übel. Ändern kann ich an der heutigen Situation nichts. Du bist mit ihm verheiratet und hast eine Tochter. Was sollte mir so eine Aktion bringen?»

Andrina traute sich nicht, ihn anzublicken. Konzentriert betrachtete sie weiterhin ihre Hände.

«Ich kann dich beruhigen. Das ist nicht mein Stil, und die Aktion würde mich meinen Job kosten, was ich bestimmt nicht riskiere.»

Andrina hob den Kopf, als Marco nicht weitersprach. In seinem Gesicht war nicht die geringste Spur von Ärger zu erkennen.

«Ich bin von meiner einjährigen Auszeit zurückgekommen, weil ich einen Neuanfang wollte. Das heisst, Altes hinter mir zu lassen.»

«Das gelingt dir so einfach?»

«Ich muss einräumen, Groll ist nach wie vor genug vorhanden. Ich lasse ihn jedoch nicht zu. Was mich interessieren würde:

Warum kann Enrico das nicht? Ein solches Vorgehen passt nicht zu ihm. Welche Beweggründe hat er für diese Unterstellung?»

«Es ist nicht Enricos Meinung», sagte Andrina. Nicht nur, korrigierte sie im Stillen.

«In dem Fall ist es Gabi. Okay, bei ihr ist es einleuchtend. Sieht sie die Gelegenheit, mir eins auszuwischen? Hat sie dich geschickt?»

«Nein.»

Er blickte an Andrina vorbei und fixierte einen Punkt hinter ihr an der Wand. «Ist dir nicht in den Sinn gekommen, sie könnte hinter dem ganzen Theater stecken?»

«Welches Theater? Die Messerstecherei?»

«Das meine ich nicht.»

«Du willst damit sagen, sie könnte die unbekannte Zeugin sein?» Andrina musste sich räuspern. «Ihr hätte klar sein müssen, Enrico damit ebenfalls ins polizeiliche Rampenlicht zu befördern.» Kaum hatte sie dies ausgesprochen, fiel ihr ein, dass Wagner gesagt hatte, weder sie noch Gabi würden den Zeugen kennen. War dem nicht so, und hatte Gabi eine Person beauftragt, diese Aussage zu machen? Eine Person, von der keiner annahm, Gabi kenne sie?

«In ihrem Eifer wird ihr das nicht bewusst gewesen sein», sagte Marco.

«Also ehrlich!», rief Andrina. «Du hast dich nicht verändert, obwohl du das glaubst.»

Marco hob die Hand, als Andrina aufspringen wollte. «Wie sie sich verhält, wenn wir uns begegnen, ist alles andere als toll. Ich habe keine Ahnung, was ich tun kann, damit sie mir nicht mehr alles Mögliche unterstellt.»

«Entschuldige die Bemerkung, aber verwundert dich das?»

«Wie ich sie behandelt habe, gehört nicht zu meinen Glanzleistungen. Dennoch sollte sie aufhören, nachtragend zu sein. Sie muss nicht mein grösster Fan werden, aber es geht um André. Er ist das Opfer in dem Ganzen.» Marco hob erneut die Hand, als Andrina zu einer Erwiderung ansetzte. «Ich will ihn ihr nicht wegnehmen. Ich möchte ihm einfach ein guter Vater sein.

Dazu gehört, ihn hin und wieder sehen zu können.» Er blickte Andrina an. «Ich könnte mein Besuchsrecht sogar gerichtlich durchsetzen, obwohl ich das nicht möchte. Der Leidtragende in einer solchen unschönen Unternehmung wäre André. Ich hoffe, dass wir einen friedlichen Weg finden.»

Bevor Andrina antworten konnte, erhob er sich. «Enrico wartet bestimmt auf dich.»

Andrina schaute auf ihre Uhr. Es war schon nach halb sieben.

Erst als Andrina ihr Velo zur Strasse schob, war sie in der Lage, sich über den abrupten Abschied zu wundern. Er ähnelte einem freundlich gemeinten Rausschmiss. Sie blieb stehen und schaute zum Haus zurück. Warum kam sie sich manipuliert vor? Geschickt hatte er das Gespräch von dem Phantombild zu Gabi geführt und das Thema Sackmesser nicht weiter zur Sprache kommen lassen. Gleichzeitig drehte er den Spiess um und lenkte den Verdacht auf Gabi. Gegen ihren Willen musste Andrina einräumen, dass er theoretisch recht hatte. Praktisch traute sie Gabi es nicht zu.

Versuchte Marco, sie zu einer Verbündeten gegen Gabi zu machen?

In einem war sie sich sicher, Marco liebte seinen Sohn und wollte ihm kein Leid zufügen. Sie musste Marco zustimmen, fair war Gabis Verhalten ihm gegenüber nicht, und sie lehnte sich weit aus dem Fenster, wenn sie versuchte, André Marco vorzuenthalten.

Dennoch war Marcos Verhalten seltsam. Oder interpretierte sie zu viel hinein? Marco musste unter Druck stehen, da das Phantombild ebenso wie auf Enrico auch auf ihn passte. Welche Auswirkungen hatte es auf seinen Job? Wie verhielten sich seine Kollegen?

Andrina zog die Kappe tiefer in die Stirn und fuhr los.

Als sie abbog, bemerkte sie das Auto hinter sich. Es folgte in einigem Abstand und bog ebenfalls ab. Andrina verlangsamte das Tempo.

Fahr vorbei.

Der Wagen blieb, wo er war. Dabei war die Fahrbahn breit genug, um sie zu überholen. Sie beschleunigte.

Du bist hysterisch.

Der Wagen behielt den gleichen Abstand bei. Andrina bog in die nächste Strasse ab. Das Auto folgte ihr. Sie warf einen kurzen Blick über die Schulter. Die Marke des Wagens konnte Andrina nicht sehen. Das Einzige, was sie erkannte, war die dunkle Farbe. Das Scheinwerferlicht blendete sie. Keine Chance, das Nummernschild zu lesen.

Marco. Nein, dachte sie gleich darauf. Er hätte erst seinen Wagen aus der Garage holen müssen. So schnell war nicht einmal er. Andrina bog in die nächste Hauseinfahrt und fuhr um das Garagengebäude herum. Ein Bewegungsmelder schaltete eine Lampe an. Hoffentlich wunderten sich die Bewohner nicht, was sie hier tat.

Das Haus blieb unbeleuchtet. Kein Licht in den Fenstern. Offenbar war niemand daheim.

Vor der Einfahrt hörte sie einen Wagen im Leerlauf. Was sollte sie tun, falls der Fahrer ausstieg und ihr folgte? Die Panik steigerte sich und liess keinen klaren Gedanken zu. Die Sekunden zogen sich in die Länge.

Andrina holte ihr Handy aus der Handtasche. War es eine Überreaktion, wenn sie den Notruf wählte? Sie würde dämlich dastehen, falls die Polizei mit Blaulicht anrückte und sich herausstellte, dass der Fahrer nur nach dem Weg geschaut oder angehalten hatte, um zu telefonieren, und längst fort war.

Der Motor war das einzige Geräusch. Kein Öffnen einer Autotür oder Schritte zum Garten waren zu hören. Das Licht der Aussenlampe schaltete sich aus, und Dunkelheit hüllte sie ein.

Sollte sie Enrico anrufen? War er schon zu Hause, oder war er bei Seraina, um Rebecca abzuholen?

Ihre Augen gewöhnten sich an die Dunkelheit, und sie konnte das Licht der Scheinwerfer auf der anderen Seite der Garage ausmachen.

Susanna. Das war die Lösung. Sie konnte am besten einschätzen, was zu tun war.

Ein Geräusch, wie wenn jemand Gas gab. Der Lichtschein hinter der Garage verschwand, und das Motorengeräusch ebbte ab. Stille folgte. Andrinas Finger schwebte über dem Telefonhörer auf dem Display.

Es blieb ruhig. Das einzige Geräusch wurde vom leichten Wind verursacht.

Wie lange es dauerte, bis Andrina es wagte, um die Ecke der Garage zu spähen, wusste sie nicht. Die Strasse war leer. Vorsichtig schob Andrina das Velo zur Strasse und blickte nach rechts und links. Kein Auto war zu sehen, ausser die geparkten am Strassenrand. Wartete derjenige, der ihr gefolgt war, auf einer dieser Parkflächen? Das Licht der Strassenlaternen reichte nicht, um zu erkennen, ob in einem der Fahrzeuge jemand sass. Andrina kam sich ausgeliefert vor.

Neue Panik keimte auf. Lass das. Du musst früher oder später nach Hause. Ob dich jemand beobachtet, kannst du nur herausfinden, wenn du endlich losfährst.

Sollte der Wagen wieder auftauchen, würde sie beim nächsten Haus, in dem Licht brannte, anhalten und um Hilfe bitten.

Andrina fuhr ab und blickte sich wiederholt um. Gleichzeitig behielt sie die Häuser im Auge, in denen eindeutig jemand zu Hause war.

Kein Auto, sondern nur zwei Velofahrer, die sie überholten und in der Dunkelheit verschwanden.

Ohne weitere Vorkommnisse erreichte Andrina ihr Haus. Vermutlich hatte sie sich eingebildet, verfolgt zu werden, da ihre Nerven blanklagen. Sie stellte das Velo in die Garage. Ihr Wagen stand schon dort, und der Motor strahlte Wärme ab. Andrina hatte ihn Enrico überlassen. Er hatte seinen in die Werkstatt gebracht, damit die beschädigte Tür repariert werden konnte. Andrina beschloss, weder Susanna noch Enrico von dem eben Erlebten zu erzählen. Er litt genug und sollte sich nicht unnötig Sorgen machen.

Enrico stand am Herd und wärmte Milch auf. Er drehte sich um, als er Andrina bemerkte. Andrina wunderte sich über den entspannten Eindruck, den er vermittelte. So hatte sie ihn seit der Messerattacke in Hallwil nicht mehr erlebt. Er küsste sie. Rebecca kletterte vom Kinderhochstuhl und beeilte sich, mit ausgestreckten Armen zu ihr zu kommen.

«Becca Häfi.»

«Sie hatte heute zum ersten Mal Erfolg.»

«Gut gemacht», sagte Andrina.

«Daher sind wir erst gerade nach Hause gekommen», sagte Enrico und goss Milch in Rebeccas Tasse. «Du bist spät dran.»

«Ich wollte eine E-Mail unbedingt fertig schreiben, und das hat länger als geplant gedauert. Danach habe ich –»

«Mami, Hunger», fuhr Rebecca dazwischen.

«Du hast recht.»

Sie setzten sich.

«Es gibt eine gute und eine schlechte Neuigkeit», sagte Enrico.

«Die schlechte zuerst.»

«Ich war heute Nachmittag im Polizeikommando.»

Andrina hielt den Atem an.

«Das Blut auf dem Messer stammt von mindestens zwei der Opfer.»

«Es handelt sich tatsächlich um die Tatwaffe?»

«Ja. Herr Brogli –»

«Herr Brogli hat dich befragt?», rief Andrina entsetzt. Ausgerechnet er. Andrina sah den Mann mit der rundlichen Figur und den grauen, strähnigen Haaren vor sich. Stets begleitete ihn ein überdrüssiger Gesichtsausdruck. Aus unerfindlichen Gründen hatte er etwas gegen Andrina und Enrico. Wenn sie aufeinandertrafen, fühlte Andrina sich grundsätzlich schuldig.

«Er war nicht allein. Corina Burkhard war ebenfalls anwesend.»

Ausgerechnet sie. In Andrinas Augen war dies das Traumduo. Zwar hatte Corina Burkhard sie stets neutral behandelt, aber mit der Frau stimmte etwas nicht, und sie war Andrina zutiefst unsympathisch.

«Daher hat Herr Brogli sich angemessen verhalten, und unser Gespräch verlief in einem normalen Rahmen.»

Die beiden letzten Wörter betonte Enrico. Andrina zog es vor, nicht nachzufragen, was dies bedeutete.

«Das Sackmesser ist die Tatwaffe», brachte Andrina das Gespräch zurück auf das eigentliche Thema. «Ich finde es verwunderlich, dass der Täter kein richtiges Messer benutzt hat.»

«Darüber haben sich Herr Brogli und Frau Burkhard auch gewundert. Allerdings stellten sie in den Raum, es könnte sich um eine spontane Tat gehandelt haben.»

Die Vermutung war bereits mehrmals aufgekeimt. Ein Sackmesser hatte man eher dabei als ein grosses Küchenmesser.

«Die gute Nachricht: Es hat einen Fingerabdruck darauf, und dieser stammt nicht von mir.»

Aufatmend sackte Andrina gegen die Stuhllehne.

«Das heisst, du bist von der Liste gestrichen?»

«Das nicht gerade. Aber ich habe den Eindruck, ich bin ein grosses Stück nach unten gerutscht.»

«Warum stehst du weiterhin drauf? Das verstehe ich nicht.»

«Es gibt die Zeugenaussage und das Phantombild des Täters.»

«Der Zeuge könnte in dem Durcheinander die falsche Person, also dich, als Täter identifiziert haben. Immerhin waren wir in der Nähe und sind in diesem Augenblick abgefahren.»

«Darauf habe ich Herrn Brogli hingewiesen.»

«Und?»

«Er hat es nicht ausgeschlossen.»

Das war schon mal was, dachte Andrina. Es erstaunte sie, dass Brogli anscheinend die Fähigkeit besass, einen Fall objektiv zu behandeln.

«Wessen Fingerabdruck ist es?», fragte sie. «Marcos?»

«Das haben sie mir nicht gesagt. Ich habe mich gehütet, auf Marco hinzuweisen, da er mir freundlich gesinnt schien.»

Freundlich gesinnte Stimmung? Brogli? Der Mann entwickelte neues Potenzial, sie zu erstaunen.

«Was ist der wahre Grund für dein spätes Nachhausekommen?», fragte Enrico.

«Ich habe auf dem Heimweg einen Abstecher zu Marco gemacht.» Andrina berichtete von dem Besuch.

Eindeutig war Enrico nicht erfreut über diese Aktion.

«Seltsam», sagte er, und Andrina war froh, weil er keinen Kommentar zu ihrer Eigeninitiative abgab. «Diese Anschuldigung gegenüber Gabi finde ich heftig, aber nachvollziehbar. So wie sie sich ihm gegenüber verhält. Die Beziehung der beiden, wenn man das überhaupt so nennen kann, ist ziemlich festgefahren.»

«Ich weiss nicht, was ich davon halten soll», sagte sie.

«Ich kann mir auch keinen Reim auf all das machen», sagte Enrico. «Doch herauszufinden, ob es Marcos Fingerabdruck auf dem Messer oder der einer anderen Person ist und welche Motive derjenige gehabt hat, ist eindeutig nicht unsere Aufgabe.»

ZEHN

Als Andrina mit Rebecca die Küche betrat, senkte Enrico die Zeitung, stellte die Tasse mit dem Espresso auf den Tisch und lächelte Andrina an.

«Was ist passiert?», fragte Andrina.

«Hier.» Enrico reichte Andrina die Zeitung.

«Nach unbestätigten Angaben wurde die Tatwaffe gefunden, mit der am zweiten Januar mehrere Personen in Hallwil zum Teil tödlich verletzt worden sind», las sie. «Darauf sichergestellte Spuren haben die tatverdächtige Person entlastet …» Andrina hob den Kopf. «Damit bist du gemeint.»

«Ich gehe davon aus.» Seine Erleichterung war greifbar.

Hoffentlich, dachte Andrina. Und hoffentlich begriffen das diejenigen, die Enrico bedroht hatten.

«Heisst das, damit hört der Vandalismus auf?», fragte sie.

«Wenn er damit im Zusammenhang steht», erwiderte Enrico und stand auf. Er gab Andrina einen Kuss. «Ich sollte los.» Er wuselte durch Rebeccas Haare, und das Mädchen quietschte.

«Bis heute Abend, *piccola*.» In der Tür drehte er sich um. «Ich nehme wie gestern deinen Wagen.»

«Okay, ich brauche ihn nicht. Wann ist deiner fertig?»

«Die von der Garage sagten, bis heute Abend haben sie die Tür in einen Zustand gebracht, dass sie wie neu aussieht. Wir können ihn morgen abholen. Die Garage hat am Samstag geöffnet.»

Andrina hörte, wie Enrico den Mantel von der Garderobe nahm, und anschliessend das Klicken der Tür.

Sie teilte seine Zuversicht nicht, dass der Vandalismus aufhören werde. Es gab bestimmt genügend Verrückte, die dieser Entwicklung nicht glaubten. Andrina überflog nochmals den Artikel. Die Angaben beruhten auf der Vermutung der Zeitung und waren von der Polizei nicht offiziell bestätigt worden. Nur sie wussten, dass der Fingerabdruck nicht von Enrico stammte.

Wenig half das abgedruckte Phantombild mit der Unterschrift: «Doch nicht der Messerstecher von Hallwil?»

Der Vandalismus musste ausserdem nichts mit dem Vorfall in Hallwil zu tun haben. Das hatte Brogli gegenüber Enrico erwähnt. Man müsse abwarten, wie sich die Situation weiterentwickle. Sie sollten weiterhin wachsam sein und sich melden, wenn es einen neuen Vorfall gab. Bisher hatte die Polizei keinerlei Hinweise, wer hinter den Taten stecken könnte. Keine Gewähr, dass nicht wieder was passierte.

Am liebsten wäre Andrina für eine Zeit lang abgetaucht. Das ging leider nicht.

Andrina schaute nach draussen in die Dunkelheit. Von Dämmerung keine Spur.

***

Wenn es nach Andrina gegangen wäre, wären sie heute im Haus geblieben. Das lag nicht nur am Regenwetter. Sie fühlte sich ausgeliefert. Aber frische Luft musste sein. Sie hatte sich entschlossen, einen Spaziergang in die Stadt zu machen. Dort war sie unter Leuten. Sie versprach sich davon einen Schutz in der Masse.

Während sie die Bachstrasse entlangspazierte, schaute sie sich regelmässig um. Es waren nur wenige Spaziergänger unterwegs. Entweder waren es Personen mit ihren Hunden oder Mütter mit ihren Kindern, denen wie ihr die Decke auf den Kopf zu fallen drohte. Velofahrer fuhren mit eingezogenen Köpfen an ihr vorbei. Einzelne Autos kamen ihr entgegen.

Andrina musterte jeden, dem sie begegnete. Keiner verhielt sich auffällig.

Wenn sie dachte, es folge ihr jemand, bog die Person an der nächsten Strasse ab.

Als Andrina durch das Obertor spaziert war, war sie unschlüssig, was sie machen sollte. Sie blickte zu den Giebeln hoch. Die Malereien wirkten an dem grauen Tag farblos.

Sie spazierte die Rathausgasse entlang. Der Buggy holperte

leicht über das Kopfsteinpflaster. Rebecca beugte sich über den Rand und streckte die Hände in die Richtung des eingefassten Stadtbachs.

Eine Runde durch die Altstadt und danach nach Hause, beschloss sie. Das sollte an frischer Luft für heute genügen. Nach zwei Minuten bog sie in den Graben ein und ging den Kasinopark entlang. Als sie wieder zum Obertor gelangte, erblickte sie Marco. Er hatte sich gegen die Hauswand gelehnt. Neben ihm stand Corina Burkhard. Beide beugten sich über ein Handy, das Marco in der Hand hielt. Corina Burkhard hatte die linke Hand auf seine Schulter gelegt. Sie zog regelmässig an einer Zigarette und blies den Rauch auf die von Marco abgewandte Seite. Sie deutete auf das Display, hob den Kopf an und lachte. Von ihrem Standort konnte Andrina nur seinen Hinterkopf sehen. Ihre Gesichter waren nur wenige Zentimeter voneinander entfernt.

Die beiden sind mehr als Kollegen, schoss es Andrina durch den Kopf. Es kann dir egal sein, wenn er die Burkhard als neue Freundin wählt, dachte sie gleich darauf.

Sie hatte keine Lust, von den beiden bemerkt zu werden, und bog in die Hintere Vorstadt ab.

ELF

«Wie neu», sagte der Automechaniker und deutete auf die Wagentür.

Enrico beugte sich vor und fuhr mit dem Finger über den Lack. «Man sieht nichts mehr», sagte er. «Gute Arbeit, vielen Dank.»

Der Automechaniker freute sich offensichtlich über das Lob.

«Sollen wir die Rechnung Ihnen oder direkt der Versicherung schicken?»

«Direkt an die Versicherung», antwortete Enrico. «Sie übernehmen den Schaden vollumfänglich.»

Er verabschiedete sich. Enrico klappte den Buggy zusammen und stellte ihn in den Kofferraum von Andrinas Wagen.

Ein Mann schlenderte vorbei. Er blieb stehen. «Hallo, Andrina.»

Sie schaute auf. Das «Kennen wir uns?» lag zuvorderst auf ihren Lippen, als sie begriff, wer der Mann war. «Sirio, richtig?»

«Genau.» Er reichte Andrina die Hand.

Enrico schaute verwundert von einem zum anderen.

«Ich kann meinen Wagen abholen», sagte Sirio, nachdem Andrina sie gegenseitig vorgestellt hatte. «Der ist vor drei Tagen aufgebrochen worden.»

«Wie bitte?», rief Andrina.

«Nicht direkt aufgebrochen. Es hat einer die Seitenscheibe eingeschlagen.»

«Offenbar sind nur Vandalen unterwegs», sagte Andrina.

«Wieso?», fragte Sirio. «Ist euch das auch passiert?»

«Die Scheibe wurde nicht eingeschlagen. Dafür hat jemand meine Wagentür zerkratzt», sagte Enrico.

«Himmel», stöhnte Sirio. «Ich frage mich, was mit den Leuten los ist. Bei mir meinte die Polizei, es waren Jugendliche. Ein Anwohner aus einem benachbarten Block habe eine Gruppe angetroffen, die grölend durch das Quartier gezogen oder besser getorkelt ist.»

«Das heisst, sie haben die Übeltäter?»

«Ja. Es war eine Mutprobe.»

«Könnten es bei dir wie bei Sirio Jugendliche gewesen sein?», fragte Andrina, nachdem Sirio sich verabschiedet und die Rezeption der Garage betreten hatte.

«Die ‹Mörder› in meine Wagentür ritzen?» Enricos Skepsis war deutlich. «Spontan würde ich Nein sagen. Aber heute ist alles möglich.»

«Wir sollten Max und Susanna darauf hinweisen.»

Enrico schaute Andrina einen Augenblick schweigend an. «Das bringt nichts. Falls es die gleichen wie bei Sybilles Nachbarn waren und der Spuk ein Ende hat, bin ich zufrieden. Treffpunkt zu Hause?»

ZWÖLF

Andrina streckte sich und unterdrückte ein Gähnen. Es war ungewöhnlich still in den Verlagsräumen für einen Donnerstag um fünf Uhr am Nachmittag. Nur Gabi war da, aber von ihr im Büro nebenan hörte Andrina nichts.

Heute war einer der Tage, an dem alle früher gehen mussten: Sei es wegen eines Arzttermins, eines Gespräches mit einem Handwerker oder weil dringend eine Bestellung vor Feierabend abgeholt werden musste. Elisabeth hatte für diese Situation eine Anforderung: Mindestens eine Person musste bis fünf Uhr im Büro bleiben, damit der Verlag telefonisch erreichbar war.

Die Stille tat gut. Seitdem Enrico nicht mehr als Tatverdächtiger angesehen wurde, war allgemein Ruhe eingekehrt, und seit beinahe einer Woche verlief der Alltag in normalen Bahnen.

Ein Klopfen gegen den Türrahmen liess Andrina aufmerken. Gabi streckte den Kopf herein. «Ich mache Feierabend», sagte sie. «Kommst du mit?»

«Ich möchte das Kapitel fertigstellen.»

Gabi machte einen unschlüssigen Eindruck. «Soll ich warten?»

«Geh nur.»

«Bist du sicher? Ich habe vergessen, die Zutaten für Andrés Geburtstagskuchen zu kaufen, und sollte Vorbereitungen treffen, da ich morgen Vormittag im Verlag bin.»

Morgen wollte Gabi Andrés Geburtstag mit einer Kindergeburtstagsparty nachfeiern. Andrina oder besser Rebecca war eingeladen.

«Es ist nicht das erste Mal, dass ich die Letzte am Abend bin.»

Gabis Augen huschten durch den Raum. Sie zupfte an einer Haarsträhne, und Andrina fiel auf, wie blass sie war.

«Ist alles in Ordnung mit dir?»

«Was soll nicht in Ordnung sein?» Das klang barsch, und

Andrina verkniff es sich, Gabi darauf hinzuweisen, welch gestressten Eindruck sie vermittelte.

«Soll ich dir morgen bei den Vorbereitungen helfen?»

«Nein danke. Das bekomme ich allein hin. Kommt einfach um halb zwei.» Sie wandte sich zum Gehen, drehte sich aber in der Tür um. «Bevor du fragst, Marco ist nicht eingeladen.»

«Ich hatte nicht vor zu fragen, aber ich finde es schade. Ein Kindergeburtstag ist etwas Schönes.»

«Er hatte seinen Geburtstagsausflug mit André. Das reicht. Ausserdem ist es nur eine grosse Show, die er abzieht. Guter Vater sein zu wollen und so.»

Bitte nicht schon wieder, dachte Andrina. Sie fragte sich, warum Gabi dauernd dieses Thema anschnitt. Andrina hatte ihren Standpunkt klargemacht, und damit hatte es sich für sie.

«Meinst du nicht, du tust ihm unrecht?» Sie verwünschte sich, sich auf eine weitere dieser Diskussionen einzulassen, die eh nichts brachten. Würde sie das Thema jedoch ignorieren, war Gabi beleidigt, wie sie aus Erfahrung wusste.

Bis jetzt hatte Andrina kein Mittel gefunden, Gabi begreiflich zu machen, dass diese Diskussionen eher ihre Freundschaft belasteten, als zu einem Ziel zu führen.

«Ich verstehe nicht, warum ausgerechnet du ihn in Schutz nimmst.» Sie hob die Hand. «Okay, er hat dir das Leben gerettet. Das bedeutet nicht automatisch, er kann alles machen.»

«Verzeihen zu können finde ich wichtig. Es gibt genügend Probleme auf der Welt, und man sollte sich mit Dingen, die man vermeiden kann, das Leben nicht unnötig schwer machen.»

«Verzeihen – pah! Nach allem, was er mir, dir und seinem Bruder angetan hat.»

«Halbbruder», korrigierte Andrina. Obwohl die beiden um einen Waffenstillstand bemüht waren, wusste Andrina, wie wichtig es Enrico war, dass Marco nur sein Halbbruder war. «Als ich mit Marco zusammen war, hat er regelmässig die Ähnlichkeit verflucht. Das sei nur äusserlich. Er ist mehr als einmal mit Enrico verwechselt worden», sagte Gabi.

«Das Gleiche gilt für Enrico», erwiderte Andrina.

Sie lachten. Sogleich verstummte Andrina. Auf dieses Thema wollte sie ihre Unterhaltung nicht lenken.

«Du solltest ihm eine Chance geben», sagte sie, obwohl sie wusste, dass es vergebens war.

Gabi schwieg.

«Eine Chance hat jeder verdient, und der Geburtstag morgen wäre so eine.»

«Ich überlege es mir.» Gabi ging erneut zur Tür. «Morgen ist er jedoch nicht dabei. Komm bitte nicht auf die Idee, ihm von der Party zu erzählen.»

«Das würde ich nicht wagen.»

Die Tür klickte, als Gabi sie hinter sich zuzog, aber sie sprang wieder auf. Durch den schmalen Spalt sah Andrina, wie Gabi zum Ausgang lief.

Du bist nicht die Einzige, die den anderen verdächtigt, schickte Andrina ihr in Gedanken hinterher.

Wohlweislich hatte sie Gabi nichts davon erzählt, aber Marcos Worte hatten sie durch die letzten Tage begleitet. Wiederholt hatte sie Gabi verstohlen beobachtet und sich gefragt, ob hinter Marcos Beschuldigung ein Funken Wahrheit steckte. Gabis Hass war tief. Reichte er allerdings für eine solche Aktion – ein Verbrechen zu begehen und den Verdacht auf Marco zu lenken? Gabi war sich der Konsequenzen bewusst, falls es herauskam, dass sie eine falsche Aussage gemacht hatte. Hass liess jede Vernunft in den Hintergrund treten, musste Andrina einräumen.

Du kannst nichts unternehmen, dachte sie. Es widerstrebte ihr, Gabi in ihr Verderben rennen zu lassen, falls sich dieser Verdacht bestätigte.

Andrina lehnte sich nach hinten und starrte zum Fenster, das sich als schwarzes Viereck in der hell gestrichenen Wand abhob. Allein im Verlag zu sein empfand Andrina auf einmal als unheimlich.

«Stell dich nicht so an», murmelte sie. Andrina starrte weiter auf das Fenster. Die Finsternis da draussen war nicht verlockend.

Andrina sehnte den Frühling herbei. An den Verlagstagen

verliess sie das Haus, wenn es dunkel war, und kehrte am Abend erst zurück, wenn es ebenfalls dunkel war. Zum Glück arbeitete sie nur an zwei Tagen in der Woche.

Sie wandte sich dem Text zu, den sie zu lektorieren hatte. Konzentriert las sie und formulierte einen Satz um.

«Das klingt kompliziert. Meine Änderung ist ein Vorschlag», schrieb sie einen Kommentar an den Rand.

Es knallte.

Andrina fuhr hoch und starrte zur Tür.

Waren das Schritte? Die Tür, die von den Verlagsräumen zum Treppenhaus führte, war tagsüber offen und konnte leicht von aussen aufgestossen werden.

Bevor sie darüber nachgedacht hatte, sprang sie auf und riss ihre Bürotür auf. Warum hatte Gabi das Licht im Empfangsbereich ausgeschaltet? Andrina tastete nach dem Schalter und rechnete damit, einer Person gegenüberzustehen. Doch niemand war da.

«Hallo?»

Zögernd ging Andrina zum Ausgang. Die Tür war geschlossen. Sie spähte ins Treppenhaus. Das Licht schaltete sich automatisch ein. Keiner war zu sehen.

Andrina kehrte in die Verlagsräume zurück. Zu Bürozeiten waren die Verlagsräume öffentlich zugänglich. Neben einer Garderobe befand sich ein kleiner Empfangstresen, den Kilian aus seinem Büro stets im Blick hatte. Darauf stand auf einer kleinen Tafel der Hinweis, mit der Glocke zu klingeln.

«Hallo?», wiederholte Andrina und schnupperte irritiert. Es war nur ein Hauch eines leicht süsslichen Geruchs, der in der Luft hing. Fast nicht wahrnehmbar, gleichwohl unangenehm. War es Zigarettenrauch? Das traf es nicht. Der von einem Stumpen? Das passte nicht. Ausserdem war das Rauchen in den Verlagsräumen nicht gestattet, ausser in Elisabeths Büro und dort nur für Elisabeth bei offenem Fenster.

Ein kühler Luftzug liess sie frösteln. Die Tür zu Elisabeths Büro bewegte sich leicht hin und her. Andrina stiess sie ganz auf und schaltete das Licht ein. Der Vorhang neben der Tür, die zu einem kleinen Balkon führte, bauschte sich im Wind. Offenbar hatte Elisabeth vergessen, sie richtig zu schliessen. Das war ihr mehrmals passiert.

Andrina verschloss das Fenster und wollte das Büro verlassen, als sie den Blumentopf auf dem Boden entdeckte. Die Erde war über dem Laminatboden verteilt. Verwundert blickte Andrina vom Fenster zum Schreibtisch und zurück. Hatte der Luftzug ausgereicht, den Blumentopf vom Tisch zu fegen?

Wohl kaum. Es war eindeutig, sie war nicht allein in den Verlagsräumen. Andrina nahm den Locher vom Tisch und drehte sich im Kreis. Hier konnte man sich nicht verstecken. Sie trat an die Balkontür und spähte nach draussen. Fest rechnete sie damit, eine Person zu erblicken. Aber der Balkon war leer.

Hatte Elisabeth aus Versehen den Blumentopf vom Tisch gestossen, als sie gegangen war? Sie hätte sofort aufgeräumt. Es sei denn ... Ja, sie war in Eile gewesen.

Andrina stellte den Locher auf den Tisch zurück. Was hatte so geknallt? Andrina betrat die anderen Büros und das Sitzungszimmer. Die Räume waren leer.

Andrina kehrte in Elisabeths Büro zurück. Da sie das Fenster geschlossen hatte, bemerkte Andrina erneut den süsslichen Geruch. Es musste hängen gebliebener Rauch sein. Diese Erklärung beruhigte Andrina.

Das Zuschlagen einer Tür liess Andrinas Puls erneut in die Höhe schnellen. Waren das Schritte, die sich entfernten?

Sie rannte in den Gang zurück. Die Tür zum Treppenhaus stand offen. Andrina unterdrückte einen Schrei, als sie die nassen Fussspuren entdeckte. Sie wirbelte herum und schaute abwechselnd auf die Spuren und durch den Gang. Andrina konnte nicht sagen, ob die Spuren vor einigen Minuten da gewesen waren. Sie kamen aus dem WC und führten zum Ausgang. Im WC hatte sie nicht nachgeschaut. Hatte sich die Person dort versteckt und nun die Gelegenheit ergriffen, die Verlagsräume zu verlassen? So musste es sein.

Trotzdem beruhigte sich ihr Puls nicht. Andrina atmete tief

ein und aus. Es musste eine logische Erklärung geben. Wer war in die Verlagsräume gekommen und hatte sich nicht zu erkennen gegeben? Ein Einbrecher? Sie sollte die Polizei verständigen. Das brachte nichts, musste sie gleich darauf einräumen. Da die Räumlichkeiten frei zugänglich waren, würde dies nicht als Einbruch gewertet werden. Die Spuren waren bestimmt getrocknet, bis die Polizei eintraf. Das Gefühl, eine andere Person sei anwesend, hatte sich verflüchtigt. Ihr Blick fiel auf die Uhr. Zwanzig nach sechs. Zeit zu gehen.

Nachdem Andrina ihren Laptop heruntergefahren und eingepackt hatte, verliess sie den Verlag. Sie überprüfte mehrmals, ob sie die Tür zu den Verlagsräumlichkeiten richtig abgeschlossen hatte, und fuhr mit dem Lift ins Untergeschoss, in dem sich die Garage befand. Heute hatte sie ausnahmsweise das Auto genommen, da sie keine Lust hatte, in der Dunkelheit bei dem Nieselwetter mit dem Velo nach Erlinsbach zu fahren, um Rebecca abzuholen.

Die Beleuchtung schaltete sich automatisch ein, als Andrina die Tiefgarage betrat. Die Lampen verbreiteten nur schummriges Licht und leuchteten nicht jede Ecke aus. Es roch nach Abgasen. Andrina war ungern hier unten. Der Vorfall von vorhin machte es heute nicht einfacher.

Das Klicken, als die Tür hinter ihr ins Schloss fiel, klang wie ein Schuss. Das Geräusch ihrer Schritte hallte unnatürlich laut. Wiederholt schaute sie sich um und spähte hinter einzelne Säulen, während sie zu den Parkfeldern ging, die der Cleve-Verlag für die Mitarbeiter gemietet hatte. Auf einer der vier Flächen stand ihr silbriger Toyota. Wenn es nach Andrina gegangen wäre, hätte sie keinen neuen Wagen gebraucht, nachdem im letzten September ihr alter nach einem Mordanschlag schrottreif gewesen war. In der Regel war sie mit dem Velo unterwegs. Enrico hatte jedoch darauf bestanden. An solch ungemütlichen Tagen wie heute war sie froh darüber.

Andrina stellte ihre Handtasche auf den Beifahrersitz, als es knallte. Andrina benötigte einige Sekunden, bis sie begriff, dass es erneut die Tür gewesen war, die vom Treppenhaus in die Garage führte. Dort erkannte sie eine Gestalt, die sich näherte. Rasch sprang sie in den Wagen und verriegelte die Tür.

Du verhältst dich albern, dachte sie. Richtig neurotisch.

Im Rückspiegel erkannte sie die schlanke Gestalt eines Mannes, der an ihrem Wagen vorüberging und aus ihrem Blickfeld verschwand.

Ob es einer der Mieter einer der Wohnungen war, die in den beiden Stockwerken über dem Verlag waren, konnte sie nicht erkennen. Der Mann hatte den Kragen seiner Winterjacke hochgestellt, und sein Gesicht wurde von den Lampen nicht ausreichend erhellt. Kurz darauf war er verschwunden.

Andrina setzte rückwärts aus dem Parkfeld. Das Tor öffnete sich automatisch, und sie fuhr die Rampe nach oben.

Im Turbinenkreisel bog Andrina rechts in die Hintere Bahnhofstrasse ab. Beim Gaiskreisel, dessen blaue und weisse LED-Lampen sich in der regenfeuchten Windschutzscheibe spiegelten, nahm sie die dritte Ausfahrt. Sie hielt sich links und fuhr durch den Sauerländertunnel. Nach dem Parkplatz in der Mühlemattstrasse bog sie rechts zur Kettenbrücke ab.

Falsch, dachte sie, als sie über die parallel angelegte Behelfsbrücke über die Aare fuhr. Nicht mehr Kettenbrücke. Die neue Ersatzbrücke hiess Pont Neuf.

Nach der Brücke hielt Andrina sich im Kreisel links Richtung Erlinsbach. Fünf Minuten später erreichte sie das Einfamilienhaus, in dem Seraina mit Michael und ihrer Tochter Regina wohnte und arbeitete. Vor einigen Jahren hatte sich Andrinas Schwester als Physiotherapeutin selbstständig gemacht und im Souterrain, das einen separaten Eingang besass, eine Praxis eingerichtet. Seraina hatte nicht jeden Tag Patienten. Die arbeitsfreien Tage hatte sie extra so gelegt, dass sie sich um Rebecca kümmern konnte, wenn Andrina im Verlag war.

Da Serainas Wagen mitten in der Einfahrt stand, stellte Andrina ihr Auto an den Strassenrand.

Ein dunkler Wagen fuhr an ihr vorbei und hielt einige Meter vor ihr.

Andrina stieg aus und eilte zum Haus. Gegenüber heute Morgen hatte es abgekühlt. Für das Wochenende war sogar Schnee angekündigt worden. Andrina bezweifelte, ob es Flocken bis nach Aarau schafften. In der Regel blieb es beim Regen.

Regina öffnete die Tür. «Gotti», rief sie und umarmte Andrina stürmisch.

«Mami!» Rebecca eilte mit ausgebreiteten Armen auf sie zu, und Andrina hob sie zur Begrüssung hoch.

«Du siehst abgekämpft aus», sagte sie, als sie ihre Schwester erblickte. «War Rebecca anstrengend?»

«Nein, gar nicht.» Seraina strich ihre dunklen Haare aus dem Gesicht. Die Bewegung wirkte fahrig.

«Rebecca war pflegeleicht wie immer», sagte Seraina und reichte Andrina Rebeccas Schuhe. Sie nahm Rebeccas Tasche, die Wechselkleider, Windeln, Rebeccas Lieblingsbär und das Nuscheli enthielt.

«Bleibst du nicht länger, Gotti?», fragte Regina enttäuscht.

«Heute nicht, aber wir unternehmen mal was zusammen.»

«Mami sagt, wir können vielleicht am Wochenende schlitteln.»

«Sollte es genug schneien, machen wir das auf jeden Fall.»

Seraina begleitete Andrina zum Wagen. Sie blickte die Strasse hoch und runter und machte einen angespannten Eindruck, was Andrina irritierte. So kannte sie ihre Schwester nicht.

«Was ist passiert?»

«Nichts.» Seraina stellte die Tasche auf den Rücksitz von Andrinas Wagen.

«Du bist so rastlos.»

«Es ist nichts.»

«Seraina! Versuche mir nichts vorzumachen.»

«Vielleicht habe ich eine überspitzte Phantasie. Als Regina und Rebecca heute vor dem Haus gespielt haben, musste ich kurz reingehen, weil das Telefon klingelte. Als ich zurückkam, stand dort hinten auf der anderen Seite ein Mann und schaute zu unserem Haus.» Sie deutete die Strasse entlang zum Baum.

«Was für ein Mann?»

«Das weiss ich nicht. Ich habe ihn noch nie hier gesehen. Es sah aus, als beobachte er die Kinder.»

«Hast du ihn nicht zur Rede gestellt?»

«Das wollte ich. Bevor ich ihn erreichte, ist er weggegangen.»

«Hast du die Polizei verständigt?»

«Nein. Er hat nichts gemacht, ausser dort zu rauchen. Das ist nicht verboten.»

«Wie sah er aus?»

«Durchschnittsgrösse für einen Mann. Schlank. Er trug eine schwarze Jeans und eine schwarze Jacke. Mehr habe ich nicht erkennen können. Er hatte eine schwarze Kappe auf. Das Gesicht habe ich nicht gesehen.»

Andrina betrachtete weiter den Baum. Der Bereich davor wurde von einer Strassenlaterne erhellt. Alles andere hinter dem Baum lag im Schatten.

«Ich möchte dich nicht beunruhigen», sagte Seraina. «Jetzt, da sich nach der Attacke von Hallwil alles beruhigt hat. Ich denke, ich bin deswegen überempfindlich.»

«Hat zu einem früheren Zeitpunkt jemand von dort dein Haus beobachtet?»

«Das kann ich dir nicht sagen, da ich nicht darauf geachtet habe. Ich hatte nie eine Veranlassung dazu. Wie gesagt, es ist vermutlich nichts.»

Sie verabschiedeten sich, und Seraina versprach, die Augen offen zu halten und, falls der Mann wieder auftauchen sollte, mit Susanna darüber zu sprechen.

Andrina stieg in den Wagen. Sie startete den Motor nicht sofort und beobachtete die Umgebung. In den Fenstern der Häuser brannte Licht. In dem Haus gegenüber von Serainas erkannte sie, wie sich ein Mann und eine Frau mit zwei Buben an den Tisch setzten. Beim Nachbarhaus trat eine Frau auf die Terrasse und zündete eine Zigarette an. Ein Mann ging mit einem schwarzen Hund an Andrina vorbei. Ohne die rot blinkenden Lichter am Halsband hätte Andrina den Hund in der Dunkelheit übersehen.

Als Andrina anfuhr, bemerkte sie einen dunklen Wagen, der

rückwärts aus einer Einfahrt stiess und ihr folgte. Wiederholt schaute Andrina in den Rückspiegel. Die Entspannung, die sich während der Woche mehr und mehr eingestellt hatte, war verschwunden. Mehr als die Scheinwerfer und die Silhouette des Wagens konnte sie nicht erkennen. Angst breitete sich aus. Es ist nur jemand, der dort wohnt, versuchte sie sich zu beruhigen.

Beim Kreisel am Aarepark fuhr er geradeaus, während Andrina rechts abbog. Andrina entspannte sich. Sie sollte nicht wieder damit anfangen, hinter jedem Wagen einen potenziellen Verfolger zu vermuten. Nicht einfach, dachte sie. Besonders nach dem, was Seraina ihr erzählt hatte.

Während sie nach Hause fuhr, warf sie in regelmässigen Abständen einen Blick in den Rückspiegel. Keins der Autos, die sie darin erblickte, blieb länger hinter ihr.

Nach einer knappen Viertelstunde hielt sie in ihrer Einfahrt.

Rebecca war auf der kurzen Fahrt eingeschlafen und murrte, als Andrina sie aus dem Sitz hob. Andrina schulterte die Tasche mit Rebeccas Tagesausrüstung.

Vor der Einfahrt blieb ein Wagen stehen.

Nein, ermahnte sie sich, er hat dich nicht verfolgt.

In dem Licht der Strassenlaterne konnte Andrina den Fahrer erkennen, der zu ihr schaute. Kurz trafen sich ihre Blicke, bevor er langsam weiterfuhr.

Moment, war das der gleiche Wagen, der ihr gefolgt war, als sie bei Seraina aufgebrochen war?

Andrina lief zur Strasse. So viel zum Vorsatz, nicht erneut hinter jedem einen potenziellen Verfolger zu vermuten.

Der Wagen hatte ungefähr zehn Meter weiter vorne angehalten. Die Bremslichter leuchteten wie zwei glühende rote Augen in der Nacht. Gleich darauf erloschen sie. Nach einer Weile stieg der Mann aus. Er schaute kurz zu ihr, bevor er sich in die andere Richtung entfernte. Er bog in die Einfahrt eines Hauses ab und verschwand.

Siehst du, dachte Andrina. Hör endlich auf, Gespenster zu sehen. Sie kehrte zum Haus zurück.

Andrina stellte die Shampooflasche auf den Badewannenrand und wusch Rebecca, die in der Badewanne sass und mit einem Boot spielte, die Haare.

Enrico streckte den Kopf zur Tür herein. «Wie lange braucht ihr noch?»

«Wir sind fast fertig.» Andrina griff nach der Duschbrause.

Rebecca wich aus, als Andrina den Schaum aus den Haaren spülen wollte.

«No!», rief sie und griff nach Andrinas Hand. Der Wasserstrahl schoss in Andrinas Richtung. Obwohl Andrina auf die Seite sprang, traf er sie mitten auf den Pullover.

Rebecca quietschte.

«Nein!» Andrina sah an sich herunter. Die Feuchtigkeit sickerte auf ihre Haut und verursachte eine unangenehme Kühle.

Hinter sich hörte sie unterdrücktes Lachen.

«Das ist nicht witzig!»

Enricos Bemühungen, ernst zu bleiben, schlugen fehl. Rebecca sah das als Aufforderung zu lachen, und beide prusteten los.

«Ich übernehme», sagte Enrico, der sich offenbar bemühte, ernst zu werden. «Zieh dir trockene Kleider an.»

Andrina ging ins Schlafzimmer und holte einen frischen Pullover aus dem Schrank. Aus dem Badezimmer drangen Gelächter und das Rauschen von Wasser.

«Brava», hörte sie Enrico sagen. Das Rauschen des Wassers hörte auf. «Fertig gebadet.»

Andrina kehrte zum Bad zurück. Enrico hatte Rebecca in ein Badetuch gewickelt und hob sie aus der Badewanne. Als Rebecca Andrina erblickte, blitzte der Schalk in ihren Augen. «Papà nicht nass.» Sie strich über Enricos Pullover.

Das sehe ich, dachte Andrina. Vater und Tochter … Die beiden bildeten wie so oft eine Einheit.

«Offenbar ist es nicht dein Tag heute», sagte Enrico.

«Es war ein normaler Arbeitstag, aber heute Abend …»

«Was ist passiert?»

«Später», sagte Andrina. «Zuerst bringen wir dieses kleine Ungeheuer ins Bett.»

Nachdem sie das Gute-Nacht-Lied gesungen hatten und ins Wohnzimmer zurückgekehrt waren, erzählte Andrina von Gabis wiederholten Anschuldigungen gegenüber Marco und danach von dem Gefühl, nicht allein im Verlag gewesen zu sein.

«Du hättest die Polizei verständigen sollen», sagte Enrico.

«Ich hätte mich lächerlich gemacht.»

«Es war jemand in den Räumen. Elisabeths Pflanze lag am Boden, und es hatte diese Spuren.»

«Es kann eine einfache Erklärung haben: Gabi ist zurückgekehrt, weil sie zur Toilette musste, und der Blumentopf kann aus einem anderen Grund am Boden gelegen haben. Das Gleiche gilt für das geöffnete Fenster. Elisabeth hat vergessen, es zu schliessen.»

«Das mag sein, aber es hätten sich vielleicht andere Spuren gefunden. In Elisabeths Büro oder auf dem WC. Ich meine damit Fingerabdrücke.» Enrico beugte sich zu Andrina. «Im WC hattest du nicht nachgeschaut, ob jemand dort war.»

«Wer soll dort gewesen sein?»

«Ein Eindringling kann dort gewesen sein.»

«Die Spuren führten vom WC zum Ausgang und nicht umgekehrt. Der Typ war weg.»

«Typ? Also war es ein Mann und keine Frau?»

Andrina schaute ihn verständnislos an.

«Welche Grösse hatten die Abdrücke?»

«Das ist schwierig zu sagen. Grösser als meine, würde ich sagen. Aber das ist egal. Es ist zu spät.»

Enrico schaute sie lange an, bevor er antwortete: «Hoffen wir, deine Annahme stimmt, und es war Gabi, die zurückgekehrt ist, um auf die Toilette zu gehen. Oder einer aus dem Haus, wobei ich es unverschämt finde, einfach hereinzukommen und euer WC zu benutzen.»

DREIZEHN

«Vielen Dank», sagte die dunkelhaarige Frau und setzte den Buben in Andrés Alter in den Veloanhänger. Er war damit nicht einverstanden, zappelte und zeigte auf die anderen Kinder, die mit Bobbycars auf der Strasse vor dem Haus herumrutschten, in dem Gabi ihre Wohnung hatte.

«Das ist gern geschehen. Ich muss mich in Andrés Namen für den Bagger bedanken.»

Die Frau hob die Hand zum Gruss und fuhr mit dem Velo und ihrem protestierenden Kind davon. Sogleich kam die Mutter des blonden Mädchens, das mit den Korkenzieherlocken wie ein Engel aussah.

«Puh», sagte Gabi, nachdem sie alle verabschiedet hatte. «Kindergeburtstage haben es in sich. Ich bin richtig geschlaucht. Ohne dich hätte ich es nicht geschafft. Ich werde mich revanchieren, wenn Rebecca eine Party hat.»

«Ich habe gerne ausgeholfen», sagte Andrina.

«Bleibst du noch? Es ist Kuchen übrig geblieben.»

«Gerne», sagte Andrina.

Anstatt Anstalten zu machen, ins Haus zu gehen, lehnte Gabi weiter gegen die Hausmauer. «Eigentlich wäre es Marcos Job und nicht deiner gewesen.»

«Was?»

«Mir heute zu helfen.»

Bitte nicht wieder dieses Thema. «Gestern hast du gesagt, er habe bei der Party nichts zu suchen», sagte Andrina.

«Ich habe ihn eingeladen und gefragt, ob er helfen würde.»

Andrinas Erstaunen nahm zu.

«Schau mich nicht so an. Das habe ich auf dein Anraten getan. Aber der feine Herr hatte Besseres zu tun.»

«Was meinst du mit ‹Besseres›?»

«Er hat den Job vorgeschoben.»

«Du bist unfair. Wann hast du ihn eingeladen?»

«Heute Vormittag.»

«Ehrlich? So kurzfristig? Da kann ich verstehen, wenn er nicht kommen kann.»

Gabi presste die Lippen zusammen. «Okay, du hast recht.» Sie hatte so leise gesprochen, und Andrina war unsicher, ob sie etwas gesagt hatte. «Trotzdem pickt er sich die Rosinen heraus.»

«Ich verstehe gar nichts mehr.»

«Als ich ihm anbot, am Samstag einen Vater-Sohn-Tag zu verbringen, hat er sofort zugesagt. Und ich dumme Kuh biete ihm an, André dürfe von heute auf morgen bei ihm übernachten.»

Erneut meinte Andrina, sich verhört zu haben. Hatte sie etwas verpasst? «Dieses Wochenende?»

«Ja. Das war dein Vorschlag.»

«Von übernachten war nie die Rede.»

«Du meintest, ich solle ihm eine Chance geben.»

«Das stimmt.»

«Eins sage ich dir, wenn er Mist baut, war es das erste und letzte Mal, und ich –» Sie brach ab, als ein Mann mit einem Velo vor ihnen anhielt.

«Entschuldigen Sie», sagte er. «Wo geht es hier zur KEBA?»

Während Gabi ihm den Weg erklärte, schaute er Andrina an, und sie fühlte sich genötigt, Gabis Beschreibung zu ergänzen. «Es ist ganz einfach», fügte Andrina am Schluss an.

«Vielen Dank.» Er verabschiedete sich. Im Wegfahren schaute er sich mehrere Male um, bis er abbog.

«Komischer Kauz», sagte Gabi. «Lass uns reingehen und Kuchen essen.»

Andrina folgte Gabi in die Küche. Rebecca stopfte ein Kuchenstück in den Mund und ass mit einer Geschwindigkeit, als befürchtete sie, Andrina könnte es ihr wegnehmen. Hoffentlich wurde Rebecca bei den Süssigkeiten nicht schlecht, die sie heute Nachmittag durcheinandergegessen hatte, dachte Andrina und schob ein Stück vom Schokoladenkuchen in den Mund.

«Bist du gestern Abend zurückgekommen?», fragte Andrina.

«Wohin?» Gabi stellte einen Cappuccino vor Andrina auf den Tisch.

«In den Verlag?»

«Nein, warum?»

Andrina berichtete von ihrer Annahme, jemand sei am Abend in den Verlagsräumen gewesen.

«In Elisabeths Büro war ich sicher nicht», sagte Gabi, nachdem Andrina geendet hatte. «Ich bin nicht lebensmüde.»

Elisabeths Büro war ihr Heiligtum. Wenn es keinen triftigen Grund gab, hatte keiner der Mitarbeiter dort etwas zu suchen.

«Ich nehme an, sie hat vergessen, nach einer Zigarettenpause das Fenster zu schliessen. Es wäre nicht das erste Mal.»

«Was ist mit dem Blumentopf? Der fällt nicht einfach bei einem Luftzug vom Tisch, und Sturm hatte es gestern nicht.»

Gabi hob als Antwort die Schultern. «Seltsamer finde ich das mit den Fussspuren zu unserem WC.»

«Sie führten vom WC weg zum Ausgang», korrigierte Andrina.

«Das wird immer seltsamer. Wer geht in fremden Büros auf die Toilette, ohne Bescheid zu sagen?» Gabi starrte an Andrina vorbei zur Küchenanrichte.

Du, dachte Andrina. Sie war sich inzwischen sicher, es war Gabi. Warum gab sie es nicht zu?

Es war stockdunkel, als Andrina um halb sechs am Abend zu Hause ankam. Sie zog Rebecca die Jacke und Schuhe aus, als ihr Handy klingelte.

«Warst du in meinem Büro?», fragte Elisabeth anstelle einer Begrüssung.

«Heute war nicht mein Verlagstag.»

«Gestern», schmetterte sie durch das Telefon, und Andrina musste das Handy ein Stück vom Ohr weghalten.

Zugeben und eine Standpauke riskieren oder abstreiten?

Andrina entschied sich für das Zugeben, da sie Gabi davon erzählt hatte. Wenn es der Zufall wollte, würde Elisabeth es von ihr erfahren.

«Es gab einen Knall», begann Andrina und erzählte, wie sie das Fenster offen und die Pflanze auf dem Boden vorgefunden hatte. Dabei liess sie die Fussspuren aus, damit Elisabeth ihr diese nicht unterschieben konnte. «Ich nahm an, du hättest das Fenster nicht richtig geschlossen.»

«Natürlich mache ich es immer zu.» Das klang, als unterstellte sie Andrina zu lügen.

«Hast du auf dem WC gekifft?», kam es gleich darauf.

«Ich? Auf dem WC?» Andrina brauchte einige Sekunden, bis sie mit dem Themenwechsel zurechtkam. «Gekifft?»

«Es stank dermassen auf dem WC, als ich heute früh kam. Du warst die Letzte, die im Verlag war.»

Was hatte das damit zu tun? Das hiess nicht automatisch, dass Andrina ebenfalls die Letzte gewesen war, die das WC aufgesucht hatte. Es konnte jeder andere vom Team sein. Gekifft, dachte sie. Das war die Erklärung für den schwachen süsslichen Hauch, den sie gestern Abend nicht hatte zuordnen können.

«Erstens rauche ich nicht, und zweitens würde ich das nicht auf dem Verlags-WC tun.» Und eine Kündigung riskieren, dachte sie dazu.

Warum hatte Gabi nichts erzählt und sie vorgewarnt, dass Elisabeth sie im Verdacht hatte? Es hatte bestimmt einen grossen Wirbel heute Morgen im Verlag gegeben.

Gekifft, dachte Andrina ein weiteres Mal. Ihre Gedankenmaschinerie setzte sich in Gang. Hiess das, es war jemand in die Verlagsräume gekommen, um auf dem WC einen Joint zu rauchen? Das wurde immer absurder. Wer rauchte ausser Elisabeth? Gabi, Lukas und Kilian nicht. Von Sybille wusste sie es nicht. Stefanie und Tatjana waren Gelegenheitsraucherinnen. Aber sie kamen nicht auf mehr als eine oder zwei Zigaretten pro Monat.

Hatte die Person in Elisabeths Büro geraucht, weil es dort weniger auffiel? Was war mit den Fussspuren? Andrina überlegte, wie sie die Sprache darauf bringen konnte. Dafür war es zu spät. Elisabeth würde ihr nicht glauben und ihr unterstellen abzulenken.

«Okay», sagte Elisabeth und unterbrach das Gespräch, bevor Andrina reagieren konnte. Verdutzt schaute sie das Handy an.

Gekifft? Wie war es mit den Bewohnern im Haus? Diese kannte sie nicht gut. Sie konnte sich allerdings nicht vorstellen, dass einer von ihnen in den Verlag kam, um sich dort einen Joint zu genehmigen. Immerhin war sie da gewesen und hätte die Person überraschen können. Sie hätte auf dem WC nachschauen sollen.

***

Andrina schlich zur Tür. Rebecca lag auf dem Rücken und hatte Beine und Arme von sich gestreckt. Seestern nannte Andrina die Position. Heute war sie schnell eingeschlafen. Kein Wunder. Es war nach acht Uhr. Sie waren spät dran.

Andrina schlüpfte aus dem Zimmer und lehnte die Tür an. Sie schaltete das Licht aus, und das Nachtlicht tauchte den Gang in blaues Licht.

Von unten drang das Klingeln des Telefons zu ihr hoch. Kurz darauf hörte sie, wie Enrico das Gespräch entgegennahm.

Sein barsches «Was willst du?» liess Andrina innehalten, nachdem sie die Hälfte der Treppe nach unten gegangen war.

Enrico erschien in der Tür zum Wohnzimmer. Er hielt Andrina das Mobilteil des Telefons hin.

«Marco.» Er klang, als habe er eine Fliege in seinem Essen entdeckt. Es war eindeutig, wie ungern er ihr das Mobilteil reichte.

«Ja?», fragte Andrina erstaunt und war sich dabei Enricos prüfenden Blicks bewusst.

«Es tut mir leid, wenn ich euch störe. Ich brauche deine Hilfe», sagte Marco. Er klang atemlos. Das konnte allerdings täuschen.

«Meine Hilfe?», wiederholte Andrina.

«Ich weiss nicht, ob das funktioniert, weil André ein Bub ist, aber hast du ein paar Windeln für mich?»

«Du brauchst Windeln?», wiederholte Andrina.

Ein Schnauben neben ihr liess sie den Kopf heben. Enrico wandte sich ab, aber das Grinsen hatte sie deutlich erkennen können. Ein neues Schnauben. Er riss sich offenbar zusammen, um nicht in schallendes Gelächter auszubrechen.

«Nicht für mich. Für André. Wie du weisst, übernachtet er heute bei mir. Beim Einkaufen habe ich die Windeln vergessen. Gabi hat keine mitgebracht, und ich muss bis morgen früh überbrücken.»

Das erstaunte Andrina. Wenn Rebecca bei Seraina war oder dort übernachtete, sorgte sie dafür, dass ihre Schwester genügend Babyartikel hatte. Hatte Gabi das extra gemacht?

«Ich will Gabi nicht anrufen», sagte Marco.

Aus naheliegenden Gründen. Andrina dachte an Gabis plötzliche Bereitschaft. Nun verstand sie den Sinneswandel.

«Ich kann dir welche bringen.»

«Passen die einem Buben?»

«Die sind unisex. Wie viele brauchst du?»

«Es muss bis morgen Vormittag reichen, bis ich einkaufen kann.»

Andrina nahm ein Paket Windeln und Feuchttücher. So musste er morgen nicht extra los, und falls Gabi auf die Idee kam, die Räumlichkeiten zu inspizieren, sah es so aus, als habe Marco sich auf Andrés Besuch vorbereitet und selbst ein Paket gekauft.

«Der grosse Marco Feller in Schwierigkeiten.» Enrico grinste.

«Enrico!»

«Du willst ihm aus der misslichen Lage helfen?», fragte Enrico. Sarkasmus pur.

«Ja, das will ich. Und erst recht, weil das alles unfair ist. Gabi will ihn blossstellen und setzt alles daran, aufgrund seiner Unfähigkeit einen Grund zu haben, ihm André nicht mehr anzuvertrauen.»

Enrico wurde ernst. «Du hast recht. Soll ich sie ihm bringen?»

Lieber nicht, dachte Andrina und deutete mit dem Zeigefinger zur Decke. «Du übernimmst den Babysitterpart hier.»

Grosse Schneeflocken fielen vom Himmel, als Andrina aus dem Haus trat. Es hatte sich eine dünne Schicht auf dem Boden gebildet. Meteo hatte recht behalten, als sie die Schneefälle angekündigt und versprochen hatten, er werde sogar in den tiefsten Lagen liegen bleiben. Noch war es Pflotsch. Das würde sich ändern, wenn es so weiterschneite. Wenn man den Wetterfröschen glauben konnte, würde die Temperatur zudem in der Nacht auf zwei Grad unter null sinken. Ideale Bedingungen zum Schlitteln morgen. Andrina nahm sich vor, ihr Versprechen gegenüber ihrem Gottemeitli einzulösen und morgen Seraina anzurufen.

Nach fünf Minuten erblickte sie Marcos Haus. Der Bewegungsmelder erfasste Andrina, und das Licht neben der Haustür und der Garage blendete sie. Sie klingelte und stutzte. Vor dem Küchenfenster waren mehrere Schuhabdrücke. Frisch, so wie ihre. Als habe dort jemand bei ihrem Eintreffen gestanden und sei danach zum Garten weggegangen. Wieso führte die Spur nicht zur Haustür? Andrina reckte den Hals. Gesehen hatte sie keinen. War Marco über die Terrasse zurück ins Haus gegangen?

«Andrina.»

Erschrocken fuhr sie herum.

«Du hast was gut bei mir. Komm rein.»

Andrina sah sich um. Jacke und Schuhe an der Garderobe sahen trocken aus.

«Was ist?»

Bevor Andrina antworten konnte, rannte André mit ausgestreckten Armen auf sie zu. «Dina!» Er trug einen einteiligen Pyjama.

«Na, kleiner Mann.» Sie hob ihn hoch. «Stress deinen Vati nicht zu stark.»

«Das macht er nicht. Im Gegenteil. Ich stresse mich selbst. Immerhin war André noch nie über Nacht bei mir.» Marco stellte das Windelpaket und die Feuchttücher auf die Treppenstufen. «Ich will alles richtig machen, damit Gabi keinen Grund hat, André nicht mehr über Nacht bei mir zu lassen. Die Panne mit den Windeln wäre ein gefundenes Fressen für sie.»

«Sie braucht es nicht zu erfahren.»

«Er sollte längst im Bett sein.»

«Auch das werde ich nicht verraten.»

Das Telefon klingelte. Andrina folgte Marco mit André auf dem Arm zur Wohnzimmertür. Auf dem Boden waren Holzklötzchen verteilt.

«Gabi.» Marco legte den Zeigefinger an die Lippen und nahm das Gespräch entgegen.

«Alles bestens», sagte er. «André liegt pünktlich seit halb acht im Bett und schläft selig.»

«Das», sagte André in dem Augenblick. Rasch verliess Andrina mit ihm das Wohnzimmer. Ein unangenehmer Geruch stieg in ihre Nase.

«Nein, es läuft wunderbar», hörte sie Marco im Wohnzimmer sagen. Er verabschiedete sich und kam kurz darauf in den Gang. «Danke.»

«Bevor er ins Bett geht, hast du einen Job», sagte Andrina und reichte ihm André. Marco rümpfte die Nase.

Sie verabschiedeten sich.

Es schneite stärker, als Andrina die Tür hinter sich zuzog. Ihre Fussspuren auf dem Weg waren beinahe nicht mehr zu erkennen. Unweigerlich schaute sie zum Küchenfenster. Die Spuren waren fast verschwunden. Dafür hatte es neue vor dem Badezimmerfenster. Obwohl auch sie von Schnee bedeckt wurden, waren sie eindeutig frischer. Sie führten zur Strasse und bogen nach links ab. Sollte sie Marco auf die Person aufmerksam machen, die sich in seinem Garten herumgetrieben haben musste?

Nein, er sollte erst André ins Bett bringen. Die Person war offensichtlich weg. Sie würde Marco eine WhatsApp schicken, wenn sie zu Hause war.

Andrina zog die Kappe in die Stirn und bog links ab, nachdem sie die Einfahrt verlassen hatte. Ein Wagen kam ihr im Schritttempo entgegen. Als er an Andrina vorbeifuhr, bremste er, und das Heck brach in Andrinas Richtung aus. Sie sprang zur Seite. Das Auto hielt an. Der Fahrer liess das Fenster ein Stück herunter. «Bitte entschuldigen Sie.»

«Es ist nichts passiert», erwiderte Andrina und setzte ihren Weg fort.

Bevor sie an der nächsten Strassenecke abbog, blickte sie zurück. Der Wagen stand gegenüber von Marcos Haus. Sie erkannte den Schatten des Fahrers hinter dem Steuer. Vermutlich hatte er den grösseren Schrecken bekommen als Andrina, als der Wagen gerutscht war. Andrina war froh, nicht fahren zu müssen.

VIERZEHN

«Das sieht schön aus», sagte Michael und stellte sich neben Andrina ans Fenster. Es hatte wieder angefangen zu schneien. Im Licht, das durch das Fenster auf die Terrasse fiel, sah Andrina grosse Flocken und wie sich die Bäume und Büsche unter der Schneelast bogen. «Dabei will ich Frühling», grummelte Michael.

«Sei kein Spielverderber, Mike», rief Seraina. «Es ist besser als das Schmuddelwetter, das der Winter bisher geliefert hat. Ausserdem konnten wir schlitteln.»

«Ja, ja.» Michael wandte sich vom Fenster ab. «Ich gebe zu, das Schlitteln hat Spass gemacht.»

Den ganzen Nachmittag waren sie unterwegs gewesen. Sie waren zum Herzberg gefahren, durch den verschneiten Wald gelaufen und die Hänge hinuntergefahren. Zum Zvieri hatten sie im Schnee gepicknickt und waren erst nach Hause gefahren, als es dunkel wurde.

Andrina hatte ihre Schwester und deren Mann zum Racletteessen eingeladen. Seraina hatte Marroni-Muffins zum Dessert mitgebracht, die sie gerade auf den Tisch stellte. Regina und Rebecca kletterten sofort auf die Stühle.

«Ihr könnt keinen Hunger mehr haben», sagte Seraina.

Zu Andrinas Erstaunen hatte Rebecca drei Racletteportionen gegessen.

Sie setzten sich an den Tisch. Rebecca knabberte an dem Muffin, aber der grosse Appetit war es nicht. Sie machte den Eindruck, Mühe zu haben, ihre Augen offen zu halten. Das Gleiche galt für Regina.

«Wir fahren gleich», sagte Seraina, die das offensichtlich ebenfalls bemerkt hatte.

Das Telefon klingelte. «Ich gehe», sagte Enrico. «Wenn es Marco ist, der wieder Windeln braucht, soll er sie sich heute Abend woandersher organisieren.»

«Marco braucht Windeln?», fragte Seraina.

Als Andrina von Marcos Problem erzählte, fiel ihr ein, gestern vergessen zu haben, ihm eine WhatsApp zu schicken, um ihn darauf hinzuweisen, dass sich jemand in seinem Garten herumgetrieben hatte.

«Ich verstehe Gabi nicht», sagte Seraina. «Okay, ich bin kein grosser Fan von Marco, nach allem, was er sich geleistet hat. Aber ich habe den Eindruck, er gibt sich Mühe, was André betrifft.»

«Für dich», sagte Enrico. «Gabi.»

«Ja?» Andrina stand auf und entfernte sich vom Tisch.

«Du musst kommen», sagte Gabi mit tränenerstickter Stimme.

«Jetzt?»

«Bitte.»

«Wohin?»

«Zu Marco.» Durch die Schluchzer konnte Andrina Gabi fast nicht verstehen. «Schnell.»

«Warum?»

«Es ist etwas passiert. Etwas Schlimmes.»

Andrina zog ihre Kappe tiefer ins Gesicht und stapfte durch den Schnee. Am Nachmittag waren die Strassen geräumt worden, und der Schnee türmte sich rechts und links am Strassenrand auf. Genützt hatte es nichts. Inzwischen war neuer Schnee gefallen, der Andrina bis zu den Knöcheln reichte. Ein rasches Fortkommen gestaltete sich mühsam.

Sie konnte sich nicht erinnern, wann es in Aarau so viel Schnee gegeben hatte. Insgesamt lag er fast dreissig Zentimeter hoch. Und das war nicht alles. Gemäss Meteo sollte es die ganze Nacht und den nächsten Vormittag weiterschneien.

«Marco ist weg», hallte Gabis Stimme in ihrem Kopf nach. «Mit André.»

Das war nicht unbedingt gleichbedeutend mit «Schlimmes ist passiert». Andrina fand nichts dabei, wenn Marco mit seinem zweijährigen Sohn bei diesem Wintermärchen unterwegs war.

Endlich erreichte sie Marcos Haus. Von Gabi war nichts zu sehen. Andrina blieb stehen. Seltsam. Hoffentlich war Gabi nichts passiert.

Andrina näherte sich dem Haus und realisierte das Licht, das in der Küche brannte. Sie atmete erleichtert auf. Hatte sich alles geklärt, und war Marco zurückgekehrt? Eine logische Erklärung für sein Zuspätkommen war das Wetter.

Licht schaltete sich im Gang ein und schimmerte durch das Milchglasfenster in der Haustür. Bestimmt war Gabi im Haus und machte Marco Vorhaltungen.

Andrina wollte sich auf den Heimweg machen, beschloss trotzdem, zu klingeln.

Keine Sekunde später wurde die Tür aufgerissen.

«Endlich», stiess Gabi hervor.

«Offenbar hat sich alles geklärt, und Marco ist zurück», sagte Andrina.

«Ist er nicht.» Tränen sammelten sich in Gabis Augen.

«Wieso bist du in seinem Haus?»

«Komm rein.» Gabi zog Andrina ins Haus und schloss die Tür.

Andrina schlüpfte aus ihrer Winterjacke und den Schuhen und schüttelte die Kappe.

«Wieso konntest du ins Haus, wenn Marco nicht da ist?», fragte Andrina, als sie Gabi ins Wohnzimmer folgte. «War die Tür offen?» Sie schaute sich um. Ihr fiel nichts Ungewöhnliches auf.

«Ich habe den Schlüssel dort gefunden, wo Marco ihn normalerweise deponiert.»

«In der Werkzeugkiste in der Garage?» Als sie gekommen war, waren das Garagentor und die Seitentüre zu gewesen.

«Ja», erwiderte Gabi. «Die Tür auf der Seite war unverschlossen.»

Manche Gewohnheiten legte man offenbar nie ab. «Falls man den Schlüssel verliert oder ein Handwerker in der Abwesenheit ins Haus muss», hatte er Andrina erklärt, als sie zusammen gewesen waren.

Diese Aussage fand Andrina für einen Polizeibeamten bemerkenswert, hatte es aber darauf beruhen lassen. Sie war mehr als einmal froh gewesen, wenn sie den Kehricht nach draussen gebracht hatte und die Tür ins Schloss gefallen war.

Auf dem Boden lagen Klötzchen verteilt. Eine Tasse mit Tee stand auf dem Glastischchen. Andrina berührte das Porzellan. Der Tee war kalt. Daneben lag die Tageszeitung. Marco hatte sie offenbar gelesen, da sie nicht original zusammengefaltet war.

Ihr Blick driftete weiter durch den Raum und blieb an Gabi hängen, die sie beobachtete.

«Erzähl, was ist genau passiert?», fühlte Andrina sich genötigt zu sagen.

«Wir hatten abgemacht, dass ich André heute Abend gegen sechs Uhr abhole und wir gemeinsam zu Abend essen.»

Hatte Andrina das richtig verstanden? Gabi hatte ein gemeinsames Essen mit Marco ins Auge gefasst? Konnte man das als Schritt zur Versöhnung, wenn nicht sogar zu einem Neuversuch werten?

«Es war Marcos Idee», sagte Gabi abweisend. «Ich war nicht angetan, wollte es aber André zuliebe mitmachen.»

Andrina ignorierte die Anklage in dem Satz und fragte: «Und weiter?»

«Ich war erst kurz vor sieben Uhr hier. Als ich klingelte, öffnete er die Tür nicht. Nachdem ich es ein zweites Mal versucht hatte und nichts passierte, bin ich ums Haus gegangen. Alles war dunkel. Ich nahm an, er habe sich verspätet.»

«Wollte er mit André einen Ausflug machen?»

«Davon hat er nichts gesagt. Sein Auto ist in der Garage.»

Vernünftige Entscheidung bei diesem Wetter, dachte Andrina.

«Ich dachte, er wäre schlitteln oder so», fuhr Gabi fort. «Nachtschlitteln, wie wir es mal gemacht haben.»

An diesen gemeinsamen Ausflug mit Gabi konnte Andrina sich gut erinnern. «Hat Marco einen Schlitten?»

«Woher soll ich das wissen?»

«Hätte ich bloss nicht auf dich gehört und ihm André überlassen. Er hat ihn …» Sie brach ab und schluchzte.

«Marco wird André sicher nichts zuleide tun», sagte Andrina.

«Er hat ihn entführt. So wie ich es von Anfang an befürchtet habe.»

«Das glaube ich nicht.»

«Er ist nur zurückgekommen, um ihn mir wegzunehmen. Schlau hat er es eingefädelt. Er schleimt sich ein. Überall. Sogar dich hat er um den Finger gewickelt, damit du mich überzeugen kannst. Nachdem ich mich in Sicherheit gewiegt habe …» Sie wandte sich ab und trat ans Fenster.

«Blödsinn», sagte Andrina. Sie legte Gabi die Hand auf die Schulter, aber diese schüttelte sie ab.

«Lass mich! Nimm ihn nicht wieder in Schutz.»

«Du sagtest, sein Auto steht in der Garage?»

«Ja.»

«Wenn deine Vermutung stimmen würde, wäre er mit dem Auto weggefahren.»

«Nicht unbedingt. Wenn sein Auto da ist, denken alle, er komme gleich zurück.»

«Wenn er ohne Auto unterwegs ist, läuft er Gefahr, erkannt zu werden. Der öffentliche Verkehr ist keine gute Alternative. In den Nachrichten hört man von Streckenunterbrüchen bei den SBB. Sobald es einmal bei uns schneit, bricht alles zusammen. Ausserdem riskiert er, wie erwähnt, dass sich die Leute an ihn erinnern, wenn es zu einem Vermisstenaufruf kommt. So dumm wird er nicht sein.»

Gabi antwortete nicht.

Stimmte das, was Gabi vermutete? Würde Marco das alles so zurücklassen?

Zurücklassen … Irgendwas war im Raum … Ein Hinweis, der sich ihr nicht erschloss.

Andrina drehte sich um und ging in die Küche. Wie in den übrigen Räumen war es, als würde er jeden Augenblick in die Küche kommen. Auf dem Tisch standen übereinandergestapelte Teller, Brot, Käse, Honig und ein Salat. Gabeln und Messer lagen daneben. Als sei Marco gerade dabei gewesen, den Tisch zu decken. Eine Pfanne mit Milch stand auf dem Herd. Die Milch war kalt.

Das passte definitiv nicht zu Gabis Vermutung. Auf der anderen Seite konnte es Absicht sein, alles so zurückzulassen. Was sollte das bringen? Er gab sich so einen Vorsprung, lieferte sich Andrina die Antwort selbst.

Sie verliess die Küche und lief nach oben. Andrina öffnete eine Tür und blieb wie vom Donner gerührt stehen, als sie das liebevoll eingerichtete Kinderzimmer sah. Auf dem Bett war die Decke mit dem Teddybärenbezug ordentlich gefaltet und das Kissen aufgeschüttelt. Neben dem Wickeltisch stand die angebrochene Windelpackung, die sie gestern gebracht hatte. Sie war fast voll. Mitten im Raum stand ein Bobbycar. Auf den Tablaren des Regals sassen Plüschtiere neben Kinderbüchern. Alles war eindeutig neueren Datums. An der Zimmerdecke hing eine Lampe, an der Sterne, Wolken und ein Mond befestigt waren. Dazu passten die Motive der blauen Vorhänge.

Marco hatte das Zimmer eingerichtet, offenbar in der Hoffnung, André dürfte einmal bei ihm übernachten.

Andrina öffnete den Kübel. Zwei gebrauchte Windeln in Plastiksäcken lagen darin. Neben dem Tisch stand eine Sporttasche. Darin fand Andrina Hosen, Pullis und Bodys. Offenbar waren es die Wechselkleider, die Gabi mitgegeben hatte.

Sie lehnte sich gegen den Wickeltisch und musterte die Tasche. Er hätte sie mitgenommen.

Eine Bewegung im Türrahmen liess Andrina zusammenfahren.

«Wow!», entfuhr es Gabi.

«Hast du davon gewusst?», fragte Andrina und schloss mit einer Geste den gesamten Raum ein.

«Ich war nicht hier oben, und er hat nicht erzählt, er habe ein Zimmer eingerichtet.» Ihre Gesichtszüge verhärteten sich. «Wohlweislich.»

«Warum wohlweislich?»

«Er wollte sich bei André einschleimen.»

«André dürfte das Zimmer egal sein. Wenn, wollte Marco dich damit beeindrucken.»

«Mich?» Gabi lachte auf. Es klang sarkastisch. «Da hat er keine Chance. Da er das endgültig begriffen hat, ist er mit André auf und davon.»

«Und lässt seine Sachen zurück?» Andrina deutete auf die Sporttasche. «Wenn ich das richtig sehe, sind die Kleider alle da drin.»

Gabi durchwühlte die Tasche und nickte. «Er hat neue Kleider gekauft, damit es so aussieht, als ob …» Sie brach ab und drehte sich um. Fluchtartig, wie es Andrina schien.

Andrina verliess das Kinderzimmer und wollte Gabi die Treppe nach unten folgen, als sie innehielt. Sie musste in den anderen Räumen nachschauen. Ohne Gabi.

Andrina öffnete die Tür, die zum Arbeitszimmer führte, wie sie von früher wusste. Wie erwartet war der Raum leer. Es sah so aus, als hätte Marco ihn nur für einen kurzen Moment verlassen. Auf dem Schreibtisch lagen Rechnungen neben einem aufgeschlagenen Ordner, einem Locher und einem Bostitch. Andrina tippte die Maus an. Der Computer erwachte zum Leben, und auf dem Bildschirm erschien die Maske, die zum Login ein Passwort verlangte.

Andrina ging zur nächsten Tür. Sie zögerte. Du musst in seinem Schlafzimmer nachschauen, wenn du Klarheit möchtest, ob Gabi recht hat. Entschlossen stiess sie die Schlafzimmertür auf. Ein schwacher Geruch von Aftershave empfing Andrina.

Er benutzt das gleiche wie früher, dachte sie und fühlte sich in eine längst vergangene Zeit zurückversetzt. Lass das, ermahnte sie sich.

Das Bett war gemacht. Sie öffnete eine der Schranktüren. Pullis, Hosen und T-Shirts lagen ordentlich zusammengefaltet auf den Tablaren.

Das ist kein Beweis, dachte Andrina. Sie würde nicht erkennen können, ob Kleidungsstücke fehlten.

Andrina ging ins Badezimmer und öffnete den Spiegelschrank über dem Lavabo. Rasiermesser, Schaum und Aftershave standen aufgereiht neben Zahnbürste und Zahnpasta. Daneben befanden sich die Toilettenartikel von André. Marcos Duschmittel und sein Shampoo waren in der Dusche. Ebenso das von André. Das alles würde er kaum zurücklassen, dachte sie.

Andrina setzte sich auf den Badewannenrand.

Sie konnte nach wie vor nicht glauben, Gabi habe recht.

Ihre Anschuldigungen passten nicht zu dem Eindruck, den sie von Marco seit seiner Rückkehr bekommen hatte. Allerdings konnte sie aufgrund der zwei bis drei Male, die sie sich begegnet waren, nicht beurteilen, ob ihr Eindruck stimmte.

Andrina schaute auf ihre Armbanduhr. Inzwischen war es bald halb neun. Sorge regte sich.

Denk nach. Das hier geht nicht mit rechten Dingen zu.

Das Klingeln ihres Handys riss sie aus den Gedanken. Auf dem Display erkannte sie Enricos Namen.

«Und?», fragte er.

«Marco und André sind weg.» Andrina erzählte kurz, wie sie Gabi vorgefunden hatte.

«Moment, du bist in seinem Haus?», unterbrach er sie.

«Ja.»

«Ich weiss nicht, ob das eine gute Idee ist.»

«Wenn wir es Marco erklären, wird er Verständnis haben.»

Ein undefinierbarer Laut drang an Andrinas Ohr. Sie wusste nicht, ob sie es als Belustigung oder Skepsis deuten sollte.

«Ruft die Polizei», sagte Enrico.

«Dazu ist Marco zu kurz verschwunden.» Andrina dachte an das, was Susanna ihr einmal erzählt hatte.

«Rufe jemanden von seinem Team an. Susanna oder Max Wagner. Egal, ob deine oder Gabis Vermutung stimmt, das sollte jemand übernehmen, der in einer solchen Situation mehr Erfahrung hat.»

«Andrina?», hörte sie Gabis Stimme.

«Ich bin hier oben im Bad. Enrico, ich muss Schluss machen. Es dauert eine Weile, bis ich nach Hause komme.»

«Okay. Rebecca schläft tief und fest und träumt von wilden Schlittenfahrten.»

Nachdem Andrina das Gespräch beendet hatte, betrat Gabi das Bad. «Was machst du da?»

«Ich schaue, ob etwas fehlt. Das tut es aber nicht.» Sie deutete auf das offene Badezimmerschränkchen. «Er hat nichts mitgenommen. Und sein Necessaire liegt da. Das Gleiche gilt für die Toilettenartikel von André.»

«Er wird neue gekauft haben, damit es nicht auffällt. Du glaubst mir nicht. Dabei solltest du ihn kennen.»

«Er hat sich verändert, seitdem er zurück ist.»

«Marco ist ein Spezialist, wenn es darum geht, eine bestimmte Fassade aufrechtzuerhalten.»

Das stimmte. Beruflich. Und privat? Das traf durchaus zu, wenn sie an früher dachte. Aber galt das auch nach seiner Rückkehr? War es möglich, und er hatte sie getäuscht? Andrina drängte die aufkeimenden Zweifel zurück.

«Egal, was der Grund für sein und Andrés Verschwinden ist, wir müssen die Polizei rufen.»

«Das klingt in der Tat seltsam», sagte Wagner.

Andrina hatte darauf bestanden, ihn zu kontaktieren und nicht den Notruf zu wählen. Sie befürchtete, man werde beim Notruf nicht reagieren, da Marco erst seit dem frühen Abend verschwunden war.

Moment, dachte sie. Gabi hatte ihn nicht angetroffen. Das musste nicht automatisch heissen, dass er erst seit dem frühen Abend verschwunden war. Sie dachte an den gedeckten Küchentisch. War das nicht für den Abend, sondern stammte von heute Mittag?

«Hattest du heute mit ihm Kontakt?», fragte Andrina Gabi und erntete einen verwirrten Blick von Wagner.

«Nein, warum?», erwiderte Gabi. «Gestern Abend habe ich kurz angerufen, ob alles in Ordnung sei.»

«Er könnte durchaus schon länger weg sein.»

«Das ist ein guter Punkt», sagte Wagner. «Später hast du nicht mehr mit ihm gesprochen?»

«Ich habe es mir heute Morgen verkniffen», flüsterte Gabi.

«Das bedeutet, er könnte schon länger verschwunden sein?»

«Hat er tagsüber versucht, dich zu erreichen?», fragte Wagner Gabi.

Gabi holte ihr Handy hervor. «Keine verpassten Anrufe», sagte sie und war fast nicht zu verstehen.

«Hat er dir gesagt, was er unternehmen wollte? Einen Ausflug in den Zoo? Schlitteln?»

Gabi verneinte abermals.

«Hast du während des Tages versucht, ihn telefonisch zu erreichen?»

«Ich habe ihm eine WhatsApp geschickt, dass ich mich verspäte. Als ich vor der Tür stand und Marco nicht aufmachte, habe ich angerufen. Es hat mehrmals geklingelt, bis sich die Combox eingeschaltet hat.»

Wagner holte sein Handy hervor. Andrina stellte sich neben ihn, als er Marcos Telefonnummer einstellte. Einige Sekunden später klingelte es neben dem Fernseher. Wagner stand auf.

«Sein Handy hat er nicht mitgenommen. Das macht für mich keinen Sinn.»

«Er könnte es vergessen haben», versuchte Andrina sich an einer Erklärung.

«Das glaube ich nicht», sagte Wagner. «Ich fasse zusammen. Du hast Marco ein WhatsApp geschickt, dass du dich verspätest.» Er holte aus seiner Jackentasche Latexhandschuhe hervor und verstärkte damit Andrinas mulmiges Gefühl. Er tippte auf das Display von Marcos Handy, auf dem unter den Mitteilungen «Verpasster Anruf Max» und «Verpasster Anruf Gabi» der Anfang von Gabis WhatsApp-Nachricht angezeigt wurde.

«Den Code von seinem Handy kennst du nicht zufälligerweise?»

«Ich bin eine der letzten Personen, der er den sagen würde.»

«In dem Fall ist das der Job der Kollegen», sagte Wagner. «Aus der halben Stunde wurden fünfundvierzig Minuten, sagtest du.»

«Das ist richtig.»

«Alles in allem keine Veranlassung, spontan das Haus zu verlassen. Immerhin hat er dich erwartet. Hast du Spuren im Schnee gesehen, als du gekommen bist?»

«Nein.»

«Die Haustür war verschlossen, und du bist mit dem Ersatzschlüssel ins Haus gekommen. Du konntest sie normal aufschliessen und hattest keine Probleme dabei?»

«Was für Probleme?»

«Klemmte die Tür, oder liess sich der Schlüssel schwer drehen?»

«Nein.»

Wagner verliess das Wohnzimmer. Einige Sekunden später kehrte er zurück. «An der Tür gibt es keine Einbruchsspuren.» Er trat an die Terrassentür und öffnete sie. Kalter Wind wehte ins Innere. Wagner bückte sich und fuhr mit dem Finger über den Schliessmechanismus. «Hier ist keiner rein.» Er verschwand erneut aus dem Raum. Andrina hörte, wie er eine Tür öffnete. «Keine Einbruchsspuren bei den Fenstern», sagte er, als er zurückkehrte.

«Spuren», sagte Andrina. «Als ich gestern hier –»

«Du warst hier?», unterbrach Gabi Andrina. «Wieso das?»

Fieberhaft suchte Andrina nach einem plausiblen Grund.

«Das war zufällig. Wir waren auf dem Heimweg, und ich wollte kurz schauen, wie es mit André lief.»

«Das kannst du deiner Grossmutter erzählen.»

«Das ist egal», ging Wagner dazwischen. «Du erwähntest Spuren. Was für Spuren?»

Andrina berichtete von den Spuren am Küchen- und Badezimmerfenster.

«Die dazugehörende Person hast du nicht gesehen?»

«Nein.»

«Das wird Marco gewesen sein», rief Gabi.

«Das ist rückblickend schwer zu beurteilen. Und bei diesem Wetter haben wir keine Chance herauszufinden, welche Variante stimmt. Das bringt uns nicht weiter. Zurück zu Marcos Verschwinden. Entweder hat er die Person, die damit zu tun hat, hereingelassen, oder er hat das Haus aus freien Stücken verlassen.»

«Eher Zweites», rief Gabi.

Wagner trat an die Wohnzimmertür und blickte in den Gang. «Ich kann nicht beurteilen, ob eine seiner Jacken fehlt, aber die deines Sohnes ist da. Bei dem Wetter würde er André nicht ohne Jacke mitnehmen, falls er einen längeren Spaziergang mit ihm unternehmen will.»

«Könnte er mit ihm ins Spital gegangen sein?», fragte Andrina.

«Notfallmässig, meinst du?», fragte Wagner. «Das würde erklären, weshalb er das Handy vergessen und dich, Gabi, nicht kontaktiert hat.»

«Sein Auto ist da», fiel Andrina ein. «Hat er die Ambulanz gerufen und ist mit ihr mitgefahren?» Hoffentlich gab es keinen ernsten Grund.

«Er ist schneller dort, wenn er mit dem Auto fährt», widersprach Gabi.

«Es sei denn, er kann André nicht allein transportieren und braucht die Unterstützung eines Arztes.»

«Vor dem Haus waren keine Spuren eines fremden Wagens oder Fussspuren von mehreren Personen», widersprach Gabi.

«Bei dem Schneegestöber ist schnell alles zugedeckt», sagte Andrina.

Wagner holte sein Handy. Gebannt starrte Andrina ihn an, während er sich erkundigte, ob André oder Marco eingeliefert worden waren. Gabi sackte in sich zusammen, als Wagner das Gespräch beendete und den Kopf schüttelte.

«Es gibt eine andere Möglichkeit», flüsterte Gabi. «Er hat André getötet und bringt seine Leiche fort.»

FÜNFZEHN

«Eine Entführung kann ich mir sogar bei Marco beim besten Willen nicht vorstellen», sagte Enrico und setzte damit das Gespräch fort, das sie in der Nacht begonnen hatten.

Andrina war hundemüde, da sie gefühlt seit Tagen kein Auge zugetan hatte. Ihr Kopf brummte, und das Tageslicht tat in den Augen weh. Eindeutige Anzeichen für eine Migräne, die sich anbahnte. Das Schmerzmittel, das sie genommen hatte, entfaltete nur halbwegs seine Wirkung.

Sie schnupperte am Espresso. Nicht ihr bevorzugtes Getränk. Andrina trank einen Schluck und verzog das Gesicht. Der Espresso war stark. Hoffentlich würde der Koffeinschub das Medikament in seiner Wirkung unterstützen und ihren Kopf einsatzfähig zum Nachdenken machen.

Enrico setzte sich neben Andrina auf das Sofa und zog sie an sich. Im Schwedenofen prasselte ein Feuer und vermittelte Gemütlichkeit, die sich nicht auf Andrina übertrug.

«Ich mir auch nicht. Er war darauf bedacht, keinen Fehler zu machen», fügte Andrina an.

«Er hat andere Möglichkeiten als eine Entführung, sein Recht in Bezug auf André durchzusetzen. Ausserdem sollte ihm klar sein, dass eine Entführung längerfristig nicht funktioniert. Er wäre seinen Job los, wobei das in einem solchen Fall das kleinste Problem wäre. Auch das sollte ihm klar sein.»

«Das Gleiche gilt für Gabis andere Befürchtung.»

«Was meinst du damit?»

Andrina fuhr mit den Fingerspitzen über ihre Kehle.

«Gabi denkt, er habe André getötet?», rief Enrico. «Marco soll mit André, ausgerechnet kurz bevor Gabi ihn abholen kommt, das Weite gesucht haben und an einem unbekannten Ort … was eigentlich? Ihn gefangen halten oder ihn getötet haben?»

«Entweder oder», erwiderte Andrina.

«Das würde ich nicht einmal Marco zutrauen», wiederholte er.

Es klingelte an der Tür. Draussen fand Andrina Max Wagner und Susanna Marioni vor. Beide klopften sich den Schnee von den Winterjacken und schüttelten ihre Kappe, bevor sie das Haus betraten. Ihre Gesichter waren gerötet.

«Ich hoffe, wir stören nicht an einem Sonntagmorgen», sagte Wagner anstelle einer Begrüssung.

«Kein Problem», antwortete Andrina.

«Das ist eine wunderbare Massnahme», sagte Wagner, als sie das Wohnzimmer betraten. Er stellte sich vor den Schwedenofen und hielt seine Hände nahe ans Feuer.

«Da sagt man, Frauen seien Gfrörlis», sagte Susanna. «So kalt ist es draussen nicht. Nur minus ein oder zwei Grad.»

«Alles unter null ist Sibirien», brummte Wagner.

«Männer.» Susanna schnitt eine Grimasse und liess sich auf einen Sessel fallen.

«Ich nehme an, ihr seid wegen Marco da», sagte Andrina.

«Richtig», antwortete Wagner, der beim Ofen stehen blieb.

«Wenn ich euren Gesichtsausdruck richtig deute, habt ihr keine Neuigkeiten zu seinem und Andrés Verbleib.»

«Wieder richtig. Und es gibt keine Hinweise, was passiert sein könnte. Draussen ist es unmöglich, Spuren zu sichern. Ein gewaltsames Eindringen oder ein Handgemenge kann ausgeschlossen werden, wie uns die Kollegen von der Spurensicherung bestätigt haben. Im Haus hat es Fingerabdrücke, die wir weder Marco noch André zuordnen können und die zu keinem in der Datenbank passen. Kannst du, Andrina, bitte morgen ins Polizeikommando kommen, damit wir deine nehmen können.»

«Warum? Ich habe nichts mit seinem Verschwinden zu tun.»

«Wir möchten deine und Gabis aussortieren. Sobald der Fall gelöst ist, werden sie wieder gelöscht», sagte Susanna. «Wenn möglich, komme bitte am Vormittag.»

SECHZEHN

«Ist es richtig, dass du morgen nicht da bist?», fragte Lukas, als Andrina den Laptop zuklappte und ihn in den Rucksack schob.

«Das stimmt.»

Elisabeth hatte gefragt, ob sie in dieser Woche ausnahmsweise am Montag anstatt am Dienstag kommen konnte. Elisabeth musste am Dienstag ins Spital, um sich einer Operation am Hallux zu unterziehen. Sie würde einige Tage im Spital bleiben müssen und war anschliessend für sechs Wochen krankgeschrieben. Daher hatte sie die Wochensitzung auf den Montag vorverlegt. Anstehende Arbeiten sollten verteilt und Gabis Vertretung organisiert werden. Gabi hatte Elisabeth gebeten, freinehmen zu können, was diese akzeptiert hatte. Wie lange, hatte Gabi offengelassen. Zu Andrinas Erstaunen hatte Elisabeth Gabi erklärt, sie müsse keine Ferientage für ihre Abwesenheit opfern. Andrina war um Elisabeths Verständnis für Gabis Situation froh.

«Ab Donnerstag kommst du wieder im normalen Rhythmus?», fragte Lukas.

«Ich habe es vor.»

Bevor Andrina die Verlagsräume verliess, streckte sie ihren Kopf zu Stefanie und Kilian ins Büro, um sich zu verabschieden, und wünschte anschliessend Elisabeth alles Gute für ihre Operation.

Nasskalter Wind empfing sie, als sie aus dem Gebäude trat. Die Temperaturen waren angestiegen. Das Wintermärchen im Flachland würde leider nur von kurzer Dauer sein. In der Nacht sollte der Schnee in Regen übergehen. Andrina zog die Kappe tiefer in die Stirn und schob das Velo zur Strasse.

Sie konnte nicht anders, als den kleinen Umweg zu Marcos Haus zu nehmen. Mehrere Autos und ein Kastenwagen, den Andrina als den der Spurensicherung erkannte, standen davor. Wie magisch angezogen hielt Andrina an.

Ein Mann und eine Frau traten heraus. Als die beiden auf sie zukamen, erkannte Andrina Max Wagner und Corina Burkhard.

«Das nenne ich Gedankenübertragung», sagte Wagner, als sie Andrina erreichten. «Dich wollte ich gerade anrufen.»

«Du mich? Warum?»

«Hast du einen Augenblick Zeit?» Er deutete zum Haus.

«Darf ich dort einfach so rein?», fragte Andrina erstaunt.

«Nein», kam Corina Burkhard Wagner zuvor.

«Wir sind fertig», sagte er.

«Frau Bianchi hat dort nichts zu suchen.»

«Lass mich das entscheiden», sagte er. Sein Ärger war deutlich.

Corina Burkhards Mund wurde zu einem schmalen Strich. Sie verschränkte die Arme vor der Brust und musterte Andrina von oben bis unten.

Ihre Meinung über Andrina schien nicht die beste zu sein. Ein weiteres Mitglied aus Wagners Team, das sie nicht mochte. Andrina hatte Brogli im Verdacht, bei Corina Burkhards Meinungsbildung nachgeholfen zu haben.

Andrina verkniff sich die Frage, ob sie überhaupt in die Ermittlungen einbezogen werden durfte und den Fall nicht abgeben musste, wenn sie und Marco ein Paar waren.

«Ich weiss nicht, was du dir davon versprichst», sagte Corina in Andrinas Gedanken.

«Wir haben es heute mehrmals diskutiert. Hilft es nicht, verursacht es keinen Schaden.»

Corina Burkhard teilte Wagners Meinung nicht. Im Licht der Lampe neben Marcos Haustür sah Andrina, wie Corina Burkhards Mund zu einem noch schmaleren Strich wurde.

«Ich bleibe draussen», sagte sie und holte aus der Jackentasche eine Zigarettenpackung hervor. Sie wandte sich ab, als sie sich eine Zigarette anzündete und eine Rauchwolke in die kalte Luft blies. Während sie ein weiteres Mal an ihr zog, entfernte sie sich vom Haus. Brogli betrat die Einfahrt und sprach mit Corina Burkhard, die zu Andrina deutete. Das Dreamteam unter sich, dachte Andrina und wandte sich Wagner zu.

«Kannst du mir sagen, worum es geht?», fragte sie.

«Komm rein», sagte Wagner und hielt Andrina die Haustür auf. «Bevor ich es vergesse, vielen Dank für die Fingerabdrücke.»

«Gern geschehen.» Obwohl die Beamtin, die ihr am Vormittag die Fingerabdrücke abgenommen hatte, freundlich gewesen war, war Andrina sich wie eine Verbrecherin vorgekommen.

Ein Beamter in einem Ganzkörperanzug ging an ihnen vorbei. Ein zweiter, der einen silbrigen Koffer trug, verliess hinter ihm das Haus.

Aus dem Wohnzimmer trat Häusermann in den Gang und schlüpfte aus seinem Überzug. Er sah erschöpft aus.

War etwa das gesamte Team vor Ort, dachte Andrina verwundert. Es fehlte nur Susanna.

War das gleichbedeutend mit schlechten Nachrichten?

«Ciao, Andrina», sagte Häusermann und küsste Andrina dreimal auf die Wangen. «Ich gehe», wandte er sich an Wagner.

«Kannst du bitte dabei sein, wenn ich Andrina durch das Haus führe?»

«Okay.» Begeisterung hörte sich anders an. Häusermann legte den Anzug neben der Garderobe auf den Boden und folgte Andrina und Wagner ins Wohnzimmer.

«Gibt es was Neues?», fragte Andrina und stellte sich auf schlechte Neuigkeiten ein.

«Leider nein», erwiderte Häusermann.

«Der Grund, weshalb ich dich reingebeten habe, ist folgender», sagte Wagner. «Du bist nach unseren Erkenntnissen die letzte Person, die Marco und André gesehen hat.»

Obwohl Andrina dies vermutet hatte, war es, als lege sich jetzt eine kalte Hand um ihr Inneres. Sie versuchte seine Gedanken zu lesen, was er daraus folgerte. Wurde sie als Komplizin oder als Zeugin angesehen?

«Wo warst du überall im Haus?», fragte Wagner.

«Du meinst, als ich Marco die Windeln gebracht habe oder als ich mit Gabi hier war?»

«Am Freitagabend, als du die Windeln gebracht hast.»

«Im unteren Stock.»
«Oben nicht?»
«Dort war ich, als ich mit Gabi im Haus war.»
«Kannst du mir sagen, ob jetzt etwas anders ist als am Freitagabend?» Wagner machte eine Geste mit der Hand, die das gesamte Wohnzimmer einschloss.
«Du stellst Fragen.» Das hatte sie bereits überlegt, als sie am Samstag allein mit Gabi hier gewesen war, war aber zu keinem Ergebnis gekommen.
«Bitte versuche dich zu erinnern.»
Andrina durchquerte das Wohnzimmer. Bei der Terrassentür drehte sie sich um und liess den Blick schweifen. Ihr fiel kein Unterschied auf. Sie ging zum Esstisch und betrachtete den Raum aus diesem Blickwinkel. Für einen kurzen Moment sprang es ihr ins Auge. Etwas, das nicht passte. Bevor sie es fassen konnte, war dieser Augenblick vorbei. Was war verändert worden? Was fehlte, oder was war da, das an dem Abend nicht hier gewesen war? Keine Chance.
«Haben Gabi und du was verändert, als ihr hier wart?», fragte Wagner, der Andrinas Schweigen und intensives Umherschauen offenbar anders interpretierte.
«Zu dem Zeitpunkt, als ich da war, nicht. Gabi war schon früher im Haus.» Sollte sie ihn darauf hinweisen, dass es etwas gab, das anders war oder nicht passte, was sie aber nicht benennen konnte? Lieber nicht. Wenn es am Ende nichts war, würde es unnötig Verwirrung stiften.
«In welchen Räumen warst du mit Marco?»
«Im Gang. In die Küche habe ich kurz hineingeschaut.»
Wagner und Häusermann folgten Andrina in den Gang und anschliessend in die Küche. Hier stellte sich das unbestimmte Gefühl nicht ein, das sie im Wohnzimmer gehabt hatte.
Wagner stellte einige Fragen, die sie bereits zu einem früheren Zeitpunkt beantwortet hatte, bevor sich Andrina entschuldigte, ihnen nicht weiterhelfen zu können.
Sie verabschiedeten sich, und Andrina verliess das Haus.
Corina Burkhard stand an derselben Stelle und rauchte. Von

Brogli war nichts zu sehen. Ihr Blick bohrte sich in Andrinas Augen, als sie die Zigarette ausdrückte und eine neue anzündete. Andrina ging schweigend an ihr vorbei zur Strasse.

Andrina schob ihr Velo durch die Seitentür in die Garage. Als sie die Tür schloss, hörte sie hinter sich ein Knacken. Sie drehte sich um. Ausserhalb des Lichtkegels, den die Lampe an der Garage verbreitete, war nur Dunkelheit zu sehen.

Andrina ging zu der Ecke des Gebäudes und spähte in den Garten. Die immergrünen Büsche raschelten. Das musste der Wind sein. Allerdings war es windstill. Ein neues Knacken, und Andrina meinte, einen Schatten zu sehen, der sich zum Grundstück ihrer Nachbarn entfernte. Erinnerungen an vergangenen September tauchten auf, als sich jemand in den Büschen zwischen ihrer Garage und dem Grundstück der Schaufelbergers versteckt und einen Anschlag auf ihren Nachbarn verübt hatte, der schräg gegenüber gewohnt hatte. Andrina betrachtete den Schnee, der mit Fussspuren übersät war. Als Seraina und sie das Raclette vorbereitet hatten, waren Enrico und Michael mit den Kindern im Garten gewesen. Auch am Sonntag hatten sie mit Rebecca im Garten gespielt und einen Schneemann gebaut, den Andrina als Schemen vor der Terrasse erkannte. In dem Durcheinander an Spuren war nicht erkennbar, ob es welche gab, die von jemand anders als von Andrinas Familie stammten.

Ein Schatten erschien am Rand der Wiese und kam in zügigem Tempo auf sie zu. Vor Schreck blieb Andrina stocksteif stehen, wo sie war.

Der Schatten war zu klein für einen Menschen. Bevor ihr Kopf diese Information verarbeitet hatte, strich etwas Weiches um ihre Beine. Ein Maunzen.

«Garfield!», rief Andrina und ging in die Hocke, um den Kater zu streicheln. «Du wagst dich bei diesem Wetter nach draussen?»

Ein Schnurren war die Antwort.

«Oder ist Dario nicht zu Hause, und es ist dir langweilig?»

Andrina schaute zu den Büschen. Wenn Garfield so entspannt war, würde sich dort keiner verstecken. Allerdings würde der zutrauliche Kater jeden Eindringling willkommen heissen, um Streicheleinheiten zu kassieren.

«Andrina?»

Enrico.

Andrina richtete sich auf und warf einen letzten Blick zu den Büschen. Garfield folgte ihr zur Einfahrt.

«Habe ich es richtig gehört?», sagte Enrico.

«Du bist schon da?»

«Büsi», rief Rebecca. Sie stand in Socken vor der Haustür. Garfield trottete zu ihr und belohnte sie mit einem Schnurren, als sie ihm über den Rücken strich.

Enrico gab Andrina einen Kuss. «Seraina musste weg, und du bist spät dran.»

Andrina schaute auf ihre Armbanduhr. Sie war eine halbe Stunde später als normalerweise, obwohl sie früher Feierabend gemacht hatte. «Daran ist Max schuld», sagte sie und folgte Enrico zum Haus.

«Max Wagner?»

«Ja.» Bevor sie die Haustür schloss, schaute sie zur Garage. Garfield blickte in ihre Richtung, dann lief er mit hoch erhobenem Schwanz über die Strasse und verschwand in Dario Roths Garten.

War es nur der Kater gewesen, den sie gesehen hatte? Fang nicht wieder damit an. Das Gefühl, beobachtet zu werden, das sich von Neuem eingestellt hatte, hatte sie seit dem Vorfall im Verlag nicht mehr gehabt, und Andrina beschloss, es nicht wieder zuzulassen. Energisch gab sie der Tür einen Stoss.

Aus der Küche erklang das Geklapper von Töpfen. Rebecca spähte aus der Küchentür.

«Mami. Becca Hunger.» Das klang entrüstet.

«Wir haben das Essen vorbereitet», sagte Enrico und wies zum gedeckten Tisch.

«Woran ist Max schuld?», fragte Enrico, nachdem sie von den Spaghetti Carbonara geschöpft hatten.

«Er bat mich, mich in Marcos Haus umzusehen, ob etwas anders war als am Freitagabend.»

«Und?»

Andrina erzählte von ihren Eindrücken, etwas passe nicht.

«Könnte es nicht daran liegen, dass du unbedingt einen Hinweis finden möchtest?»

Ein guter Erklärungsansatz. Andrina wägte diesen ab. «Ich glaube nicht. Im Gang hatte ich dieses Gefühl nicht. In die Küche habe ich nur kurz reingeschaut und kann es eigentlich nicht beurteilen.»

«Wenn du mich fragst, hat er André entführt.»

Andrina musterte Enrico. Gestern hatte er anders geklungen. Wieso auf einmal diese Meinungsänderung? «Wieso gehen alle davon aus?», fragte sie.

«Es ist naheliegend.» Er hob die Hand. «Dein Ansinnen in Ehren, aber du solltest dabei berücksichtigen, was in der Vergangenheit passiert ist.»

«Marco hat sich verändert.»

Enrico runzelte die Stirn. «Warum verteidigst ausgerechnet du ihn?» Die gleiche Wortwahl wie Gabi. Der Groll in seiner Stimme war unüberhörbar. Erneut fragte sie sich, woher dieser Sinneswandel kam. Gestern hatte er sie in Erstaunen versetzt, als er genau das nicht annahm.

«Wie du weisst, hat er mir das Leben gerettet und sich anständig verhalten, wenn wir Kontakt hatten. Das gilt auch für dich.»

«Ja, ja», sagte Enrico. «Du hast recht. Trotzdem.»

Es klingelte.

«Telefon», kam es prompt von Rebecca. «Ich.» Sie machte Anstalten, aus dem Kindersitz zu klettern.

«Du bleibst hier.» Enrico eilte aus dem Raum. Einige Sekunden später kam er zurück. «Aufgelegt», brummte er. «Das ist das dritte Mal, seitdem wir zurück sind.»

«Ist die Nummer des Anrufers unterdrückt?»

«Nein, eine Handynummer, die ich nicht kenne. Das Online-Telefonbuch kann nicht weiterhelfen.»

Wie neulich, dachte Andrina. Fehlte nur die vorbeifahrende Ambulanz. Ihr Blick wanderte zum Fenster. Es war ein schwarzes Rechteck. Vom Garten sah man nichts. Ihr Unterbewusstsein hatte recht gehabt. Im Garten war vorhin nicht nur Garfield gewesen. Es musste sich zusätzlich jemand versteckt haben.

Kurz erwog sie, ob sie Wagner verständigen sollte. Allerdings würden sie in dem Spurendurcheinander im Garten nichts Brauchbares finden.

SIEBZEHN

Andrina hielt vor dem letzten Haus in der Strasse an, in dem Elisabeth wohnte. Sie blieb im Auto sitzen. Regen trommelte auf die Frontscheibe. In den Gärten und am Strassenrand hatte es Schneereste. Es war erstaunlich, wie schnell die Schneemengen vom Wochenende verschwanden.

Andrina schaute über die Aare zur Zurlindeninsel. Der Fluss führte viel Wasser, das braun wie Lehm war. Es war einer dieser Tage, an denen es nicht richtig hell wurde. Dabei war es zehn Uhr am Vormittag. Das Maximum war dieser Zustand, als würde es dämmern.

«Du wartest hier», sagte sie zu Rebecca, die am Gurt des Kindersitzes zerrte. «Ich bin gleich zurück.»

Andrina rannte zum Haus. Nichts rührte sich, nachdem sie geklingelt hatte. Ärgerlich starrte sie die Haustür an. Wollte Elisabeth nicht mehr von ihr zum Spital gebracht werden? Andrina hatte sich nicht um diesen Taxidienst gerissen.

«Herbert hat einen Hexenschuss», hatte Elisabeth am Telefon erklärt. «Er konnte nicht mehr aufstehen, und wir mussten die Ambulanz rufen. Nun ist er zur Abklärung im Spital, ob ein Bandscheibenvorfall vorliegt.»

«Du hättest mit der Ambulanz gleich mitfahren können», hatte Andrina gesagt.

«Falsches Spital. Er wurde ins Kantonsspital gebracht. Ich muss aber in den Schachen.»

«Wie wäre es mit einem Taxi?», hatte Andrina angefügt.

«Ich fahre nie mehr Taxi», hatte Elisabeth gesagt und erklärt, wie ein Taxifahrer einmal zu viel verlangt und sie bedroht hatte, als Elisabeth sich weigerte, diesen überrissenen Betrag zu zahlen.

Das «Bitte beeile dich» hallte in Andrinas Ohren nach.

Sie war unschlüssig, was sie tun sollte, als die Tür geöffnet wurde.

«Lange nicht gesehen», sagte der Teenager, der vor ihr stand.

Richard oder Ruben, fragte Andrina sich. Sie wusste nicht, wann sie Elisabeths Söhne zum letzten Mal gesehen hatte. Die Zwillinge waren optisch nicht auseinanderzuhalten. Nur ihre Charakterzüge konnten unterschiedlicher nicht sein. Ruben machte eine KV-Lehre und wollte die Berufsmatura anhängen. Bei Richard lief es nicht geradlinig. Er war im vergangenen Jahr beinahe wegen Körperverletzung verurteilt worden und hatte Drogenerfahrungen gesammelt. Glücklicherweise gab ihm der Schreinerbetrieb, in dem er eine Lehre absolvierte, eine zweite Chance.

«Die nutzt er hoffentlich», hatte Elisabeth gesagt.

«Rick», sagte er und reichte Andrina die Hand. «Meine Mutter kommt gleich.» Er lehnte gegen den Türrahmen. Der Ausdruck in seinem Gesicht, mit dem er sie musterte, liess ihre Haut unangenehm kribbeln. Ihm wollte sie nicht allein in einer einsamen Strasse begegnen.

«Ich bin schon da. Du hättest sie ins Haus bitten können.»

«Kein Problem», sagte Andrina.

«Ich bin froh, dass du mich fährst. Es ist der Wurm drin.»

«Ja, ihr habt gerade richtig Action», sagte Rick.

«Solltest du nicht längst bei der Arbeit sein?», fragte Elisabeth.

«Ich werde gleich abgeholt.»

Elisabeth bückte sich und durchwühlte den Koffer. «Ich hoffe, ich habe nichts vergessen.»

Richard verdrehte die Augen. «Wie ein aufgeschrecktes Huhn.»

«Rick!»

«Wenn du mich fragst, hat sie ihn gekillt.»

«Wer wen?» Elisabeths Verwirrung war nicht zu übersehen. Auch Andrina hatte Mühe, seinem Gedankengang zu folgen.

«Gabi ihren Ex.»

«Hör endlich mit dem Blödsinn auf. Wir haben das gestern und vorhin beim Frühstück zur Genüge diskutiert.»

«Sie hat selbst gesagt, sie bringt ihn um.»

«Wann?»

«Letzte Woche habe ich sie in der Stadt getroffen.»

«Ihrem Sohn würde sie nie –»

«Wenn es ein Versehen war und sie sowohl Vater als auch Sohn auf dem Gewissen hat?»

«Ein Versehen?» Elisabeths Stimme war schrill.

«Kollateralschaden, sozusagen.»

«Du hast einen Vogel.» Sie tippte mit dem Zeigefinger gegen ihre Stirn und drängte sich an ihrem Sohn vorbei.

«Sie hat mir sogar erzählt, was sie in Erwägung ziehen würde», rief er ihnen nach, bevor er die Tür zuschlug.

Schwer atmend plumpste Elisabeth auf den Beifahrersitz.

«Rick ist nicht der Einzige. Mir gegenüber hat Gabi ebenfalls solche Andeutungen gemacht», flüsterte sie, als Andrina wendete.

«Wann?», fragte Andrina.

«Als wir darüber gesprochen haben, dass er ihr die Unterhaltszahlungen für letzten Monat schuldet.»

Gabi hatte das gegenüber Elisabeth erwähnt?

«Phantasien ziehen nicht automatisch die Ausführung nach sich», sagte Andrina.

«Sie hat sich in die fixe Idee hineingesteigert, Marco Feller könne ihr André wegnehmen. Es ist inzwischen sogar nicht mehr nur eine Idee, sondern schon fast Wahn.»

Dem konnte Andrina nur zustimmen.

Aber Gabi und Mord?

***

«Wie geht es dir?», fragte Andrina ins Telefon und setzte sich auf den Boden zu Rebecca, die ein Bilderbuch anschaute.

«Wie soll es mir gehen», polterte Gabi, und Andrina musste den Hörer ein Stück vom Ohr weghalten.

Es war keine gute Idee gewesen, Gabi anzurufen. Aber Richards Anschuldigungen hatten sie nicht mehr losgelassen. Zudem war Andrina in den Sinn gekommen, wie Marco angedeutet hatte, Gabi könnte eine Falschaussage zu den Ermittlungen der Hallwiler Messerstecherei gemacht haben, um Marco in den Fokus der Untersuchungen zu bringen.

«Am liebsten würde ich Marco umbringen.» Das hatte Gabi auch schon mal zu Andrina gesagt.

Andrina hatte es als leer Dahergesagtes eingestuft. Doch in Anbetracht der Situation bekam eine solche Äusserung eine andere Dimension. Zumal sie diese Aussage offenbar auch anderen gegenüber gemacht hatte.

Sie musste herausfinden, ob Richard mit seiner Vermutung recht hatte. Sonst würde es ihr keine Ruhe lassen. Einen Plan hatte Andrina nicht. Es war unüberlegt gewesen, zum Hörer zu greifen.

«Entschuldige», kam es zerknirscht aus dem Telefon. «Ich weiss, du meinst es gut …» Sie brach ab.

«Kann ich was für dich tun?» Dumme Frage, dachte Andrina.

Das Einzige, das jemand für Gabi tun konnte, war, ihr ihren Sohn zurückzubringen. Sie schämte sich dafür, überhaupt die Möglichkeit, Gabi habe Marco getötet, ins Auge gefasst zu haben.

«Vielleicht», sagte Gabi nach einigen Sekunden Schweigen.

«Ja?», fragte Andrina, da Gabi nicht weitersprach.

«Ich muss selbst nachschauen. Kommst du mit?»

«Wohin?»

«In Marcos Haus.»

«Was willst du nachschauen?»

«Es muss dort einen Hinweis geben, wohin er verschwunden ist.»

«Die Polizei hat das Haus auf den Kopf gestellt.»

«Glaubst du allen Ernstes, sie sagen, wenn sie was finden?» Gabis Stimme war lauter geworden. «Die halten wie Pech und Schwefel zusammen», fügte sie an, bevor Andrina antworten konnte.

«Keiner vom Team wird riskieren, den Job zu verlieren oder weitere Konsequenzen tragen zu müssen, und Marco den Rücken freihalten. Wenn er sich was zuschulden kommen lassen hat, werden sie –»

«Werden sie nicht», unterbrach Gabi sie heftig. Andrina konnte ihr stossweises Atmen hören. «Sie werden schauen, wie sie es hinbiegen können. Wenn das an die Öffentlichkeit kommt, fällt es auf Max und sein Team zurück. Er muss sich absichern.»

Andrina zog es vor, zu schweigen. Gabi war aufgebracht genug. Da brachten rationale Argumente nichts.

«Hilfst du mir?» Das klang nicht bittend, sondern fordernd, beinahe aggressiv.

Andrina wollte nicht in Gabis eigene Nachforschungen hineingezogen werden, aber sie konnte Gabi nicht sich selbst überlassen. Nicht zulassen, wie sie ins Verderben lief. Andrina war sich sicher, solche Aktionen würden nicht gut enden. Und es war eine Gelegenheit, Richards Anschuldigungen zu widerlegen.

«Ich helfe dir», sagte sie, um einen beschwichtigenden Tonfall bemüht. «Wir sollten aber lieber warten, bis die von der Spurensicherung fertig sind», sagte sie, obwohl sie wusste, dass die Untersuchungen abgeschlossen waren.

«Das sind sie. Max hat es mir gesagt.» Damit machte sie Andrinas Hoffnung, die Suche in Marcos Haus hinauszuzögern, zunichte. Andrina wunderte sich, dass Wagner Gabi dies wissen lassen hatte. Einfach so?

«Wie kommen wir ins Haus?»

«Ich habe den Schlüssel aus Marcos Werkzeugkiste.»

«Du hast ihn nicht Max oder seinem Team ausgehändigt?»

Ein erschreckender Gedanke kam Andrina, bevor sie Gabi Vorhaltungen machen konnte. Da Gabi wusste, wo der Notfallschlüssel war, konnte sie zu einem früheren Zeitpunkt – zum Beispiel nachts – in das Haus eingedrungen sein und … Lass das!

«Sollte ich ihn zurückgeben?», fragte Gabi.

Ja, verdammt, dachte Andrina. Sollte das herauskommen, hatte Gabi ein Problem. Oder hatte sie das schon, und teilten Max Wagner und sein Team Richards Ansicht?

«Ich habe ihn vorsichtshalber behalten. Offensichtlich zu Recht. Ich bin in zehn Minuten dort und warte auf dich.»

«Ich habe Rebecca ...» Bevor Andrina den Satz beenden konnte, hatte Gabi aufgelegt. Frustriert starrte sie erst das Mobilteil und danach ihre Tochter an. «Was mache ich mit dir?», sagte sie zu Rebecca. «Mitnehmen möchte ich dich nicht. Allein hierlassen kann ich dich auch nicht.»

Mit einem Seufzen schaute sie auf die Uhr. Kurz vor halb drei. Rebecca war nicht erfreut, als Andrina sie hochhob und das Buch aus ihrer Hand nahm. Als sie jedoch die Jacke und die gefütterte, wasserdichte Hose erblickte, strahlte sie.

Andrina bog in die Strasse ein, in der Marco wohnte.

Gabi wartete vor Marcos Haus. Ihre Ungeduld war aus einigen Metern Entfernung zu spüren. Ihr Blick blieb an Rebecca hängen.

«Ich konnte sie nicht allein zu Hause lassen.»

«Ist okay», sagte sie und schob den Schlüssel ins Schloss.

Stille empfing sie, als sie das Haus betraten. Gabi stand neben Andrina und horchte in das Haus hinein. Andrina zog die Tür hinter sich zu und streifte erst Rebeccas Schuhe und danach ihre ab.

Sie unterdrückte den Drang, auf Zehenspitzen zum Wohnzimmer zu schleichen.

«Hat Max dir gesagt, ob und was sie gefunden oder festgestellt haben?», fragte Andrina.

«Nichts. Damit meine ich, sie haben keinen Hinweis gefunden, dass Marco gegen seinen Willen verschwunden ist. Das Gleiche gilt für seine Motivation und den Hinweis, wohin er gegangen ist.»

«Gegangen? Nicht gefahren?»

«Das Auto steht in der Garage.»

Stimmt, dachte Andrina. Sie fand diese Tatsache nach wie vor seltsam, aber sie sprach es nicht aus. Ging er davon aus, nach seinem Wagen würde gefahndet werden? Hatte er ein Taxi bestellt? Er musste annehmen, die Polizei werde sich bei den

Unternehmen erkundigen. Das Gleiche galt für einen Mietwagen. An Marcos Stelle hätte sie das eigene Auto genommen und im Anschluss irgendwo parkiert oder versteckt.

«Was denkst du?», fragte Gabi. Sie stand dicht neben Andrina. Zu dicht. Andrina trat einen Schritt auf die Seite und hoffte, Gabi merke es nicht. Es war eine dumme Idee gewesen, allein herzukommen. Sollte das stimmen, was Richard behauptete, konnte Gabi das Treffen als Gelegenheit ansehen, zu testen, was Andrina wusste oder vermutete. Oder schlimmer. Sollte sie ahnen, Andrina habe einen Verdacht, konnte sie mit Andrina das Gleiche machen, was sie mit Marco getan hatte. Niemand wusste, wo Andrina hingegangen war.

«Nichts», beantwortete Andrina Gabis Frage und setzte ein Lächeln auf.

«Ich kenne dich.»

«Ich habe überlegt, was es bedeuten könnte, dass er seinen Wagen dagelassen hat.»

«Und?»

«Ich bin zu keinem Schluss gekommen. Was erhoffst du dir zu finden, was die Polizei nicht gefunden hat?»

«Eine Idee, wo er hin ist.» Ungeduld pur. Ganz, als wollte sie sagen «Das habe ich dir vorhin am Telefon erklärt».

«Worauf soll ich genau achten?», formulierte Andrina die Frage um.

«Wenn ich das wüsste. Ich schlage vor, jede von uns geht separat durch das Haus, und wir treffen uns danach im Wohnzimmer, um zu besprechen, was wir entdeckt haben.»

Oder was wir nicht entdeckt haben, dachte Andrina. Diese Aktion brachte nichts, war sie überzeugt.

«Fang du oben an.» Gabi betrat das Wohnzimmer.

Andrina hörte, wie sie durch den Raum lief, und öffnete das Treppenschutzgitter. Mit Rebecca auf dem Arm stieg sie die Stufen nach oben. Zuerst öffnete sie die Tür zum Kinderzimmer. Die Holzeisenbahn stand am Boden. Es machte den Eindruck, als würden André und Marco jeden Augenblick zum Spielen zurückkehren.

Rebecca zappelte ungeduldig auf Andrinas Arm, und sie liess sie hinunter. Rebecca nahm einen Zug und stellte ihn auf die Schienen.

«Du bleibst hier, ich komme gleich.»

Andrina ging ins Badezimmer. Marcos Toilettenartikel standen aufgereiht auf den Tablaren des Spiegelschrankes. Definitiv nichts schien zu fehlen, kam sie zu dem gleichen Schluss wie am Samstag. Es sei denn, er hatte ein gepacktes Necessaire parat.

Andrina betrat das Schlafzimmer, das sich gegenüber vom Bad befand. Sie fand keine Hinweise auf die Durchsuchung der Polizei. War sie hier nicht drin gewesen? Sie zögerte vor dem Schrank.

Die Pullover und T-Shirts lagen auf den Tablaren. Hemden hingen an der Stange. Es war genau gleich wie am Samstag. In der hinteren rechten Ecke entdeckte sie eine Reisetasche, die sie beim letzten Mal nicht bemerkt hatte. Das musste nichts heissen, da Marco bestimmt mehr als einen Koffer besass.

Andrina schloss den Schrank. Das brachte nichts. Sie war versucht, die Aktion abzubrechen. Es würde schwierig sein, Gabi davon zu überzeugen.

Sie betrat das Arbeitszimmer. Andrina blieb einige Sekunden stehen und liess die Stille des Raumes auf sich wirken. Genauso wie in den anderen Räumen vermittelte es nicht den Eindruck, als würde sie etwas übersehen.

Allerdings sah der Schreibtisch anders aus. Auf dem Tisch lagen Briefe übereinandergestapelt auf der linken Seite. Auf der anderen Seite befanden sich Mappen und ein Ordner. Hatte die Spurensicherung dieses bei der Untersuchung verändert? Die Mitte des Tisches war leer. Hier hatte der Computer gestanden, den die Beamten offenbar mitgenommen hatten. Im Regal waren Ordner und Bücher aufgereiht. Sie zog einzelne hervor und blätterte durch die Seiten.

«Und?» Andrina fuhr herum. Gabi lehnte gegen den Türrahmen. Wie lange stand sie schon dort? «Hast du einen Hinweis gefunden?»

«Nein. Du?»

«Hm.»

«Es sieht für mich aus, als sei er kurz weg und würde bald wiederkommen.»

«Hm», war erneut Gabis Kommentar.

«Ich gehe nach unten», sagte Andrina. «Kannst du bitte einen Blick auf Rebecca haben?» Sie deutete zu Andrés Zimmer.

«Okay.» Gabi drehte sich um.

Im Erdgeschoss schaute sie zuerst in der Küche nach. Teller, Messer und Tassen befanden sich auf dem Tisch. Die Esswaren lagen nicht mehr dabei. Hatte jemand sie in den Kühlschrank geräumt? Die Spurensicherung? Andrina musterte die Teller. Einer war kleiner und aus Plastik. Andrés. Er stand auf den anderen. Was sagte ihr das? Nur dieses: Marco hatte den Tisch nicht fertig gedeckt. Andrina öffnete den Kühlschrank und betrachtete den Inhalt. Nichts Aussergewöhnliches.

Hier würde sie keine Erkenntnis zu Marcos und Andrés Verbleib gewinnen.

Sie ging ins Wohnzimmer. Sofort schlug das gleiche Gefühl zu, das sie gehabt hatte, als sie von Wagner befragt worden war. Heute war sie allein, und keine prüfenden und ungeduldigen Blicke waren auf sie gerichtet. Andrina durchquerte den Raum und schaute zur Tür. Langsam drehte sie sich um, und da sprang es ihr ins Auge. Andrina trat ans Sofa und nahm den Teddybären in die Hand.

«Das ist Andrés.» Gabi war in der Tür aufgetaucht. «Der muss überallhin mit. Es zeugt von einer grossen Portion Ignoranz und Egoismus, dass er ihn dagelassen hat.» Tränen glitzerten in ihren Augen.

«Er hat ihn nicht einfach so dagelassen», sagte Andrina.

«Du willst behaupten, Marco hätte ihn ganz sicher mitgenommen?»

«Ja.» Andrina sah Marco am Freitag vor sich. Wie liebevoll er mit André umgegangen war. Er hatte André den Bären gereicht. Ihm war bewusst, wie stark André dieses Kuscheltier brauchte.

«Moment mal», sagte Andrina und trat an die Terrassentür.

«Was machst du da?»

«Ich glaube, da draussen ist jemand.»

«Wo?»

«Dort.» Andrina deutete auf die andere Seite der Wiese. «Vorhin war er hier und ist dorthin gehuscht.»

«Du willst sagen, Marco beobachtet uns?» Gabi riss die Tür auf, bevor Andrina sie davon abhalten konnte. Sie eilte auf Socken über die Terrasse.

«Marco?», rief sie. «Hör mit dem dämlichen Spiel auf und gib mir André zurück.»

«Gabi …»

«Du hast gesagt, da sei jemand. Wer ausser Marco sollte es sein? Nur er hat so ein krankes Gehirn, das sich solche Aktionen ausdenkt.»

«Wenn es so ist, wie du vermutest, wird er dich bestimmt nicht beobachten.»

«Warum nicht? Es bereitet ihm Freude, mich leiden zu sehen. Und André.»

Andrina war zu perplex für eine Erwiderung. Wie viel Hass musste sich in Gabi aufgestaut haben, wenn sie Marco dies unterstellte.

Sie fragte sich, was genau alles seit Marcos Rückkehr zwischen den beiden vorgefallen war, von dem Gabi ihr nichts erzählt hatte. Was war der Grund für Gabis Eskalation?

Gabi lief auf Socken über den Rasen. Bei den Büschen blieb sie einen Moment stehen, bevor sie sich umdrehte. «Er hat das Weite gesucht.»

Mit hängenden Schultern blieb sie einige Sekunden stehen, bevor sie zurückkehrte. Als sie das Wohnzimmer betrat, wischte sie mit dem Handrücken über die Wangen. Gabi durchquerte den Raum und hinterliess nasse, lehmige Fussabdrücke auf dem Holzriemenboden und dem hellen Teppich.

Andrina blickte zu den Büschen zurück. Sie war sich nicht sicher, ob sie es sich eingebildet hatte. Wie bei Gabi lagen inzwischen bei ihr die Nerven blank. Sie litt mit Gabi und wagte sich nicht auszumalen, wie es wäre, wenn sie und Rebecca an ihrer Stelle wären.

Sie musste herausfinden, was die Wahrheit war und wer hier wen auf dem Gewissen hatte. Allerdings musste sie das ohne Gabi tun.

ACHTZEHN

Andrina spülte den Schaum von der Pfanne und stellte sie vor Rebecca auf die Küchenanrichte. Rebecca rubbelte mit dem Küchentuch über die beschichtete Bratoberfläche.

Das Handy, das Andrina auf den Küchentisch gelegt hatte, klingelte. Auf dem Display erkannte sie Gabis Namen. Andrina war versucht, das Gespräch nicht entgegenzunehmen, da sie keine Lust auf weitere Verschwörungstheorien hatte.

«Telefon», sagte Rebecca. «Ich.» Sie streckte die Hand zum Handy aus.

«Ich bin schneller», sagte Andrina.

«Ich möchte mich für mein gestriges Verhalten entschuldigen», sagte Gabi. «Ich muss einen ziemlich psychotischen Eindruck hinterlassen haben.»

«Dein Sohn ist verschwunden. Da darf man Panik haben.»

«Trotzdem nicht so. Ich bin dir für das dankbar, was du für mich tust, und sollte mich als Gegenleistung halbwegs normal benehmen.»

«Es ist für mich kein Problem. Ich wünschte, ich könnte dir helfen.»

«Das machst du, indem du bei meinen Aktionen dabei bist.»

«Die Polizei tut alles, was in ihrer Macht steht. Sie werden versuchen, jeden Schritt von Marco in den letzten Tagen vor seinem Verschwinden zu rekonstruieren.»

«Oder eben nicht. Zum Beispiel diese Burkhard. Die hat ein eigenes Interesse, dass nicht alles herauskommt, was Marco in den letzten Tagen getan hat. Sonst bekommt sie ein Problem.»

«Wovon sprichst du?»

«Sie hat ihn sich geschnappt.»

«Was meinst du damit?»

«Letzte Woche wollte ich zu Marco, um …»

Gabi ging freiwillig zu Marco? «Um was?»

«Ach, egal. Ich habe sie gesehen.»

«Wen?» Nun sprich nicht in Rätseln, dachte Andrina.

«Marco und diese Polizeihexe sassen in Marcos Wagen vor seinem Haus und haben geknutscht und einander befummelt. Sie sind ausgestiegen und in seinem Haus verschwunden. In der Küche haben sie weitergemacht.»

«Moment mal. Du hast die beiden beobachtet?»

«Versteh mich nicht falsch. Ich war geschockt und konnte mich nicht wegbewegen. Sie haben es direkt vor dem Küchenfenster miteinander getrieben und müssen danach ihre abartigen Spiele oben fortgesetzt haben.»

Gabi klang wie eine eifersüchtige Freundin, die ihren Freund gerade in flagranti erwischt hatte.

«Marco kann schlafen, mit wem er will.»

Ein heftiges Schnauben kam durch den Telefonhörer. Auf einmal fiel es Andrina wie Schuppen von den Augen. Gabi war eifersüchtig. Hiess das, sie wollte Marco zurück?

Das passte nicht zu Gabis Verhalten in den letzten Monaten. Verhielt sie sich so, weil …

«Nein, ich will ihn nicht zurück», unterbrach Gabi Andrinas Gedanken.

«Wo liegt das Problem, wenn Marco mit dieser Burkhard zusammen ist?»

«Sie ist befangen und hat in den Ermittlungen nichts zu suchen.»

Das war einleuchtend, und Andrina stimmte Gabi zu. Aber das war nicht alles, wenn sie es richtig zwischen den Zeilen heraushörte.

«Und es … ach, vergiss es.»

Gabi verabschiedete sich und beendete das Gespräch, bevor Andrina antworten konnte. Perplex starrte sie das Handy an.

Andrina bremste und hielt vor Marcos Einfahrt.

Enrico war am Nachmittag früher heimgekommen. So hatte sie Rebecca bei ihm lassen können und war allein zum Einkaufen losgezogen. Das hatte den Vorteil, den Kinderanhänger zum Transport der Lebensmittel nutzen zu können und somit

Vorräte aufzustocken und dafür nicht das Auto zu brauchen. Während des Einkaufs hatte sie über ihr gestriges Gespräch mit Enrico nachgedacht.

«Du weisst, ich halte nicht viel von Marco», hatte er gesagt. «Aber sogar ich traue ihm nicht zu, Andrés Teddy zurückzulassen, wenn er sich mit ihm aus dem Staub macht. Es muss eine andere Veranlassung gegeben haben. Vielleicht musste er das Haus fluchtartig verlassen. Damit meine ich keinen medizinischen Notfall.»

Gleiche Überlegungen hatte Andrina während des Einkaufs angestellt, da ihr die Person in den Sinn gekommen war, die einen Tag vor Marcos Verschwinden auf seinem Grundstück gewesen sein musste. Obwohl Wagner keine Chance gesehen hatte, etwas zu finden, war die Spurensicherung draussen unterwegs gewesen. Soweit Andrina wusste, hatten sie nichts gefunden. Allerdings würden sie Andrina nicht alles sagen, was die Erkenntnisse der Untersuchungen betraf.

Sie dachte an die Gestalt, die sie gestern in Marcos Garten meinte, gesehen zu haben. Bevor sie gegangen war, hatte Andrina an der Stelle nachgeschaut und eine Menge Fussspuren gefunden, die von den Ermittlern stammen mussten. Frisch hatten keine ausgesehen. Mit der hysterischen Gabi an ihrer Seite konnte sie keinen klaren Gedanken fassen und in den Büschen nachschauen. So waren sie unverrichteter Dinge gegangen.

Andrina wusste, es wäre besser, es nicht zu tun. Aber sie musste nachschauen. Sie blickte sich um. Die Klappe des Briefkastens war halb geöffnet, und Andrina erkannte weisse Couverts. Sie beschloss, die Briefe herauszunehmen, wenn sie wieder ging, damit sie nicht nass wurden. Rasch schob sie das Velo hinter Marcos Garage und kam sich dabei wie eine Einbrecherin vor.

Sie umrundete das Haus und gelangte zur Terrasse. Sie stellte sich vor die Tür. Hier ungefähr hatte sie gestern gestanden, als Gabi zu den Büschen geeilt war. Die Lichtverhältnisse waren ähnlich wie gestern. Inzwischen setzte die Dämmerung ein, was den Garten unheimlich wirken liess.

Gabi hatte gestern zu weit rechts nachgeschaut, ging es ihr auf.

Andrina überquerte die Wiese und blieb bei den Büschen stehen. Einen grossen Sichtschutz boten sie ohne Laub nicht. Zum Nachbargrundstück konnte sie aufgrund der Sichtschutzwand aus Holz nicht schauen. Falls sich hier einer versteckt hatte, konnte der Nachbar das nicht sehen. Dafür war er gut von Marcos Haus aus sichtbar.

Andrina bückte sich und spähte zwischen den Ästen auf den Boden. Ein Gemisch aus Schneematschresten und schlammigem Boden. Sonst nichts. Fussabdrücke müssten deutlich zu erkennen sein. Oder auch nicht. Es gab einzelne kleine Vertiefungen, die mit Wasser gefüllt waren. Das konnten Fussspuren sein. Waren es die von den Ermittlern oder von der Person gestern?

Andrina hob den Kopf. Vor ihr baumelte ein abgebrochener Ast. Weitere Äste waren abgeknickt. Doch nicht nur an diesem Busch, sondern auch an denen daneben. Ob das durch eine Person verursacht worden war, war für sie nicht eindeutig. Die Schneemenge vom Wochenende konnte ebenso schuld sein. In ihrem Garten war es ähnlich. Andrina musterte die Abbruchstelle. Sie musste neueren Datums sein, aber ob sie ein oder zwei Tage alt war oder vom Wochenende stammte, war nicht eindeutig.

Andrina richtete sich auf. Wenn ihre Phantasie ihr keinen Streich gespielt hatte, war die Person von der Garage links hierher gerannt. Über den Sichtschutz war sie nicht geklettert, und in Luft konnte sie sich nicht aufgelöst haben. Es machte keinen Sinn. Warum war sie nicht bei der Garage geblieben? Die Garage und der Kasten für den Kompost boten einen besseren Sichtschutz. Von dort hatte man wegen der unbelaubten Büsche eine gute Sicht zum Wohnzimmer.

Doch warum sollte jemand den Garten beobachten? Um Informationen zu den Ermittlungen zu bekommen oder in der Hoffnung, Marco kehre heim? Enrico hatte angedeutet, Marco könne nicht wegen eines medizinischen Notfalls fluchtartig aufgebrochen und untergetaucht sein. Vor wem versteckte Marco sich, und vor allem, warum? Sollte sie Max Wagner darauf ansprechen? Er würde nicht erfreut sein, wenn Andrina sich wieder einmal in die Ermittlungen einmischte.

Andrina ging zur Garage und erreichte den Kasten, in den Marco seine Grünabfälle warf, und umrundete ihn. Wie im anderen Teil des Gartens waren hier Äste von den Büschen abgebrochen. Die Abbruchkanten machten einen frischeren Eindruck als die der übrigen Büsche. Andrina ging in die Hocke. Vertiefungen, die den Durchmesser von Schuhabdrücken hatten und mit Wasser gefüllt waren. Sie brauchte einige Sekunden, bis sie begriff, was dort lag: ein Zigarettenstummel. Der stammte bestimmt nicht von den Beamten der Spurensicherung. Marco hatte nicht geraucht.

Oder tat er es inzwischen? Sie sah ihn vor sich, wie er sich nach vorne beugte und Corina Burkhard Feuer gab, als sie die beiden in der Stadt gesehen hatte. Er selbst hatte keine Zigarette angezündet.

Andrina nahm einen Ast und tippte den Stummel an. Ob er schon länger oder erst ein paar Tage hier lag, konnte sie nicht beurteilen.

Falls die beiden was miteinander hatten und Corina Burkhard öfter bei Marco war, würde sie nicht hier stehen, um zu rauchen. Sie würde das auf der Terrasse tun. Dort hatte kein Aschenbecher gestanden.

Wagner anrufen oder nicht?

Hinter sich hörte sie ein Geräusch. Es dauerte Bruchteile einer Sekunde, bis Andrinas Unterbewusstsein reagierte. Ruckartig richtete sie sich auf. Als sie herumfuhr, traf sie ein harter Gegenstand am Hinterkopf. Andrina taumelte und fiel zu Boden. Mit dem Gesicht landete sie im Schlamm. Nässe drang durch ihre Kleider, und danach war alles dunkel.

***

«Das gibt eine ordentliche Beule», sagte Brogli und reichte Andrina ein Coldpad. Das «Es geschieht Ihnen recht» hing unausgesprochen zwischen ihnen.

Andrina sass auf dem Beifahrersitz von Broglis Wagen, der gegenüber der Einfahrt von Marcos Haus geparkt war. Sie presste das Coldpad auf den Hinterkopf. Die Kälte war unangenehm. Immerhin ebbte das Pochen ab.

Brogli verschränkte die Arme vor seiner Brust.

Als sie zu sich gekommen war, hatte sie Broglis Gesicht dicht vor sich gesehen. Im ersten Augenblick hatte sie angenommen, es handle sich um einen Alptraum.

Falls sie es richtig verstanden hatte, war Marcos Nachbar zu seinem Haus gerannt, nachdem er sie niedergeschlagen hatte. Er hatte den Notruf getätigt und gesagt, er habe eine verdächtige Person auf Marcos Grundstück dingfest gemacht.

Als er zurückgekehrt war, war er Corina Burkhard und Brogli begegnet, die zu Marcos Haus gingen, um etwas zu überprüfen. Die Polizeistreife war in der Nähe gewesen und kurz danach eingetroffen.

Andrina schaute an Brogli vorbei zum Haus. In der Einfahrt stand neben einem Streifenwagen ein Polizeibeamter mit einem hageren Mann, der älter sein musste, als er aussah. Gierig zog er an einer Zigarette. Er hatte bereits dort gestanden, als Brogli Andrina zu seinem Wagen geführt hatte. Als der Mann Andrina erblickt hatte, hatte er sich aufgerichtet.

Corina Burkhard hatte sich zu den beiden gesellt und mit ihm gesprochen. Gleich hatte er sich weiter aufgeplustert, sie mit einem breiten Grinsen bedacht und auf Andrina gedeutet. «Sie wollte mich angreifen.»

Angreifen? Sie ihn?

«Da musste ich diese Person dingfest machen.»

Dingfest machen, dachte Andrina und tastete die Beule ab. Das hätte er machen können, ohne sie zusammenzuschlagen.

Corina Burkhard hatte dem Mann auf die Schulter geklopft. Was sie ihm geantwortet hatte, hatte Andrina nicht mitbekommen, da Brogli Andrina unsanft weiter zum Auto gestossen hatte.

Der Beamte ging mit dem Mann die Strasse entlang und verschwand aus Andrinas Blickfeld. Corina Burkhard stellte sich neben Brogli und verschränkte wie er die Arme vor der Brust. Beide starrten auf sie herunter.

«Sind Sie in der Lage, Fragen zu beantworten?», fragte sie. Das klang schneidend und ungeduldig.

Nein, dachte sie. «Ja», antwortete sie stattdessen.

Darum herumkommen würde sie nicht, obwohl ihr jede andere Person lieber wäre als dieses Duo. Unweigerlich dachte sie an Corina Burkhards Stelldichein mit Marco. Sie hatte nicht hier zu sein und sie zu befragen. Andrina überlegte, ob sie eine entsprechende Bemerkung fallen lassen sollte, liess es aber lieber sein. Sie hatte genügend Probleme und musste sie nicht vergrössern.

«Was hatten Sie im Garten von Marco Feller zu suchen?»

Überlege dir deine Antwort gut, dachte Andrina.

Ungeduldiges Schnauben.

«Ich wollte nach dem Rechten sehen.»

«Nach dem Rechten sehen?» Ihr Mund verzog sich zu einem süffisanten Grinsen, was wohl «Ausgerechnet Sie?» heissen sollte. «Fangen wir von vorne an, und Sie sagen die Wahrheit.»

«Gabi Hug hat gesagt, der Briefkasten würde überquellen und –»

«Haben Sie einen Schlüssel?» Die Überraschung konnte sie offenbar nicht überspielen. Zusätzlich meinte Andrina, Eifersucht herauszuhören.

«Nein. Die Briefe kann man gut so herausfischen.»

«Warum macht das Gabi Hug nicht selbst?»

Andrina beliess es beim Antworten mit einem Schulterzucken.

«Was hatten Sie mit der Post vor? Haben Sie einen Schlüssel zum Haus, um sie dort zu deponieren?»

«Nein», sagte Andrina ein zweites Mal.

Der Blick der beiden Augenpaare war unangenehm. Eindeutig nahmen sie ihr diese Erklärung nicht ab.

«Wieso waren Sie im Garten?»

«Ich meinte, gesehen zu haben, wie jemand hinter dem Haus verschwand.» Das hörte sich hoffentlich plausibel an. Weder

Brogli noch Corina Burkhard mussten wissen, dass das gestern gewesen war.

«Gute Ausrede. Sie wurden gesehen, wie Sie in den Garten gingen. Die Wahrheit müssen Sie nicht verdrehen.»

Der zweite Beamte kam um das Haus herum. Als er sie erblickte, näherte er sich dem Wagen.

«Geht es?», wandte er sich an Andrina. «Sie sind blass. Soll ich einen Arzt rufen?»

«Nein», kam Brogli ihr zuvor.

«Zuerst wird sie befragt», fügte Corina Burkhard an.

Der Beamte beugte sich zu Andrina herunter.

Andrina bemühte sich um ein tapferes Lächeln und schüttelte den Kopf. Der daraus resultierende Schmerz liess den Mann kurz vor ihren Augen verschwimmen. Bloss keinen Arzt und bloss nicht ins Spital. Sie wollte nur nach Hause. Enrico musste sich wundern, wo sie blieb.

«Wir kümmern uns darum. Wir müssen wissen, warum sie einbrechen wollte und den Mann angegriffen hat», sagte Brogli.

Andrina wurde kälter, als ihr in den nassen Kleidern bereits war. Es war klar, was diese Aussage für sie bedeuten konnte. Einbruch und Körperverletzung.

«Ich habe ihn nicht angegriffen», rief sie. «Er hat mich einfach zusammengeschlagen. Was ist das für ein Typ, der einfach zuschlägt und so tut, als habe er eine Heldentat vollbracht?»

«Da Sie eine Jacke und eine Kappe trugen, hat er nicht gesehen, um wen es sich handelte.»

«Könnte Herr Furrer ausser Frau Kaufmann –»

«Mein Name ist Andrina Bianchi», fiel Andrina Brogli ins Wort. Wann würde dieser Mann begreifen, dass sie seit dem letzten September verheiratet war und Enricos Namen angenommen hatte?

«… eine andere Person gesehen haben?», fuhr Brogli fort.

«Das kann ich nicht beantworten», sagte Corina Burkhard. «Er sprach von einer dunkel gekleideten Person, die in Marcos Garten schlich und sich dabei wiederholt umsah.»

«Wir haben die Nachbarn befragt», mischte sich der Beamte

ein. «Keiner konnte uns weiterhelfen. Herr Furrer ist unser einziger Zeuge.» Er musterte Andrina, und sie schaute an sich herunter. Ihre schwarze Jeans und ihre Jacke waren mit Lehm verschmiert. Der feuchte Stoff auf der Haut wurde zusehends unangenehmer.

Brogli nickte. Es war für Andrina eindeutig, was er dachte. «Wir haben Herrn Furrer nach Hause geschickt und gebeten, sich für weitere Fragen zur Verfügung zu halten», fuhr der Beamte fort.

«Danke. Wir kümmern uns darum. Sie können gehen.»

Sichtlich erleichtert verabschiedete der Beamte sich und ging zu seinem Wagen. Sein Kollege kehrte zurück, und die Männer stiegen ein. Der Wagen setzte rückwärts aus der Einfahrt und fuhr davon.

Nun war sie mit Brogli und Corina Burkhard allein. Falsch, sie war ihnen ausgeliefert.

***

«Das war keine Glanzleistung», sagte Enrico.

«Ich weiss.»

Er stellte zwei Tassen mit Tee neben das Babyfon auf das Glastischchen und setzte sich zu Andrina auf das Sofa. Trotz der Wärme des Feuers im Schwedenofen und der heissen Dusche war Andrina nach wie vor kalt.

Erstaunlicherweise hatten Brogli und Corina Burkhard sie gehen lassen, kurz nachdem die Polizeibeamten abgefahren waren. Andrina hatte fest damit gerechnet, sie würden sie zum Polizeikommando mitnehmen. Das wäre die logische Konsequenz gewesen. Allgemein schienen sie es auf einmal eilig gehabt zu haben, Andrina schnell loszuwerden. Andrina vermutete den Telefonanruf, den Corina Burkhard erhalten hatte, als Grund. Sie solle sich weiterhin für Fragen zur Verfügung halten, hatte Brogli zum Abschied erklärt und sie finster angeschaut, als sie zusammen zu Andrinas Velo gegangen waren.

Da Andrinas Kopfschmerzen zugenommen hatten, als sie

nach Hause gefahren war, und ihr schwindlig war, hatte Enrico sie zum Arzt gebracht.

Zum Glück hatte sie nur eine leichte Gehirnerschütterung. Sie müsse sich die nächsten Tage schonen, hatte der Arzt gesagt, als er Andrina zu ihrer Erleichterung mit Schmerzmitteln und mit einem ärztlichen Attest für den Arbeitgeber nach Hause entlassen hatte.

«Ich weiss. Das war dämlich.»

«Wieso kommst du auf die Idee, du müsstest Spurensicherung in Marcos Garten spielen und nach potenziellen Hinweisen suchen?»

«Nach Gabis Meinung wird nicht genug unternommen, um André zu finden.»

«Und sie hat dich angestiftet, eigene Ermittlungen anzustellen? Wie wunderbar. Wenn sie sich da hineinsteigert, ist es ihre Sache. Andere anstiften ist etwas anderes. Das geht so nicht.»

«Gabi ist völlig durch den Wind und verhält sich nicht rational. Sie würde …» Ja, was würde sie machen?

«Eine dümmere Aktion als du heute Nachmittag machen», führte Enrico den Satz zu Ende. «Du hast recht. Die Situation ist verzwickt. Es ist nicht an dir, das Problem zu lösen.»

«Gabi ist meine Freundin. Ich kann sie nicht hängen lassen, und wenn ich mir vorstelle, Rebecca und ich wären an ihrer Stelle, wird mir schlecht.»

Enrico nahm die Tasse und hielt sie zwischen den Händen. Er schaute zum Feuer und schwieg einen Moment.

«Okay, das kann ich nachempfinden, und mir würde es ähnlich gehen», sagte er nach einer Weile gedehnt. «Was ich nicht nachvollziehen kann, ist Gabis Behauptung, die Polizei würde nicht alles unternehmen, um die beiden wiederzufinden.»

«Weder Brogli noch Corina Burkhard sind in den Garten gegangen und haben nachgeschaut, ob an meiner Aussage was dran ist, es könnte jemand dort gewesen sein. Den Zigarettenstummel haben sie mit einem Schulterzucken abgetan. Sie sind einfach in ihren Wagen gestiegen und abgefahren.»

«Du weisst nicht, ob die anderen Beamten ihn mitgenommen haben.»

«Haben sie nicht. Er war da.»

«Du hast nachgeschaut?»

«Nun ja.»

«Das ist der Job der Spurensicherung …»

«Sie haben keine angefordert. Das waren nur Beamte der Regionalpolizei.»

«Die Spurensicherung hat Haus und Garten genügend am Wochenende auf den Kopf gestellt, nehme ich an.»

«Gestern dachte ich, es sei jemand auf dem Grundstück. Marcos Sich-Profilier-Nachbar hat heute jemanden gesehen. Wenn nicht ich das war, muss es –»

«Stopp», unterbrach Enrico. «Das sind alles Vermutungen.»

«Ich als Polizistin würde dem nachgehen und zudem den Zigarettenstummel aufnehmen. Ich will der Spurensicherung von Montag kein Versäumnis unterstellen. Der Stummel kann nach Abschluss der Untersuchungen hinter den Kompost gekommen sein. Zumindest hoffe ich das für sie. Sonst würde es Gabis Vorwürfe bekräftigen.»

«Andrina!»

«Ist doch wahr! Vergiss nicht, der Eigentümer des Hauses und ein Kind sind seit Samstag wie vom Erdboden verschluckt.»

Enrico stellte die Tasse zurück, ohne davon getrunken zu haben.

«So wie Corina Burkhard sich verhalten hat, glaube ich Gabi, sie habe mit dem Verschwinden zu tun.»

«Wieso das?»

«Gabi hat Corina und Marco beim Herumknutschen in seinem Wagen gesehen. Später haben sie sich in der Küche direkt vor dem Fenster vergnügt.»

Enricos Mundwinkel zuckten. «Es ist Marcos gutes Recht, eine Freundin zu haben. Er und Gabi sind getrennt.»

«Ausgerechnet die Burkhard. Ich hätte ihm einen besseren Geschmack zugetraut.»

«Geschmäcker sind bekannterweise unterschiedlich. Es ist

Marcos Wahl und nicht deine. Du weisst nicht, was sie für Qualitäten hat.»

«Enrico!»

Er lachte, wurde aber gleich darauf ernst. «Du kannst ihr keinen Strick daraus drehen, Marco als Freund zu haben.»

Okay, anderer Ansatz, dachte Andrina. «Wenn sie mit Marco zusammen ist und ihr etwas an ihm liegt, müsste sie alle Hebel in Bewegung setzen, um ihn zu finden. Das würde ich zumindest tun.»

«Du weisst nicht, was sie unternimmt.»

«Sie wäre jedem kleinen Hinweis nachgegangen, wie zum Beispiel dem Hinweis auf den Zigarettenstummel, und hätte nicht so ausgesehen, als ob es sie nicht interessiere, was ich aussage.»

Enrico nahm Andrinas Gesicht in beide Hände und drehte ihren Kopf so, dass sie ihn ansah. «Ich sehe, du vertraust ihren Fähigkeiten nicht. Und denen von Brogli ebenfalls nicht, was ich bei beiden verständlich finde. Keiner von ihnen macht einen kompetenten Eindruck, und beide haben Defizite, was das Menschliche betrifft. Sprich mit jemandem, dem du vertraust. Zum Beispiel mit Susanna. Aber nicht heute. Der Arzt hat gesagt, du sollst dich schonen. Und du siehst aus, als ob du seinen Rat dringend befolgen solltest.»

NEUNZEHN

Andrina hatte besser geschlafen, als sie angenommen hatte. Der Kopfschmerz wurde vom Schmerzmittel relativ gut in Schach gehalten, solange sie sich nicht allzu gross bewegte.

Eigentlich war am heutigen Donnerstag Verlagstag, aber Andrina hatte sich abgemeldet, sie sei krankgeschrieben. Untätig wollte sie dennoch nicht sein und später an dem Lektorat arbeiten. Abgabetermin war schliesslich Abgabetermin.

Enrico war kurz nach sechs Uhr aufgestanden. Andrina hatte im Halbschlaf mitbekommen, wie er aus dem Schlafzimmer geschlichen war.

Rebecca hatte länger als üblich geschlafen und war erst um kurz nach sieben Uhr erwacht.

«Mami, fertig», sagte Rebecca und schob den Teller mit dem letzten Bissen Brot zur Mitte des Tisches. «Spielen.»

«Zuerst werden die Zähne geputzt. Danach spielen wir zusammen.»

«Tschipfu?»

«Ja, mit der Holzeisenbahn.» Andrina trank den letzten Schluck vom Cappuccino.

Seitdem Rebecca in Andrés Zimmer die Eisenbahn entdeckt hatte, musste zu Hause die Holzeisenbahn, die sie am letzten Sonntag abgebaut und verräumt hatten, ebenfalls wieder hervorgeholt werden.

Zehn Minuten später sassen sie in Rebeccas Zimmer auf dem Boden und steckten die Holzschienen neu zusammen.

Das Klingeln des Telefons zerriss die Stille. Andrina eilte zum Arbeitszimmer, in dem sie einen zweiten Anschluss hatten. Das Display zeigte Serainas Namen.

«Was machst du für Sachen», sagte ihre Schwester anstelle einer Begrüssung.

Sie hatte gestern Abend angerufen, nachdem Andrina sich hingelegt hatte. Im Halbschlaf hatte sie das Klingeln gehört und wie sich Enrico gemeldet hatte, bevor er unten die Wohnzimmertür geschlossen haben musste.

«Ich kann nichts dafür. Er hat mir einfach eins übergezogen.»

«Du hättest nicht in Marcos Garten herumschleichen müssen. Was hattest du dort zu suchen?»

Andrina berichtete von dem Eindruck, es habe sich dort jemand herumgetrieben.

«In dem Fall hattest du dort erst recht nichts zu schaffen. Zum Glück ist nicht mehr passiert. Wie geht es dir? Soll ich Rebecca heute nehmen, damit du dich hinlegen kannst? Ich hätte sie ohnehin.»

«Im Moment geht es. Eventuell wäre ich am Nachmittag froh. Ich rufe dich an.»

«Mach das. Das Gleiche gilt für morgen. Ich habe nur am Morgen Patienten und kann Rebecca ab dem späten Vormittag nehmen.»

Sie verabschiedeten sich. Als Andrina das Mobilteil zurückstellte, klingelte es an der Tür.

«Ich, ich», rief Rebecca und rannte zur Treppe.

Andrina hob sie auf den Arm, damit sie die Haustür öffnen konnte.

«Hallo, Susanna», sagte Andrina erstaunt.

«Ich war gerade in der Nähe und wollte schauen, wie es dir geht.»

«Komm rein.»

Susanna lehnte Kaffee und Wasser ab. «Ich habe keine Zeit», sagte sie. Das war eindeutig kein Höflichkeitsbesuch.

«Ist was passiert?», fragte Andrina, als sich das Schweigen in die Länge zog.

«Nein. Oder besser, nur indirekt. Ich bin hier, um dich vorzuwarnen. Max ist sauer.»

«Auf mich?»

«Ja, auf deine Aktion gestern. Er findet es nicht gut, dass du dich in die Ermittlungen einmischst. Und ich ehrlich gesagt auch nicht.»

«Ich mische mich nicht ein. Ich war auf dem Heimweg …»

«Marcos Haus liegt nicht unbedingt auf deiner Route, wenn du aus der Stadt kommst.»

«Hin und wieder nehme ich diesen Weg.» Susanna durchschaute eindeutig die Lüge. «Ich sah jemanden auf das Grundstück abbiegen.» Besser, sie blieb bei der Version, die sie gestern Brogli und Corina Burkhard erzählt hatte, obwohl sie kurz versucht war, Susanna die Wahrheit zu sagen. «Okay, das kann Einbildung gewesen sein …»

«Du hättest die Polizei verständigen sollen, anstatt selbst nachzuschauen.»

«Die wäre nicht begeistert gewesen, wenn niemand dort gewesen wäre und ich sie umsonst aufgeboten hätte.»

«Wenn jemand dort gewesen wäre und dir was passiert …»

«Dafür hat dieser Nachbar gesorgt.»

Moment mal, dachte Andrina. Wieso hatte er sie das Grundstück betreten gesehen. Er hatte von seinem Haus keinen Blick auf Marcos Einfahrt, geschweige denn in seinen Garten. Auch nicht, wenn alle Blätter fehlten. Er konnte sie nur gesehen haben, als sie von der Strasse in die Richtung von Marcos Haus verschwand, wenn er beim Briefkasten war. Allerdings war niemand dort gewesen, als Andrina angekommen war. Das musste nicht heissen, dass er nicht dort gewesen war. Warum hatte er sie nicht gleich zur Rede gestellt und war ihr hinterhergeschlichen? Oder war er bereits auf dem Grundstück gewesen? War er es, den sie zu sehen gemeint hatte? Sowohl gestern als auch vorgestern?

«Woran denkst du?», fragte Susanna.

«An nichts.»

«Eine neue Lüge.»

«Es hat nicht mit dem von gestern zu tun. Mir ist nur eingefallen, was ich dringend erledigen muss. Bei meinem aktuellen Lektorat.»

«Überlass die Ermittlungen der Polizei», sagte Susanna eindringlich. «Wir machen unseren Job gut.»

«Wenn nicht?», rutschte es Andrina heraus.

«Was soll das heissen?», brauste Susanna auf.

«Gabi sagt –»

«Aha, daher weht der Wind. Sie hat dich angestiftet. Hör gut zu. Das geht dich nichts an und ist unser Job. Was Gabi denkt, spielt dabei keine Rolle.»

«André ist verschwunden. Somit spielt es für sie eine grosse Rolle.»

«Ich weiss nicht, wer ihr den Floh ins Ohr gesetzt hat und wieso sie auf die Idee kommt, wir würden Marco decken.»

«Ist das nicht so?», fuhr Andrina dazwischen.

«Pass auf, was du sagst!»

«Gestern habe ich Herrn Brogli und Frau Burkhard darauf hingewiesen, jemand müsse im Garten gewesen sein», fuhr Andrina unbeirrt fort. «Und was machen sie? Nichts.»

«Frühere Untersuchungen haben den Verdacht nicht erhärtet.»

«Frühere nicht, aber gestern könnte es so gewesen sein. Müsst ihr nicht jedem neuen Hinweis nachgehen?»

«Und jeden Tag Aufwand betreiben, wenn jemand behauptet, dass dieses Mal tatsächlich jemand im Garten war?»

Andrina glaubte, sich verhört zu haben. Susanna war bisher diejenige vom Team, die allen Hinweisen nachging, egal, wie glaubwürdig sie erschienen.

Susanna stand auf. «Das Gespräch bringt nichts. Ich habe keine Lust, mit dir darüber zu diskutieren, wie wir unseren Job zu machen haben. Ich finde allein hinaus.» In der Wohnzimmertür drehte sie sich um. «Lass uns die Arbeit machen und misch dich nicht ein. Sonst könntest du in Schwierigkeiten geraten.»

Regungslos blieb Andrina auf dem Sofa sitzen. Sollte das eine Drohung sein?

***

«Ich kann Susanna verstehen, und ich kann mir vorstellen, was in Gabis Kopf vor sich geht», sagte Enrico.

Er stand am Kochherd und rührte mit einem Holzlöffel durch die Tomatensauce. Neben ihm stand Rebecca auf dem Stuhl und verfolgte gespannt, was er kochte.

«Ich bin heute für das Nachtessen zuständig», hatte Enrico verkündet, als er am späten Nachmittag nach Hause gekommen war. «Du musst dich schonen.»

Die Kopfschmerzen hatten sich im Laufe des Nachmittags verstärkt. Nicht besorgniserregend, aber Andrina war froh, wenn sie sich heute Abend nicht um das Essen kümmern musste und Enrico ihr Rebecca abnahm.

«So habe ich Susanna bisher nie erlebt», sagte Andrina verwundert. «Sie hat selbst genügend grenzwertige Polizeiaktionen gemacht.»

«Die beinahe ins Auge gegangen sind, wie du weisst», kam es prompt von Enrico. «Dieser Unfall im September hätte sie das Leben kosten können. Sie hat daraus gelernt.»

Das war eine denkbare Erklärung. Trotzdem konnte Andrina das nicht glauben. Nicht bei Susanna. Es musste etwas anderes dahinterstecken. Vielleicht nicht gerade das, was Gabi Marco und Wagners Team unterstellte. Aber es musste etwas in Bezug auf Marco geben, das das Team lieber für sich behielt. Die Frage war, ob es im Zusammenhang mit seinem und Andrés Verschwinden stand oder ob es um ganz etwas anderes ging. Um eine Angelegenheit, die gegebenenfalls in der momentanen Situation anders gedeutet werden konnte.

Bevor Andrina ihre Gedanken ausformuliert hatte, klingelte das Telefon.

«*Piccola*, nichts anfassen», sagte Enrico und eilte aus der Küche, bevor Andrina sich erhoben hatte.

«Ja, sie ist da», hörte Andrina ihn sagen. Er kehrte in die Küche zurück und hielt ihr das Telefon hin. «Max», formten seine Lippen lautlos.

«Hallo, Max», sagte Andrina. «Was kann ich für dich tun?»

«Du hast heute mit Susanna gesprochen.» Keine Frage, sondern eine Feststellung.

«Ja, sie war heute Vormittag da. Warum?»

«Sie sagte, du bist nicht einsichtig.»

«Bitte, was bin ich nicht?»

«Sie sagte, du würdest nicht einsehen, uns die Ermittlungen zu überlassen.»

Andrina war zu perplex, um zu antworten. Das hatte sie Susanna nicht gesagt.

«Ich bitte dich, diesen gut gemeinten Ratschlag unter Freunden zu berücksichtigen. Es könnte sonst Probleme für dich geben. Zum Beispiel könnten wir es als Behinderung polizeilicher Ermittlungen ansehen.»

«Ich habe nicht –»

«Haben wir uns verstanden?»

«Ich –»

Bevor Andrina den Satz weitersprechen konnte, hatte Wagner aufgelegt.

«Was soll das?», rief sie laut, und Rebecca zuckte auf dem Stuhl zusammen. «So sind sie mich noch nie angegangen», sagte Andrina.

«Marco und André wurden offenbar zur Chefsache erklärt. Du weisst, wie empfindlich sie sind, wenn einem von ihnen was zustösst.»

«Dafür müssen sie nicht ein solches Geschütz gegen mich auffahren.»

«Sie haben Angst, du könntest dich in Gefahr begeben.»

«Das klang anders, und Max und Susanna hätten es mir netter sagen können.»

«Würdest du darauf hören?»

Nein, dachte Andrina. Und jetzt erst recht nicht. Irgendetwas war faul.

«Eben», sagte Enrico. «Wer weiss, was passiert ist. Marco könnte beispielsweise im Rahmen früherer Ermittlungen in einem anderen Fall auf etwas gestossen sein, das ihm zum Verhängnis wurde.»

«Du meinst, André war zur falschen Zeit am falschen Ort?»

«Denkbar.»

Oder Marco war in dunkle Geschäfte verwickelt, die ihm

zum Verhängnis wurden, dachte Andrina. Max und das Team wissen davon. Anders konnte es nicht sein, obwohl Andrina nach wie vor nicht glauben wollte, dass gleich ein ganzes Team eine illegale Aktion unterstützen würde.

ZWANZIG

Andrina klappte den Laptop zu. Heute war sie mit dem Lektorat nicht vom Fleck gekommen. Sie quälte sich durch die Geschichte, was nicht am Krimi, sondern an ihr lag. Der Kopfschmerz war einer dumpfen Benommenheit gewichen – wenigstens ein Fortschritt zu gestern. Aber dieses wattige Gefühl machte es nicht leicht, sich zu konzentrieren. Ihre Gedanken waren wiederholt abgedriftet.

Zuerst wollte sie ihre Gehirnerschütterung als Vorwand benutzen. Immerhin war sie bis Ende nächster Woche krankgeschrieben. Das schlechte Gewissen hatte sie davon abgehalten. Eine Stunde lag drin, musste drin liegen. Die Arbeit würde sich nämlich nicht von selbst erledigen.

Andrina warf einen Blick auf die Uhr. Kurz vor halb vier. Seraina wollte Rebecca um sechs Uhr rechtzeitig zum Nachtessen zurückbringen. Am Morgen hatte sie angerufen und gesagt, sie würde mit Regina am Nachmittag in den Wildpark Roggenhausen gehen und Rebecca mitnehmen, wofür Andrina dankbar war.

Sie überlegte, ob sie einen Spaziergang machen sollte. Frische Luft würde guttun. Allerdings lud der Schneeregen nicht gerade dazu ein.

Andrina stand auf und bereitete einen Tee zu. Als sie es sich im Wohnzimmer gemütlich machte, klingelte es an der Tür.

Obwohl Andrina keine Lust auf Besuch hatte, rappelte sie sich auf.

«Du?», fragte sie erstaunt, als sie Gabi erblickte.

«Darf ich reinkommen?»

Andrina forschte in Gabis Tonfall. Aggression konnte sie nicht heraushören. Sie machte eine Geste ins Innere des Hauses.

Gabi nahm das Angebot für einen Tee an.

«Ich möchte mich nochmals für neulich entschuldigen.» Sie umfasste mit beiden Händen die Tasse. «Es war unfair, dich als

Blitzableiter für meinen Frust und meine Sorge um André zu benutzen.»

«Ich hätte ähnlich reagiert», sagte Andrina.

«Er muss es geplant haben und ist mit André bei ihr untergekommen.»

«Wen meinst du mit ‹bei ihr›?»

«Diese Burkhard.»

«Wieso wolltest du an dem Tag zu Marco?»

«Ich …» Gabi druckste herum. «Nicht so wichtig.»

«Möchtest du –»

«Er will auf Familie machen», unterbrach Gabi Andrina. «Vater, Mutter und Kind. Dazu braucht er André. Vielleicht kann sie keine Kinder bekommen.»

«Die beiden kennen sich gerade mal drei Monate. Glaubst du wirklich, sie schmieden bereits Familienpläne?»

«Wer weiss? Sie ist nicht mehr die Jüngste und könnte ihre biologische Uhr ticken hören.»

«Nicht die Jüngste?», sagte Andrina. «Ich glaube nicht, dass sie schon vierzig ist.»

Andrina versuchte sich die drei als Familie vorzustellen. Bei Corina Burkhard fiel es ihr schwer. Die Frau machte einen überheblichen und gleichzeitig abweisenden Eindruck. Ein Eisberg vermittelte mehr Wärme. Kinder waren für sie ein unausweichliches Übel, wenn Andrina an ihre Reaktionen dachte, als Corina Burkhard auf Rebecca gestossen war. Jedes Mal wenn Rebecca sich rührte, war ihre Missbilligung deutlich. So eine Frau wollte keine Kinder um sich und würde nicht mit Kindern umgehen können.

«Die anderen halten dicht.»

«Du willst damit sagen, Max, Susanna und Sämi decken diese Frau? Wieso sollten sie das tun?»

«Aus Mitleid.»

«Mitleid? Mit wem?»

«Mit ihr. Wie gesagt, die Burkhard kann keine Kinder bekommen und ist deshalb so», sagte Gabi.

«Nehmen wir an, du hast recht.»

«Hundertprozentig», fiel Gabi Andrina ein weiteres Mal ins Wort. «Um das durchzuziehen, brauchen sie keine Unterstützung des Teams. Marco kommt bei ihr unter. Sie geht normal weiter zur Arbeit und tut so, als wisse sie von nichts.» Gabi nippte am Tee und schaute konzentriert auf einen Punkt auf dem Glastischchen.

«Wir sollten Susanna –», setzte Andrina an.

«Bloss nicht», rief Gabi. «Wenn sie davon weiss, wird sie eine Verbindung sofort ausschliessen. Sie wird Marco und seine Flamme warnen, damit sie sich ein anderes Versteck suchen können.»

Merkte Gabi nicht, wie sie sich widersprach, und würde Susanna das wirklich tun und ihren Job aufs Spiel setzen? Andrina zog es vor, sich nicht dazu zu äussern. «Was schlägst du vor?»

«Ich habe keine Ahnung, was wir tun können.»

«Wo wohnt Corina Burkhard?», fragte Andrina.

«Woher soll ich das wissen?»

Andrina stand auf und ging zum Esstisch. Gabi stellte sich neben sie. Andrina klappte den Laptop auf und rief das Online-Telefonbuch auf. Sie gab Corina Burkhards Namen in die Suchmaske ein.

«In Aarau ist sie nicht eingetragen», sagte sie. «Ich erweitere die Suche auf die umliegenden Gemeinden.»

«Es gibt eine Corina Burkhard in Gränichen.» Gabi tippte mit dem Zeigefinger auf den Bildschirm.

«Es ist nicht sicher, dass sie die von uns gesuchte Person ist. Sie könnte nämlich nicht eingetragen sein.»

«Es besteht eine Chance. Wir sollten nachschauen.»

«Jetzt?» Andrina schaute auf die Uhr. «Wenn sie es ist, wird sie bei der Arbeit sein.»

«Umso besser.»

«Willst du bei ihr einsteigen?»

«Nein. Klingeln.»

«Du glaubst, Marco, sofern er dort ist, würde die Tür öffnen?»

«Okay, zugegeben, eine blöde Idee. Aber ich möchte hinfahren.» Sie beugte sich vor. «Allein habe ich Angst. Komm bitte mit.»

Bei der Kreuzung beim Hotel Bären in Suhr bog Andrina rechts ab und folgte weiter im Schritttempo dem Strassenverlauf. Im Kreisel beim Rundhaus nahm Andrina die zweite Ausfahrt. Als sie die Bahnlinie überquerte, begann die Signalisation zu blinken. Im Rückspiegel sah sie, wie sich die Schranken senkten.

Glück gehabt, dachte sie. Wenigstens das war ihr erspart geblieben.

Auf der Gegenfahrbahn staute sich der Verkehr ebenfalls. Das Ende der Blechschlange war nicht in Sicht. Andrina fragte sich, ob man dieses Verkehrsproblem hier je in den Griff bekommen würde.

«Hoffentlich hat sich der Stau aufgelöst, wenn wir zurück nach Aarau fahren», sagte sie.

«Das glaube ich nicht», erwiderte Gabi. «Hier ist immer alles chronisch verstopft.»

Sie folgten dem Strassenverlauf weiter nach Gränichen und überquerten die A1. Bei der Coop Tankstelle bog Andrina rechts ab. Nach kurzer Zeit verkündete die Frauenstimme des Navis: «Sie haben Ihr Ziel erreicht.»

Andrina fuhr auf eins der Parkfelder vor einem der Wohnblöcke.

«Darf ich hier parkieren?»

«Keine Ahnung», erwiderte Gabi.

Keine von ihnen hatte das Bedürfnis auszusteigen. Andrina starrte durch die Frontscheibe, an der die Wassertropfen herunterrannen.

«Wollen wir?», fragte Gabi.

Nein, dachte Andrina. «Okay», sagte sie laut. «Was willst du Frau Burkhard sagen, wenn sie uns die Tür aufmacht?»

Sie verfluchte sich, auf Gabis Drängen gleich losgefahren zu sein, ohne einen brauchbaren Plan gemacht zu haben.

«Ihre Freude wird sich in Grenzen halten, und sie wird uns nicht zu einem spontanen Kaffee einladen. Wir können schlecht sagen, dass wir uns in ihrer Wohnung umsehen wollen, oder fragen, ob zufällig Marco und André da sind.»

«Wir entschuldigen uns und sagen, wir hätten uns in der Tür geirrt», sagte Gabi.

«Das wird sie uns nicht abnehmen.»

«Das ist mir egal.» Gabi stieg aus.

Andrina beeilte sich, Gabi zu folgen, als sie zielgerichtet auf einen der Blöcke zuging. Andrina wurde den Verdacht nicht los, dass Gabi ihr verschwieg, früher bereits einmal hier gewesen zu sein. Vor der Tür blieb sie stehen und betrachtete die Namensschilder neben den Klingelknöpfen.

«Hier ist es», sagte Gabi und drückte auf die Klingel, bevor Andrina sie daran hindern konnte.

Nichts geschah.

«Sie wird im Polizeikommando sein», sagte Andrina und schielte auf ihre Armbanduhr.

Gabi drückte ein zweites Mal den Klingelknopf.

«Falls Marco hier ist, wird er nicht über die Gegensprechanlage fragen, wer da ist.»

Gabis Frust war deutlich. Sie drückte gegen die Haustür. Die Tür schwang auf. Gabi verlor das Gleichgewicht und stolperte ins Treppenhaus. Sie erwischte das Geländer und konnte so verhindern umzufallen. Ihr Gesicht hellte sich auf, als sie sich umblickte.

Wieder war Gabi schneller als Andrinas Einwand. Sie eilte die Treppenstufen nach oben und hielt im zweiten Stock an.

Auch das war zielgerichtet gewesen. Woher wusste sie das?

Gabi drückte auf die Klingel neben der Tür, als Andrina bei ihr ankam. Im Inneren der Wohnung war ein schriller Ton zu hören. Danach war es still. Gabi beugte sich vor und legte ihr Ohr an die Tür.

«Lass das», flüsterte Andrina.

Gabi klingelte ein weiteres Mal. Das Geschrei eines Kindes folgte augenblicklich.

Gabi verfiel für den Bruchteil einer Sekunde in Schockstarre. Gleich darauf hämmerte sie gegen die Tür.

Andrina fasste ihren Arm. «Das kommt aus der anderen Wohnung.»

«Was?»

«Dort.» Sie deutete auf die gegenüberliegende Wohnung.

Tränen rannen über Gabis Wangen.

«Komm», sagte Andrina sanft. Die Aktion war von Beginn an zum Scheitern verurteilt gewesen. Gabi wischte mit dem Handrücken über die Augen. Sie schien um mehrere Zentimeter geschrumpft.

Bevor Andrina sich abwandte, öffnete sich die Tür zu der Wohnung, aus der das Kindergeschrei kam. Eine hagere blonde Frau, die den Reissverschluss ihrer Winterjacke zuzog, musterte sie misstrauisch. Ein Bub im Kindergartenalter umklammerte ihr rechtes Bein und spähte mit verweinten Augen zu Gabi und Andrina hinüber.

«Wir wollten Corina besuchen», sagte Andrina und setzte ein Lächeln auf.

«Sie ist nicht da.»

«Auch ihr Freund nicht?»

Das Misstrauen der Frau verstärkte sich. «Die hat keinen Freund.»

«Nicht?» Andrina bemühte sich, erstaunt auszusehen. «Er ist einen Meter achtzig gross, hat dunkle Haare und blaue Augen.»

«Haben Sie mir nicht zugehört? Sie ist alleinstehend.»

«Hat Corina uns nicht erzählt, sie seien zusammengezogen?», wandte Andrina sich an Gabi.

Gabi hatte den Kopf nach unten geneigt. Andrina hoffte, die Frau sähe Gabis gerötete Augen nicht. Gabi zuckte die Schultern.

«Na ja, wir kommen später wieder», sagte Andrina. Sie wünschte der Frau einen schönen Abend und zog Gabi mit sich. Als sie die Treppe erreichten, heulte der Bub los. «Abziehen», rief er und zerrte an seiner Kappe.

«Bist du wahnsinnig?», sagte Gabi, als sie in den Wagen gestiegen waren. «Wenn sie das der Burkhard erzählt.»

«Wird sie nicht», sagte Andrina, obwohl sie sich nicht sicher war. «Die beiden scheinen nicht die beste Nachbarschaftsbeziehung zu haben.»

«Woher willst du das wissen?»

«Intuition? Und was sollte ich sonst tun?»

«Trotzdem kann es herauskommen, und danach sind wir dran.»

«Was will sie ihr sagen? Will sie von zwei Frauen, eine blond und eine dunkelhaarig, erzählen, die sie besuchen wollten?»

«Die Burkhard wird mehr aus ihr herausquetschen und eins und eins zusammenzählen.»

«Ein Phantombild wird sie nicht erstellen und keine Fingerabdrücke von der Klingel nehmen lassen.» Hoffentlich, dachte Andrina. Das wäre ihr zuzutrauen. Sie wollte sich nicht ausmalen, was geschah, wenn Corina Burkhard von ihrem Besuch erfuhr.

Die Frau und der Bub verliessen den Block und wandten sich in die entgegengesetzte Richtung. Während der Bub neben der Frau herlief, schwenkte er mit der linken Hand die Kappe durch die Luft.

Unschlüssig, was sie als Nächstes machen sollten, schaute Andrina den beiden nach. Das Schweigen dehnte sich aus. Jegliche Energie, die Gabi verströmt hatte, als sie hergefahren waren, war verpufft. Einfach nach Hause zurückzukehren war keine Option. Sie brauchte für Gabi den Beweis, dass Marco sich nicht in der Wohnung versteckte.

«Wir können anrufen», schlug Andrina vor. Das war nicht die beste Idee, musste sie einräumen. Sie wollte ihre Telefonnummer nicht in der Liste der verpassten Anrufe von Corina Burkhards Telefon hinterlassen. Andrina war sich sicher, er würde ihre Telefonnummern erkennen.

«Du glaubst, Marco nimmt das Telefon ab? Er hat uns nicht geöffnet, als wir geklingelt haben.»

«Er kann uns durch den Türspion gesehen haben.»

«Ich an seiner Stelle würde das Telefon nicht abnehmen», sagte Gabi niedergeschlagen.

Das würde Andrina ebenfalls nicht.

Gabi richtete sich auf. «Das Schloss sah nicht stabil aus. Die Frau von gegenüber ist weg und –»

«Vergiss es», rief Andrina. «Kriminelle Aktionen bringen uns nicht weiter.»

In Gabis Augen glitzerte es, was Andrina Angst machte. Es sah bedrohlich aus. Kriminelle Energie, schoss es Andrina durch den Kopf. Hatte Elisabeths Sohn am Ende recht, und Gabi hatte Marco getötet? Bis gerade eben hatte Andrina es geschafft, diese Möglichkeit zu verdrängen.

«Und ihre kriminellen Aktionen sind erlaubt? Hier gilt Auge um Auge, Zahn um Zahn. Immerhin geht es um André.» Gabi beugte sich vor, wühlte sich durch den Inhalt ihres Rucksacks und förderte einen Schraubenzieher zutage.

«Was ist das?»

«Nenn es ein Einbrecherwerkzeug.»

«Du schleppst einen Schraubenzieher mit dir herum?»

«Ich habe ihn heute Morgen eingesteckt, da man nie wissen kann.»

«Hör mit dem Blödsinn auf», rief Andrina. Ihr Unwohlsein verstärkte sich und wich Angst. Angst vor Gabi. «Damit kommst du nicht rein.»

«Ich habe ein Sackmesser im Sortiment.» Gabi suchte erneut in ihrer Tasche und hielt ihr ein rotes hin.

Sackmesser … Hallwil …

«Was ist?», fragte Gabi.

Andrina erwiderte nichts und starrte das Messer an.

«Damit sollte es gehen.» Gabi klappte es auf und inspizierte die Klinge.

«Ich glaube …» Andrina brach ab, als zwei Parkfelder neben ihr ein Wagen hielt. «Sie kommt nach Hause.»

Gabi klappte das Messer zu und packte es zurück in die Tasche.

Corina Burkhard stieg nicht aus. Sie steckte eine offenbar selbst gedrehte Zigarette, die die Form eines schmalen Kegels hatte, in den Mund und zündete sie an. Sie lehnte den Kopf gegen die Stütze und inhalierte tief. Zweimal zog sie mit geschlossenen Augen und liess den Rauch langsam durch die Nase entweichen.

«Die kifft ja!», rief Gabi.

Andrina schaute genauer hin. Gabi hatte recht. Das war eindeutig ein Joint.

Als ob Corina Burkhard sie gehört hätte, schaute sie in ihre Richtung. Sie stieg aus und kam mit grossen Schritten zu ihnen herüber. Mit dem Joint im Mundwinkel klopfte sie gegen das Fenster.

Andrina setzte ein Lächeln auf und liess das Fenster herunter. Der süssliche Geruch von Marihuana wehte ins Innere. Andrina bemühte sich, oberflächlich zu atmen.

«Was wollen Sie hier?», herrschte Corina Burkhard sie an.

«Wir haben jemanden besucht», kam Andrina Gabi zuvor.

«Das soll ich Ihnen glauben», zischte Corina Burkhard. «Passen Sie auf, was Sie machen», fügte sie kaum hörbar an. «Wenn Sie mir nachstellen, hat das erhebliche Konsequenzen.»

«Wo sind Marco und mein Sohn?», rief Gabi.

«Woher soll ich das wissen? Mir ist es ehrlich gesagt egal.» Sie beugte sich ein Stück dichter ans Fenster. «Obwohl, ganz egal ist es mir nicht. Meinen Liebhaber hätte ich gerne zurück.»

Gabi prallte zurück, als habe sie eine Ohrfeige bekommen.

«Ich muss Ihnen nicht sagen, zu welchen Sachen er im Bett fähig ist.»

Sie nahm einen tiefen Zug und richtete sich auf.

«Verschwinden Sie von hier und wagen Sie es nicht mehr, herzukommen, wenn Sie keine Schwierigkeiten bekommen wollen.»

Mit wiegenden Hüften und den Joint in der erhobenen Hand schwenkend schlenderte sie zum Block.

Gabi machte Anstalten auszusteigen. Andrina legte ihre Hand auf ihren Arm und hielt sie zurück. «Lass sie. Sie sitzt am längeren Hebel. Leider.»

***

«Ich hoffe, wir verstehen uns.» Wagners Stimme wurde mit jedem Satz eine Spur kälter.

«Wir sind ihr nicht gefolgt oder haben sie anderweitig belästigt.»

«Verdammt, Andrina!»

Andrina hielt den Telefonhörer ein Stück vom Ohr entfernt. Damit hätte sie rechnen müssen. Corina Burkhard hatte sich sofort bei Max Wagner über sie beschwert.

«Verdreh nicht die Tatsachen.»

«Wie gesagt, wir wollten jemanden besuchen.»

«Wen bitte?»

«Als wir im Auto sassen, parkierte sie neben uns», sagte Andrina, Wagners Frage ignorierend.

«Haltet uns nicht von unserer Arbeit ab.»

«Nach Arbeit sah das nicht aus», zischte Andrina. «Sie genoss gerade ihren Feierabendjoint.»

«Pass auf, was du sagst.»

«Wenn wir gerade beim Anschwärzen sind. Sie hat ihn genussvoll geraucht.»

«Und pass auf, was du machst. Verleumdung zieht Konsequenzen nach sich.»

«Auch sie sollte aufpassen, was sie macht. Eine Polizistin sollte nicht kiffen und schon gar nicht in der Öffentlichkeit.»

Erst als Andrina das ausgesprochen hatte, bemerkte sie, dass Wagner aufgelegt hatte. Fassungslos starrte sie das Telefon in ihrer Hand an, bevor sie es langsam auf die Station zurückstellte.

«Er glaubt mir kein Wort.»

«Lass es gut sein», sagte Enrico.

Andrina schnaubte.

«Ihr habt euch auch nicht einwandfrei verhalten.»

«Ich weiss.»

«Immerhin hat er nicht gefragt, wen ihr besucht habt.»

«Das hat er. Ich bin es elegant übergangen.»

«Ich habe dir prophezeit, es gibt Ärger. Du kannst von Glück sagen, dass er nicht hier aufgetaucht ist und du eine Anzeige am Hals hast. Corina Burkhard kann euch des Stalkings bezichtigen.»

«Wir sind einmal bei ihrer Wohnung aufgetaucht», rief Andrina. «Einmal ist kein Stalking.»

«Sie kann es so drehen, dass sie das Gefühl hat, ihr hättet sie mehrmals verfolgt.»

«Das liefe unter Falschaussage und …» Andrina brach ab und atmete einmal tief durch. «Ich gebe zu, diese Aktion war unüberlegt. Was sollte ich tun? Hätte ich Gabi nicht begleitet, wäre sie allein losgezogen. Wer weiss, was passiert wäre. Sie ist im Moment unfähig, rational zu denken und zu handeln. Ich kann sie in diesem Zustand nicht allein lassen.»

«Das verstehe ich. Ich verstehe genauso, dass Wagner sauer ist.»

«Diese Frau ist unhaltbar. Sie im September einzustellen war bereits unhaltbar. Max hätte ich eine bessere Menschenkenntnis zugetraut. Diese Frau unternimmt nichts.»

«Sondern geniesst ihren wohlverdienten Feierabendjoint.»

«Das ist nicht witzig.»

«Dich muss es nicht kümmern, was sie in ihrer Freizeit tut.»

«Nochmals. Als Polizistin sollte sie keine Drogen konsumieren. Ich finde es bedenklich.»

«Dem stimme ich zu. Doch es ist ihre Angelegenheit, und falls es für sie Probleme deswegen geben wird, ist es ihr Problem und nicht deins.»

«Mich wurmt, dass Max mir anscheinend nicht glaubt.»

«Eines Tages wird es rauskommen, und es wird für sie Konsequenzen haben.»

«Hoffentlich. Als Polizistin hat sie immerhin eine Vorbildfunktion. Der Konsum und Besitz sind verboten, und es gibt eine Busse, wenn man sich als Otto Normalbürger dabei erwischen lässt.»

«Zehn Gramm sind für den eigenen Konsum und Besitz erlaubt.» Er hob die Hand, als Andrina ihn unterbrechen wollte. «Und es kommt darauf an, was enthalten ist.»

«Wie meinst du das?»

«CBD ist nicht berauschend. Dieser Wirkstoff hat eine beruhigende, schmerzstillende und krampflösende Wirkung und kommt in der Medizin zum Einsatz. Anders sieht es mit dem THC aus. Dieser Wirkstoff ist berauschend.»

«In dem Kraut, das sie geraucht hat, wird genügend vom Letzteren und nichts vom Ersten enthalten sein. Wie viel braucht man für einen Joint?»

«Woher soll ich das wissen? Ich denke, das hängt von dem jeweiligen Konsumenten ab. Mit zehn Gramm wirst du einige drehen können.»

Andrina liess sich neben Enrico auf das Sofa fallen.

«Nerv dich nicht. Das bringt nichts. Was sie raucht, ist nicht dein Problem», sagte Enrico noch mal.

Sie lehnte ihren Kopf gegen seine Schulter. «Das nicht, aber es fördert das Vertrauen nicht gerade, wenn man weiss, dass eine kiffende Polizistin dafür verantwortlich ist, André zu finden. Wer weiss, mit was sie sich sonst zudröhnt.»

«Ich gebe dir recht.»

«Allgemein fördert weder Max noch jemand anderer aus seinem Team das Vertrauen. Ich kann Gabi verstehen, wenn sie allen misstraut.»

«Ich finde wie du das Verhalten und die Art, wie sie an die Sache herangehen, befremdlich. Gabis Vermutung, Frau Burkhard halte Marco versteckt, finde ich jedoch weit hergeholt, und sie geht damit eindeutig zu weit. Allerdings bin ich wie sie der Meinung, Frau Burkhard ist die Falsche für diese Aufgabe, wenn sie tatsächlich mit ihm zusammen ist.»

Befangenheit, dachte Andrina. Wusste Max von Corina Burkhards Beziehung zu Marco? War die Angst um Marco der Grund, weshalb sie zum Joint gegriffen hatte?

Andrina konnte Gabis Bedenken immer besser nachvollziehen. Die Situation war verzwickt. Sollte sie ihr den Vorschlag machen, einen Detektiv zu engagieren? Dafür fehlte Gabi das Geld.

EINUNDZWANZIG

«Nonno!», rief Rebecca, als es klingelte, und stürmte los. Sie reckte sich nach dem Türgriff. Andrina hob sie hoch und öffnete die Tür.

«Hallo, Andrina», sagte Claudio Feller. Gestern Abend hatte er angerufen. Er sei in Aarau und wolle gerne spontan für einen Besuch vorbeikommen.

Jedes Mal wenn Andrina Claudio gegenüberstand, sprang ihr seine Ähnlichkeit mit Marco und Enrico ins Auge. Die gleichen Gesichtszüge und die gleiche Statur. Mit einem Unterschied. Claudio hatte schneeweisse Haare und trug eine Brille. Die Brille liess die Augen, die das gleiche strahlende Blau wie Marcos hatten, hervorstechen.

Rebecca war offenbar über ihren eigenen Mut erstaunt und vergrub ihr Gesicht in Andrinas Halsbeuge.

Zum ersten Mal war sie ihrem Grossvater an Andrinas und Enricos Hochzeit im vergangenen September begegnet. Andrina hatte Enrico überredet, seinem Vater eine Einladung zu schicken, da sie der Ansicht war, man sollte Vergangenes endlich ruhen lassen. Zu ihrer Freude hatte Claudio die Einladung angenommen. Enricos Stiefmutter, Marcos leibliche Mutter, war der Hochzeit ferngeblieben.

Nach Weihnachten war Claudio kurz allein da gewesen und hatte Rebecca ein Geschenk gebracht. Anschliessend hatte er Gabi und André besucht. Laura war lieber in Ascona geblieben, wo sie nach Claudios Pensionierung hingezogen waren. Andrina hatte sich gefragt, ob sie je über ihren Schatten würde springen können. André war immerhin ihr leibliches Enkelkind. Wenigstens war der neu entstandene Kontakt zu Claudio ein Anfang.

Ein Wagen mit Tessiner Kennzeichen setzte rückwärts aus der Einfahrt und blieb am Strassenrand stehen. Am Steuer erkannte Andrina Laura. Dieses Mal war sie offenbar mit nach

Aarau gekommen. Sogar auf diese Entfernung konnte Andrina ihren verkniffenen Mund mit der Missbilligung erkennen.

Als Andrina mit Marco zusammen gewesen war, hatte Laura sie deutlich merken lassen, in Andrina nicht die ideale Schwiegertochter zu sehen. Soweit Andrina wusste, war Gabi das gleiche Schicksal zuteilgeworden.

«Die ideale Schwiegertochter für meine Stiefmutter muss offenbar erst geboren werden», hatte Enrico einmal gesagt.

«Laura kann gerne reinkommen», sagte Andrina und nahm Claudios Mantel entgegen.

«Sie möchte eine Freundin besuchen.» Claudio trat ein und schloss die Haustür hinter sich, ohne Laura zum Abschied zuzuwinken.

Er reichte Andrina eine Schachtel mit der Aufschrift einer Confiserie.

«Das wäre nicht nötig gewesen», sagte Andrina.

«Ich habe gesagt, ich bringe das Zvieri mit.»

Er folgte Andrina in die Küche. «Schade, dass Enrico nicht da ist», sagte er und setzte sich auf einen Stuhl.

«Er musste ins Tessin und kommt erst übermorgen, am Mittwochabend, zurück. Es gibt Probleme im Tessiner Aussendienstteam, und Enrico hat es zur Chefsache erklärt.»

«Ausgerechnet im Tessin. Welche Ironie.» Claudio lachte.

«Wenn ich gewusst hätte, dass ihr in Aarau seid, hätten wir am Wochenende abmachen können.»

«Wir waren Samstag und Sonntag eingeladen.»

«Warum seid ihr hier? Ascona finde ich in dieser Jahreszeit die bessere Wahl.»

«Eine von Lauras Freundinnen feiert einen runden Geburtstag und macht eine riesige Party.»

«Wie lange seid ihr da?»

«Fast eine Woche. Es tut mir leid, dass ich mich nicht früher gemeldet habe.»

«Das ist kein Problem. Ich freue mich, dass du da bist.»

Rebecca wurde mutiger und machte einige zögernde Schritte auf Claudio zu.

Er beugte sich zu ihr und streckte die Arme aus. *«Vieni, piccola.»*

Rebecca zeigte mit dem Finger auf ihn. *«Nonno.»* Sie stapfte auf ihn zu und erlaubte Claudio, sie auf den Schoss zu heben.

«Man sieht ihr an, eine hübsche Mutter zu haben.»

«Na ja», erwiderte Andrina.

«Sie wird dir immer ähnlicher.»

Andrina stellte Teller auf den Tisch und bereitete Kaffee zu.

Nachdem Andrina den Kuchen verteilt hatte, setzte sie sich Claudio gegenüber.

«Ich wollte André besuchen und bin aus allen Wolken gefallen, als ich von seinem und Marcos Verschwinden hörte. Das ist nun über eine Woche her. Ich hoffe, man weiss inzwischen Näheres.»

«Nein. Es ist, als habe sich eine Erdspalte aufgetan und die beiden verschluckt.»

«Wenn ich Gabi helfen könnte.»

«Das kann keiner.»

«Diese Ungewissheit muss das Schlimmste sein.»

Dem konnte Andrina nur beipflichten.

«Hoffentlich findet die Polizei sie bald.»

«Hattest du in letzter Zeit Kontakt zu Marco?», fragte sie.

«Nein. Er hat sich seit seiner Rückkehr rargemacht. An Weihnachten und Neujahr haben wir kurz miteinander telefoniert. Als ich nach Weihnachten hier war, wollte ich bei ihm vorbeischauen. Weder Laura noch er waren angetan von dieser Idee, und es blieb wieder nur bei einem kurzen Telefongespräch.» Er schob ein Stück Kuchen in den Mund, und sie assen schweigend.

Es erstaunte Andrina, dass Marco offenbar keinen Kontakt zu seinen Eltern gesucht hatte.

«Laura ist beleidigt, da er ohne grosse Ankündigung zu seiner Weltreise aufgebrochen war», fiel ihr Gabis Antwort ein, als Andrina sie gefragt hatte, ob Laura und Claudio Kontakt mit ihr und André hätten. «Bei mir hat sie sich seit meiner Trennung von Marco nicht mehr gemeldet», hatte Gabi hinzugefügt. «Darüber bin ich nicht böse. Diese Gewitterhexe kann meinetwegen dorthin, wo der Pfeffer wächst.»

«Becca mehr.» Rebecca schob ihren Teller näher an den Kuchen.

«Nur ein kleines Stück», sagte Andrina.

Ein Lächeln huschte über Claudios Gesicht, als Rebecca es in den Mund stopfte. «Als befürchte sie, man werde es ihr wegnehmen.»

«Beim Essen kennt sie keine Kompromisse und besonders bei Süssem nicht. Möchtest du einen zweiten Kaffee?»

«Gerne.» Claudio hielt ihr seine Tasse hin. «Mir fällt gerade ein, Laura hat mit Marco telefoniert.»

Erstaunt hielt Andrina in der Bewegung inne. «Wann?»

«Das muss zwei oder drei Tage vor seinem Verschwinden gewesen sein. Zu meiner Verwunderung haben die beiden recht lange miteinander gesprochen. Ich hatte einen Spaziergang gemacht, von dem ich zurückkam. Ich wusste nicht, wen sie am Draht hatte, und ging davon aus, es sei eine ihrer Freundinnen, so entspannt, wie sie geplaudert hat. Erst gegen Ende des Gesprächs habe ich es realisiert.»

«Weisst du, worüber die beiden gesprochen haben?»

«Nein. Sie hat sich ausser Hörweite begeben und danach nichts erzählt. Bis auf die Tatsache, wie erbost sie darüber war, dass Gabi es Marco mit André schwer macht. ‹Sie soll nicht so eine Zicke sein›, hat Laura gesagt. Ein Kind brauche seinen Vater.»

Marco hatte mit Laura über dieses Thema gesprochen, dachte Andrina überrascht. Und das bei einem ersten langen Gespräch nach … wie lange war das her?

«Bist du sicher, dass die beiden früher keinen intensiven Kontakt hatten?»

«Soweit ich weiss, nicht.»

Das musste nichts heissen. Marco und Laura konnten miteinander telefoniert haben, wenn Claudio nicht in der Nähe war. Warum verheimlichte Laura ihrem Mann diese Gespräche?

Rebecca rutschte von Claudios Schoss und zog an seinem Arm. «*Nonno*, Becca spielen.»

«Geh nur», sagte Andrina.

Während Andrina den Tisch abräumte, überlegte sie, was es bedeuten konnte, dass Laura und Marco kurz vor seinem Verschwinden lange miteinander telefoniert hatten. Vermutlich nichts. Andrina folgte den beiden in Rebeccas Zimmer. Zusammen bauten sie einen Bauernhof mit Legosteinen auf.

Andrina merkte nicht, wie die Zeit verging, und war erstaunt, als es an der Tür klingelte. Draussen war es dunkel.

«Wir werden noch eine Woche da sein», sagte Claudio, als sie hintereinander die Treppe nach unten liefen. «Meinst du, es wäre möglich, dass ich mit Rebecca einen Ausflug unternehme? Ich würde gerne mit ihr in den Zoo fahren.»

«Natürlich», sagte Andrina.

«Morgen?»

«Das ist perfekt.»

Lauras Gesicht war verkniffen, als Andrina die Tür öffnete.

«Ich rufe dich noch an», sagte Claudio und schlüpfte in seinen Mantel. Er verabschiedete sich mit drei Wangenküssen und folgte Laura zum Auto.

«Hast du gewusst, dass Marco kurz nach eurem Telefongespräch verschwunden ist?», hörte Andrina Claudio fragen. «Du musst der Polizei erzählen, worüber ihr gesprochen habt.»

«Muss ich nicht, weil wir über Belangloses geredet haben. Es ist privat und geht die nichts an.»

«Vielleicht gibt es einen versteckten Hinweis.»

«Nein. Aber ich muss sagen, der Junge hat das einzig Schlaue getan. Der Tipp hätte glatt von mir kommen können.» Laura stieg in den Wagen.

«Meinst du, André zu entführen?» Das Entsetzen in Claudios Stimme war deutlich. Die Türen des Wagens schlugen zu. Andrina schaute dem Auto nach und versuchte zu begreifen, was Laura gerade gesagt hatte.

***

«Kann Laura Marco geholfen haben, André zu entführen?», fragte Andrina und wechselte den Telefonhörer von der linken auf die rechte Seite.

«Das kann ich mir nicht vorstellen», erwiderte Enrico.

Durch den Hörer drangen gemurmelte italienische Wortfetzen an ihr Ohr. Sie waren beim Essen, hatte Enrico Andrina wissen lassen. Zwischen dem Hauptgang und dem Dessert war er kurz rausgegangen, um mit Andrina zu telefonieren.

«Als gehässig genug stufe ich sie ein.»

«Andrina! Gehässig sein muss nicht automatisch eine Entführung nach sich ziehen.»

«Sich ausschliessen muss es nicht.» Im Babyfon knackte es. Das Lämpchen zeigte weiterhin Grün. «Laura hat sich Enkel gewünscht. Aber nicht von mir und nicht von Gabi. Da Marco es offenbar nicht schafft, eine geeignete Schwiegertochter zu finden, sieht sie ihre Felle davonschwimmen.»

«Und schnappt sich André? *Amò*, das klingt mir zu fest nach einem schlechten Kriminalroman.»

«Ich muss dir nicht erklären, was heutzutage alles möglich ist.»

«Okay, das stimmt. *Un momento.*» Sie hörte, wie Enrico jemandem sagte, er werde gleich kommen.

«Glaubst du nicht, Claudio wüsste das?», fragte er gleich darauf.

Gute Frage. Claudio hatte weder ein Problem mit Gabi noch mit Andrina. Im Gegenteil, er freute sich, weil sie wieder Kontakt hatten und er mit seinen beiden Enkeln etwas machen konnte, wenn er in Aarau war. Sein Frust über Lauras Verhalten war nicht zu übersehen. Ausserdem hatte Andrina den Verdacht, dass es zwischen Claudio und Laura nicht zum Besten stand. Den Eindruck, die beiden seien nur in einer Zweckgemeinschaft zusammen und lebten aneinander vorbei, hatte sie schon länger.

Er hatte sich weiter gefestigt, während sie mit Claudio am Nachmittag über dieses und jenes geplaudert hatte. Sobald das Gespräch zu Laura driftete, hatte Claudio das Thema gewechselt. Oder spielte er ihr was vor, damit sie das annahm. Das wollte Andrina nicht glauben. Der Eindruck, den die beiden über ihre Beziehung vermittelten, war nicht neu. Allerdings wusste Andrina nicht, worum es in ihren familiären Konflikten ging. Ausserdem traute Andrina es Claudio nicht zu, in eine Entführung verwickelt zu sein.

«Er hat keine Ahnung», sagte sie daher mit Nachdruck. «Falls Laura an der Entführung beteiligt ist, hält sie die beiden nicht bei sich versteckt. Sie kann geholfen und Marco eine Unterkunft organisiert haben. Oder sie hält ihm den Rücken frei.»

«Wie soll sie dieses bewerkstelligen, ohne dass Claudio es mitbekommt? Was hätte sie ausserdem davon?»

«Keine Ahnung.» Falsch, dachte Andrina. Laura hatte Gelegenheiten. Immerhin hatte sie Claudio die Telefonate vorenthalten und liess ihn nicht wissen, worüber sie mit Marco gesprochen hatte.

«Seit wann sind sie in Aarau?», fragte Enrico.

«Seit fast einer Woche und sie bleiben sieben weitere Tage.»

«Kamen sie vor oder nach Andrés und Marcos Verschwinden her?»

«Kurz danach. Gemäss Claudio sind sie öfter getrennte Wege gegangen. Laura hat angeblich ihre Freundinnen besucht. Claudio hat es vorgezogen, sie nicht überallhin zu begleiten.»

«Ich denke, es gibt ein zeitliches Problem.»

«Wieso?»

«Wenn sie in Aarau sind, kann Laura ihm nicht im Tessin Unterschlupf geben», sagte Enrico.

«Wieso im Tessin?», fragte Andrina. Sie dachte einige Sekunden nach. «Du hast recht. Er kann in ihrem Haus sein. Das wäre sogar die perfekte Lösung.»

«Das geht nur so lange, wie sie hier sind. Warum glaubst du auf einmal, Marco steckt hinter der Entführung? Bisher hast du ihn in Schutz genommen.»

«Ich bin ehrlich gesagt hin- und hergerissen. Ich kann es mir nicht vorstellen. Wenn nun aber Laura ins Spiel kommt – warum nicht?»

Enrico schwieg. Durch den Hörer konnte Andrina das Klingeln eines Telefons hören und kurz darauf eine Männerstimme, die *«pronto»* sagte. Im Anschluss bestätigte der Mann eine Tischreservation für eine Gruppe von sechs Personen für den nächsten Tag.

«Laura ist überaus korrekt», sagte Enrico. «Falsch, sie will alles korrekt machen, und jeder, der sich ihrer Meinung nach unkorrekt verhält, wird von ihr verurteilt. Egal, wie klein das Vergehen ist. Eine Entführung passt nicht zu ihr. Nie würde sie mit dem Gesetz in Konflikt geraten.»

«Marco ist ihr einziger Sohn, Einzelkind …»

«Ich bin ebenfalls als Einzelkind aufgewachsen.»

«Deine Mutter war nicht wie Laura, so wie du sie mir geschildert hast. Ihr hattet andere Voraussetzungen.» Enrico war in ärmlichen Verhältnissen aufgewachsen, und seine Mutter war eine Aussenseiterin gewesen, weil sie ein uneheliches Kind hatte.

«Zu Laura passt der Begriff Helikoptermutter», fuhr Andrina fort. «Sie ist immer um Marco herumgeschwirrt, auch als er erwachsen war. Wenn ihm Unrecht widerfahren ist, konnte sie das nicht ignorieren. Das war zumindest mein Eindruck, und Marco war damals sichtlich genervt davon, hat aber um des Friedens willen den Mund gehalten.»

«Egal, wie ihre Charakterzüge sind, für mich geht es zu weit, ihr eine Entführung unterstellen zu wollen. Was sagt Gabi?»

«Mit ihr habe ich darüber nicht gesprochen», erwiderte Andrina.

«Das ist wohl besser so.»

ZWEIUNDZWANZIG

Andrina fuhr geradeaus, als die Umfahrungsstrasse T5 endete. Auf der Autobahn hatte es einen Stau gegeben, wie eben in den Verkehrsnachrichten mitgeteilt worden war, und auf der Fahrspur, die zur Autobahn führte, stockte der Verkehr. Beim Kreisel in Schafisheim nahm sie die zweite Ausfahrt. Normalerweise fuhr sie gerne durch das anschliessende grosse Waldstück. Heute war das nicht so. Die Bäume wirkten ohne Laub wie düstere Gerippe und unheilverkündend.

Im nächsten Kreisel nahm sie die erste Ausfahrt und erreichte kurz darauf Wildegg. Vor dem Kreisel im Ortszentrum staute es sich, und sie warf einen Blick zum Schloss. Vergangenen Mai war sie mit Enrico dort gewesen und hatte auf dem Setzlings-Markt einige Tomaten- und Salatpflanzen gekauft.

Nachdem sie durch den Kreisel gefahren war, bog sie links ab und überquerte die Aare. Sie führte nach wie vor viel Wasser.

Sie bog rechts ab und folgte dem Strassenverlauf, der sie an Schloss Wildenstein vorbei und hangaufwärts nach Veltheim führte. Andrina fuhr am Restaurant Bären vorbei und bog bald darauf ab. Sie erreichte das Bed and Breakfast, in dem Claudio und Laura untergekommen waren.

Ausser dem Auto von Claudio und Laura stand kein weiteres vor dem Haus. Andrina betrachtete das weisse Gebäude mit den blauen Fensterläden. Auf der rechten Seite hatte es einen Holzanbau, der nicht zu dem Stil des Hauses passte. Wäre nicht das Schild mit dem Pensionsnamen angebracht gewesen, hätte es ein ganz normales Einfamilienhaus sein können. Ein Plattenweg führte zur Haustür und ein zweiter hinter das Haus in den Garten. Von Claudio wusste Andrina, dass es vier oder fünf Zimmer gab. Die Eigentümer wohnten im Haus nebenan.

Andrina stieg aus und lief mit Rebecca auf die Pension zu.

Sie traf Claudio und Laura in dem kleinen hellen Frühstücksraum an. Es gab vier Vierertische. Claudio und Laura waren die einzigen Gäste. Sie sassen an einem Tisch vor dem Terrassenfenster und hatten einen Cappuccino vor sich stehen.

Claudio stand auf, als er Andrina und Rebecca bemerkte. Laura sah alles andere als erfreut aus, Andrina zu sehen.

«Setz dich zu uns», sagte Claudio.

Ungern kam Andrina der Aufforderung nach. Lauras Mund wurde schmaler.

Ein Mann mit schütteren braunen Haaren und einem Bart trat zu ihnen und musterte Andrina. «Sind Sie Gäste des Hauses?»

«Das nicht», kam Claudio Andrina zuvor. «Meine Schwiegertochter und meine Enkelin.» Dabei wies er nacheinander auf Andrina und Rebecca.

Laura war bei dem Wort Schwiegertochter zusammengezuckt. Warum konnte sie nicht endlich über ihren Schatten springen? Was befürchtete sie?

«Wenn das so ist. Was darf ich Ihnen bringen?», fragte der Mann.

«Gerne einen Cappuccino und eine heisse Schokolade für meine Tochter», antwortete Andrina.

«Bitte nehmen Sie das auf unser Zimmer», sagte Claudio.

Damit war Laura offenbar nicht einverstanden, wenn Andrina den wütenden Blick richtig deutete, den sie Claudio zuwarf. Wenigstens schwieg sie. Eine Diskussion, wer wen aushielt, brauchte Andrina beim besten Willen nicht. Ihr war die Situation peinlich genug.

«Das geht aufs Haus», sagte der Mann und verschwand in einem Raum, der die Küche sein musste.

«Das ist der Eigentümer der Pension», wandte Claudio sich an Andrina. «Er hat das Bed and Breakfast vor zwei oder drei Jahren eröffnet.»

Der Mann kehrte nach einigen Minuten mit den Getränken zurück. «Es war mein Traum, eine kleine Pension zu haben», sagte er. «Als wir das Haus von meinen Eltern übernommen haben, haben meine Schwester und ich die Gelegenheit beim Schopf gepackt und um- und angebaut.»

«Er hat alles selbst gemacht.» Claudio machte mit der Hand eine Bewegung, die den gesamten Raum, der den alten und neuen Teil verband, einschloss.

«Es ist schön», sagte Andrina und schaute sich um. Die Einrichtung war modern, und es erweckte einen gemütlichen Eindruck, was an dem dunklen Holzboden, den Sichtbalken und dem dunkelblauen Kachelofen, die zum alten Teil des Hauses gehörten, liegen musste.

«Meine Schwester wollte den Ofen behalten», sagte der Mann.

Ein Handy klingelte.

«Bitte entschuldigen Sie mich», sagte er. Er nahm das Handy aus der Gesässtasche und entfernte sich.

«Heute ist Dienstag. Müsstest du nicht im Verlag sein?», fragte Claudio.

«Ich bin bis Freitag krankgeschrieben.»

«Stimmt, das hast du gestern erwähnt. Wie geht es deinem Kopf?»

«Hin und wieder brummt er ein wenig, aber es ist vernachlässigbar.»

Sie plauderten über das Wetter und über Andrinas Arbeit beim Verlag. Wiederholt versuchte Claudio Laura mit ins Gespräch zu ziehen, aber sie schwieg hartnäckig.

Nachdem Rebecca ihre Schokolade ausgetrunken hatte, erhob Claudio sich.

«Wollen wir abfahren?», fragte er Rebecca.

«Sì, nonno.» Sie rutschte von Andrinas Schoss, umrundete den Tisch und streckte ihm die Arme entgegen. Claudio kam der Aufforderung nach und hob sie hoch.

«Wann seid ihr zurück?» Lauras erste Worte. Sie klang wie eine knarzende Tür.

«Am späten Nachmittag. Das hängt von der Stausituation ab. Wir werden in den Feierabendverkehr kommen. Ich muss dir nicht erklären, wie der Verkehr um diese Zeit von Zürich in den Aargau ist.»

Ohne ein weiteres Wort stand sie auf und durchquerte mit ausgreifenden Schritten den Raum.

«Geht ihr nicht zusammen?»

«Hast du das erwartet?» Claudio klang frustriert. «Wenn du wüsstest, was wir für Diskussionen geführt haben. Rebecca sei nicht ihr Enkelkind, und sie habe keine Verpflichtungen. Egal, ob leibliches Enkelkind oder nicht. Bei André wäre es nicht anders. Du möchtest nicht wissen, wie fusselig ich mir den Mund geredet habe.»

Andrina blickte weiterhin auf die Tür, durch die Laura verschwunden war.

Laura war gealtert, seit Andrina sie zum letzten Mal von Nahem gesehen hatte. Die Haare waren nachlässig frisiert. Ihr Gesicht war von tiefen Falten durchzogen, und die Mundwinkel deuteten steil nach unten.

Eine verhärmte Frau, dachte sie. Warum machte sie sich und anderen das Leben so schwer?

Andrina schielte zu Claudio, der dagegen vor Unternehmungslust strotzte. Als Andrina Marco kennengelernt hatte, waren er und Laura glücklich gewesen. Das hatte sich schlagartig geändert, nachdem bekannt geworden war, dass Claudio einen weiteren Sohn aus einer früheren Beziehung hatte. Es hatte so ausgesehen, als würde die Ehe der beiden scheitern.

Sie folgte Claudio und Rebecca nach draussen. Claudio holte seinen Wagen und hielt hinter Andrinas an, und sie wechselten den Kindersitz. Andrina reichte Claudio die Tasche mit Wickelutensilien, einer Flasche mit Wasser, Äpfeln und Müesliriegeln für den Notfall.

Andrina blickte dem Wagen nach und hob die Hand, als er sich entfernte. Unbehagen stieg in ihr auf. Sie brauchte einige Sekunden, bis sie begriff, dass es nicht an der Frage lag, ob Claudio und Rebecca ihren ersten gemeinsamen Tag meisterten.

Langsam drehte sie sich um und blickte zum Gebäude. Es war, als würde sie jemand beobachten. Eine Frau, die dem Eigentümer der Pension wie aus dem Gesicht geschnitten war, verliess das Haus. Das musste die Schwester sein. Sie schaute kurz zu Andrina, bevor sie zu einer Art Schuppen neben dem Parkplatz ging und darin verschwand. Ein VW hielt zwei Parkfelder von Andrinas Wagen entfernt. Ein Mann und eine Frau in Andrinas Alter stiegen aus. Sie betraten das Gebäude.

Das Gefühl, beobachtet zu werden, blieb. Im oberen Stock bewegte sich ein Vorhang. Andrina meinte, die Silhouette einer Person zu erkennen, die sich vor dem erleuchteten Fenster abhob. War es Laura, die herausschaute?

Andrina sass in ihrem Wagen. Sie starrte auf die Pension. Es war, als starrte diese zurück.

So eine blödsinnige Idee, zu warten, bis Laura die Pension verliess, dachte sie und spielte mit dem Autoschlüssel in ihren Händen. Was erhoffte sie sich? Dass Laura zu Marco ging oder er sogar herkam? Was wollte sie unternehmen, falls Laura wegging?

Laura würde nicht kommen. Die Person, die sie vorhin gemeint hatte zu sehen, war verschwunden und das Licht in dem Raum ausgeschaltet. Das musste nichts heissen. Laura konnte weiterhin hinausschauen. Sie würde nichts unternehmen, solange sie Andrinas Wagen sah.

Andrina startete den Motor und fuhr ein Stück zur Hauptstrasse, bevor sie am Strassenrand anhielt. Das Bed and Breakfast konnte sie von hier nicht erkennen.

Hör auf damit, dich wie ein schlechter Detektiv zu verhalten, sagte sie sich. Sie wird nicht kommen.

Laura gehörte zu den bequemen Personen, wie Claudio sich einmal bei Andrina beschwert hatte. «Früher war sie unternehmungslustiger. Heute sitzt sie lieber auf der Terrasse und liest ein Buch.»

Das sah man Lauras Leibesfülle an, dachte Andrina und musste grinsen.

Falls ihre Vermutung stimmte und Laura Marco beim Untertauchen half, würde das nicht aktiv geschehen, sondern vom Sofa aus.

Hinter ihr hielt ein silbriger Wagen. Ein Mann stieg aus und überquerte die Strasse. Er verschwand in der Einfahrt eines Hauses.

Langsam wurde es kalt. Andrina zog den Reissverschluss ihrer Jacke zu. Diese Aktion brachte nichts. Eventuell wurde sogar ein Anwohner misstrauisch, was sie hier tat. Aufmerksamkeit auf sich zu ziehen war das Letzte, das sie gebrauchen konnte.

Andrina wollte den Motor starten, hielt aber in der Bewegung inne, als sie im Seitenrückspiegel eine Person erblickte, die vom Bed and Breakfast kam. Sie beugte sich vor. Es war schwer zu erkennen, ob es sich um Laura handelte. Die Kappe war tief ins Gesicht gezogen, und der Schal verdeckte die untere Hälfte des Gesichtes. Dafür stimmten Grösse und Figur. Das Gleiche galt für ihre Art der Fortbewegung. Dieser schlurfende Gang war unverkennbar. Es musste Laura sein.

Nachdem Laura mehrmals nach rechts und links geschaut hatte, lief sie in die von Andrina entgegengesetzte Richtung hangaufwärts zur reformierten Kirche.

Ohne lange nachzudenken, stieg Andrina aus und setzte die Kappe auf. Sie schlenderte hinter Laura her. Als Laura um die Kurve bog und aus Andrinas Blickfeld verschwand, verringerte Andrina den Abstand und bemühte sich danach, weiter entspannt hinter ihr herzuschlendern.

Laura erreichte die Hauptstrasse. Sie blieb stehen und schaute kurz zu ihr. Gerade rechtzeitig konnte Andrina sich umdrehen. Sie bückte sich und tat, als würde sie die Schuhe neu binden. Vorsichtig schielte Andrina zu Laura und war sich auf einmal nicht mehr sicher, ob sie es war. Die Frau sah schlanker aus, als Laura war.

Die Frau setzte sich in Bewegung. Sie ging an der Kirche vorbei und erreichte die Oberdorfstrasse. Zögernd blieb sie stehen, bevor sie rechts abbog.

Andrina eilte zur Strasse. Die Frau war verschwunden. Andrina hielt sich rechts. Als sie an einem Haus mit einem Holzanbau, der früher ein Stall gewesen sein musste, vorbeiging, erblickte sie die Frau erneut, die genau in diesem Augenblick zu ihr sah. Rasch huschte Andrina unter den überdachten Bereich des Stalles und duckte sich, damit die Büsche sie verdeckten.

Hoffentlich hat sie mich nicht gesehen, dachte Andrina und hielt den Atem an. Und hoffentlich wunderten die Anwohner in dem Haus und der Nachbarschaft sich nicht, was sie hier tat. Vorsichtig spähte Andrina zu der Stelle, an der sie die Frau zuletzt gesehen hatte. Sie stand dort und schaute nach rechts und links, als warte sie auf jemanden. Andrina realisierte das Bushaltestellenschild und die Konditorei dahinter. Die Sekunden verstrichen. Andrina war sich unschlüssig, was sie tun sollte. Lange konnte sie nicht hierbleiben, bis jemand misstrauisch wurde.

Sie zog ihr Halstuch bis zur Nasenspitze hoch und überquerte die Strasse. Dort bückte sie sich und machte sich erneut an den Schuhbändeln zu schaffen. Dabei blickte sie hinter sich. Die Frau entfernte sich Richtung Konditorei. Als Andrina ihr folgen wollte, kehrte sie um und stellte sich zum Bushalteschild. Sie zog ihre Kappe ab und schüttelte sie. Es war eindeutig Laura. Sie setzte die Kappe wieder auf und blickte abermals nach rechts und links und auf ihre Armbanduhr. Andrina war sich unsicher, wie sie sich verhalten sollte, wenn Laura den Bus nahm.

Ein dunkler Wagen näherte sich und hielt bei der Bushaltestelle. Bevor Andrina begriff, was passierte, stieg Laura ein. Es sah aus, als umarme Laura den Fahrer, bevor sie sich anschnallte. Der Wagen wendete und fuhr an Andrina vorbei. Am Steuer sass eine dunkelhaarige Person. Ein Mann.

Verblüfft schaute sie dem Auto nach. War das etwa Marco gewesen? Bevor ihr in den Sinn kam, sich das Kennzeichen zu merken, verschwand der Wagen aus ihrem Blickfeld.

Andrina ärgerte sich über sich selbst. Während sie heimgefahren war, hatte sie sich gefragt, warum sie nicht schneller reagiert hatte. Die Zeit hatte nicht gereicht, um zu ihrem Wagen zu laufen, damit sie Laura hätte folgen können. Aber sie hätte gereicht, um sich das Kennzeichen zu merken. Mehr als AG und eine Drei als erste Zahl wusste sie nicht. Genauso hatte sie nicht erkannt, um welche Marke es sich bei dem Auto gehandelt hatte. Dunkle Wagen mit «AG 3…» gab es genügend.

Deutlich sah sie das Profil des Fahrers vor sich, als er an ihr vorbeigefahren war. Ob Laura oder er Andrina bemerkt hatten, konnte sie nicht sagen.

Inzwischen war sie unsicher, ob es sich beim Fahrer um Marco gehandelt hatte, wie sie überzeugt gewesen war, als sie nach Hause gefahren war. Der Mann hatte zwar Marcos Alter, allerdings trug er einen Bart.

Marco konnte sich so einen wachsen lassen haben. Die Zeit, die er verschwunden war, würde dazu reichen. Doch dunkelhaarige Männer gab es genügend. Das traf auch auf solche mit Bart zu.

Wer sollte es ausser Marco sein?

Als Andrina Rebecca gebracht hatte, war nicht die Rede davon gewesen, Laura habe etwas vor. Das musste nichts heissen. Die Sprache war nicht auf Lauras Pläne gekommen.

Du hättest fragen können, dachte Andrina.

Das würde sie nachholen, wenn sie Rebecca am Abend abholte.

Andrina stand auf und räumte Teller und Besteck in den Geschirrspüler.

Es war ungewohnt, allein zu essen. Im Haus war es still und leer ohne Rebecca. Sie würde die Zeit nutzen, um an dem Lektorat weiterzuarbeiten.

Als sie sich einen Cappuccino zubereitete, klingelte es an der Tür.

Gabi war blass, und ihre Augen waren glasig und rot. Wie ein Gespenst. Andrina überlegte, ob Gabi überhaupt nachts ein Auge zutat.

«Diese Nacht habe ich immerhin eine Stunde geschlafen», sagte sie, als ahnte sie, was in Andrinas Kopf vor sich ging. «Das vermutlich nur, weil ich bei meinen Eltern war.» Sie folgte Andrina in die Küche und nahm dankend das Angebot für einen Cappuccino an.

Andrina war unschlüssig, ob sie Gabi von ihrem Verdacht Laura betreffend erzählen sollte. Es war besser, wenn sie abwartete. Sie musste Gewissheit haben, bevor sie Gerüchte in die

Welt setzte. Gabi würde sofort losstürmen, was der Sache nicht dienlich war. Falls Laura mit dem Verschwinden nichts zu tun hatte, würde das die Beziehung, die ohnehin nicht existierte, nicht bessern oder anders, die Chance auf einen normalen Umgang würde in weitere Ferne rutschen.

«Wo ist Rebecca?»

«Sie ist mit Claudio im Zoo.» Andrina stellte die Tasse vor Gabi auf den Küchentisch.

«Pass auf, dass er sie nicht auch entführt.»

«Wieso?»

«Er ist Marcos Vater.»

Andrina starrte Gabi fassungslos an. «Das ist nicht dein Ernst», flüsterte sie und drängte das aufkeimende Unbehagen zurück.

Laura ... Wusste Claudio mehr? Hatten die beiden ihr ein Theater vorgespielt? Lass das, dachte sie. Zu wem war Laura in den Wagen gestiegen? Die Versuchung, Gabi von ihrem Verdacht zu berichten, wurde grösser.

«Andrés Verschwinden reicht offenbar nicht», kam ihr Gabi zuvor. «Max hat mich angerufen.»

Andrina ahnte Schlimmes.

«Mir hat Max die Hölle heissgemacht, wie dir offenbar auch», fuhr Gabi fort. Sie rührte Zucker in ihren Cappuccino. Normalerweise trank sie ihn ohne Zucker, weil sie abnehmen wollte.

«Fünf Kilo müssen mindestens runter», hatte sie Andrina nach Weihnachten erklärt. Seitdem verzichtete sie auf Süsses.

Heute hatte sie extra nach Zucker gefragt. «Ich brauche Nervennahrung», war ihr Kommentar gewesen.

«Irgendwas vertuschen sie», fuhr Gabi fort. «Marco ist in dunkle Geschäfte verwickelt und musste untertauchen. Anders kann es nicht sein.»

«Oder er hat welche aufgedeckt.»

«Bei der Leib-und-Leben-Truppe?» Gabis Unglaube war deutlich.

«Ich weiss nicht.»

«Warum verhalten sie sich so seltsam und setzen nicht alles daran, ihn und André zu finden?»

«Vielleicht versuchen sie das und verhalten sich deshalb seltsam, weil sie ihre Ermittlungen nicht gefährden wollen.»

«Dass ich nicht lache!» Gabi stellte die Tasse mit Schwung auf die Untertasse. Es klirrte und Kaffee schwappte auf die Untertasse und auf den Tisch.

Ein Pling war zu hören. Gabi holte ihr Handy aus der Handtasche. Sie blickte auf das Display und erbleichte.

«Von Marco», flüsterte sie.

«Was? Was schreibt er?»

Wortlos schob Gabi Andrina das Handy über den Tisch zu.

Hör auf, mir nachzustellen, las Andrina. *Wenn dir Andrés Leben was wert ist, gibst du endlich Ruhe.*

Es war, als seien beide in Schockstarre gefallen. Wie lange dieser Zustand angedauert hatte, konnte Andrina nicht sagen. Es war, als dringe die Botschaft erst nach und nach in ihr Gehirn vor.

«Wir müssen die Polizei rufen», flüsterte sie.

«Nein!»

«Das ist das, worauf alle warten.»

«Dass sich der Entführer meldet? Niemand hat mir geglaubt, es sei Marco.»

Andrina nahm das Handy und klickte auf das Foto des Profils. Es war eindeutig Marco. Moment mal, dachte sie. «Wieso kann er von seinem Handy eine Nachricht schicken?»

Gabi sah Andrina verständnislos an.

«Das Handy war zu Hause, nachdem er verschwunden war, und Max hat es mitgenommen, damit die Kriminaltechniker es untersuchen können.»

«Stimmt», sagte Gabi. «Ich habe es gewusst», rief sie gleich darauf.

«Was?»

«Sie stecken unter einer Decke. Max muss Marco das Handy gegeben haben.» Sie sprang auf. «Denen werde ich meine Meinung sagen.»

Andrina fasste Gabis Arm. «Warte.» Sie starrte auf Marcos WhatsApp-Profil. Enttäuschung machte sich neben dem Entsetzen breit. Andrina kam sich verraten vor. Sie hatte geglaubt, Marco habe sich geändert. Sie hatte ihm eine Chance geben wollen. Dabei war es, wie Gabi gesagt hatte. Er hatte sich verstellt, damit die Leute, Andrina eingeschlossen, auf ihn hereinfielen. Gnadenlos hatte er sein Ziel verfolgt.

Auch von Max Wagner kam sie sich verraten vor, was sie nicht fassen konnte. Wenn sie wüsste, was sie tun sollte.

«Du hast recht», sagte Gabi. «Er wird es abstreiten. Ausser uns gibt es keinen Zeugen, dass er das Handy mitgenommen hat. Sein Wort gegen unseres.»

Es gab ein neues Pling, und vor Schreck hätte Andrina das Handy beinahe fallen gelassen.

Keine Polizei, kam als neue Nachricht.

Gabi riss ihr das Handy aus der Hand. Ihre Finger tippten über die Oberfläche.

Andrina reckte den Hals und schaute auf Gabis Handy. *Du Schwein! Wo ist André? Geht es ihm gut?*, schrieb sie.

Ja, kam es augenblicklich. *Solange du keine Polizei einschaltest.*

Was willst du?

Geh zur Geissflue. Im Gipfelbuch findest du weitere Anweisungen.

Andrina und Gabi starrten sich einen Augenblick an. Als Andrina den Blick auf das Display senkte, war Marco nicht mehr online.

«Ich muss dorthin», rief Gabi und sprang auf.

Andrina hielt sie zurück. «Nicht allein. Dieser Treffpunkt ist einsam. Es kann eine Falle sein. Das ist ein Fall für die Polizei.»

«Nein! Du weisst nicht, ob Max andere Polizisten eingeweiht hat.»

«Das kann ich mir nicht vorstellen», sagte Andrina. «Welchen Grund sollten die Kollegen haben? Sie hätten nichts davon und würden ihren Job nicht riskieren. Wenn zu viele involviert sind, ist es ausserdem zu riskant, dass es auffliegt. Wenn du keinen aus Max' Team möchtest, kontaktiere den Notruf.»

«Nein. Mir ist das Risiko zu gross, dass Max' Team Wind davon bekommt und dies Konsequenzen für André haben könnte. Marco wird nicht wagen, mir was anzutun, wenn ich zur Geissflue gehe.»

«Woher willst du das wissen? Und woher willst du wissen, ob es Marco ist?»

Verständnislos sah Gabi Andrina an. «Die Nachricht ist von ihm.» Sie deutete auf den WhatsApp-Chat auf ihrem Handy.

«Wie soll er es zurückbekommen haben?»

«Natürlich von Max. Das ist die einzige Erklärung.»

«Wenn nicht? Es könnte gestohlen worden sein.»

«Aus dem Polizeikommando?» Gabi lachte auf. «Okay, falls du recht hast, frage ich mich, wie ein anderer als Marco das Handy entsperren soll. Dazu braucht er entweder den Code oder Marcos Fingerabdruck.»

«Das sollte kein Problem sein, wenn er Marco in der Hand hat. Es gibt genügend Möglichkeiten, damit Marco ihm den Code verrät.»

Gabi schnaubte.

«Falls es ihm nicht gelingt, Marco dazu zu bringen, sollte es für jemanden, der Ahnung von Technik hat, kein Problem sein, das Handy zu hacken.»

«Du hast eine wunderbare Phantasie. Warum nimmst du ihn in Schutz? Jetzt, wo alles offensichtlich ist. Ich gehe. Allein, ohne Polizei. Und du wirst sie auch nicht rufen, es sei denn, du möchtest schuld daran sein, wenn er André was antut.»

Kurz vor dem Waldgasthaus Chalet Saalhöhe bog Andrina links in die Barmelweidstrasse ein. Sie folgten dem Strassenverlauf durch den Wald. Zwischen den Bäumen hing Dunst, und am Rand der Strasse zeugten Reste des auf die Seite geräumten Schnees von den intensiven Schneefällen.

Die Gebäude des Klinikareals Barmelweid kamen in Sicht, und Andrina fuhr auf den Parkplatz. Sie schaltete den Motor aus und wandte sich Gabi zu, die geradeaus durch die Windschutzscheibe starrte.

Seit sie Aarau verlassen hatten und durch Erlinsbach gefahren waren, hatte Gabi kein Wort mehr gesprochen.

Andrina war nicht wohl dabei, allein zu dem Treffpunkt zu gehen. Obwohl sie zu zweit waren, war Marco, oder wer hinter den Nachrichten steckte, durchaus in der Lage, ihnen beiden etwas anzutun. Niemand würde es merken, da dort oben momentan kaum jemand unterwegs sein würde.

Sie dachte an die Botschaft. «Schau im Gipfelbuch der Geissflue nach.»

«Wir müssen die Nachricht Susanna zeigen», unternahm Andrina einen neuen Versuch, die Polizei zu kontaktieren. Susanna war ihrer Meinung nach die einzige Möglichkeit. Ihr vertraute sie.

Gabi erwachte aus der Starre. «Vergiss es. Das Risiko ist mir zu gross. Wie kann ich dir das endlich begreiflich machen? Wir dürfen keine Zeit verlieren.»

«Was ist, wenn er uns eine Falle stellt?»

«Es geht um André», rief sie. «Wenn du den Schwanz einziehst, mache ich mich allein auf die Suche.»

Genau so einen Alleingang wollte Andrina verhindern.

Sie stiegen aus, und Andrina warf eine Münze in die Parkuhr.

«Wo beginnt der Weg?», fragte sie.

Sie war zwar mit Enrico vor Rebeccas Geburt hier gewesen, aber so genau erinnerte sie sich nicht mehr, welche Rundwanderwege es gab.

«Bei der Barmelweid», erwiderte Gabi. Woher wusste sie das? «Schauen wir bei der Klinik.»

Da das Trottoir mit Schneematsch bedeckt war, liefen sie am Rand der schmalen Strasse bergab. Als sie das Areal erreichten, hielten sie sich weiter geradeaus bis zur Bushaltestelle.

«Hier», sagte Gabi und deutete auf einen Pfosten mit gelben Wanderwegweisern.

Skeptisch blickte Andrina bergauf. Der Hang war mit Schnee bedeckt, und nur ein Trampelpfad war zu sehen. Welch ein wahnwitziges Unternehmen, um diese Jahreszeit dort hochlaufen zu wollen.

Hintereinander stapften sie bergauf. Das Fortkommen war mühsam. Immer wieder rutschte Andrina aus, obwohl sie Winterwanderschuhe mit gutem Profil trug. Der Weg mündete in einen breiteren Weg, auf dem teilweise der steinige Untergrund hervorragte. Das Fortkommen gestaltete sich geringfügig leichter.

Während sie schweigend weitergingen, überlegte Andrina, wieso Marco den Hinweis auf Andrés Verbleib ausgerechnet auf der Geissflue deponieren musste. Es gab genügend andere einsame Orte.

«Wart ihr schon mal dort?», fragte sie Gabi.

«Was? Wo?»

«Auf der Geissflue.»

«Nein. Wir sind nicht wandern gegangen. Du weisst, wie ungern ich das mache.»

Das war eine Erklärung für die Wahl des Treffpunktes. Marco war ein leidenschaftlicher Wanderer. Als Andrina mit ihm zusammen gewesen war, waren sie regelmässig in den Bergen unterwegs gewesen. Sollte das eine billige Rache sein? Das konnte Andrina sich nicht vorstellen. Sie schwitzte und öffnete den Reissverschluss der Jacke.

Gabi blieb an einer Abzweigung stehen. Der Rundweg führte zurück ins Tal. Waren sie falsch gelaufen?

«Wo ist der Gipfel?», fragte Andrina. «Wir müssen die Abzweigung verpasst haben.»

«Dort geht es weiter.»

«Rundweg Schafmatt?», fragte Andrina.

Der Weg sah nicht vertrauenserweckend aus. Vereinzelt waren spitze Kalksteinfelsen zu erkennen. Nicht gerade ihre bevorzugte Wahl eines Wanderweges, selbst bei besseren Wetterbedingungen.

Entschlossen schlug Gabi den Weg ein. «Komm», rief sie ungeduldig.

Andrina rutschte auf dem nassen Felsen aus und konnte knapp verhindern zu stürzen. Bis jetzt war ihnen keine Person begegnet. Nicht einmal jemand mit einem Hund. Andrina drängte den Gedanken zur Seite, sie könnten ausrutschen, sich verletzen und ausserstande sein, Hilfe zu holen.

Ihr Kopf schmerzte. Eine Wanderung war nichts für eine Gehirnerschütterung, die offensichtlich nicht ganz ausgeheilt war. Sich schonen sah anders aus. Von diesem Ausflug musste der Arzt nichts wissen.

Zur Linken erreichten sie die Grillstelle auf der Rohrerplatte. Andrina blieb stehen. Der Schmerz ebbte zum Glück ab.

Es hatte aufgeklart. Einzelne Sonnenstrahlen drängten durch die Wolken – zum ersten Mal in diesem Jahr. In der Ferne waren sogar die Schemen der Alpen zu erkennen. Die Dampfwolke des Kernkraftwerks Gösgen hob sich deutlich von der Umgebung ab.

Neben sich hörte Andrina Gabis stossweises Atmen. Sie warf ihr einen Seitenblick zu. Gabi hatte die Kappe abgenommen und wischte mit dem Handrücken über die Stirn, auf der Andrina einzelne Schweisstropfen erkannte.

Früher war Gabi in ihrer Freizeit dauernd mit ihrem Bike unterwegs gewesen. Seit der Geburt von André hatte sie es nicht mehr hervorgeholt. Andrina wusste nicht, ob sie es noch hatte. Es rächte sich, dass Gabi keinen Sport mehr trieb. Sie hatte gewichtsmässig zugelegt. Allein das Treppensteigen brachte sie aus der Puste, und sie hatte Andrina öfter damit erschreckt, wenn sie nach Atem ringend in den Verlagsräumen ankam. Andrina hoffte, nur mangelnde Kondition und keine Krankheit waren schuld daran. Gabi darauf anzusprechen hatte sie nicht gewagt.

Gabis Atem beruhigte sich, und Stille umgab sie. Normalerweise liebte Andrina es, fernab von der Hektik in der Natur zu sein, aber heute empfand sie es als bedrohlich. Am liebsten wäre sie umgekehrt, doch sie widerstand dem Drang.

Schweigend standen sie nebeneinander. Ihr Atem hing wie eine weisse Fahne vor ihren Gesichtern. Der Schweiss kühlte in dem leichten Wind ab, und sie fröstelte. Andrina zog den Reissverschluss zu.

«Wir sollten weiter», sagte sie.

Anstatt zu antworten, wandte Gabi sich ab.

Hintereinander setzten sie ihren Weg fort. Sie passierten einen Grenzstein, auf dem sich die verblassten Wappen der Kantone Baselland und Solothurn befanden.

Ein Mann kam ihnen entgegen. Allein. Andrina blieb erstaunt stehen. Furcht machte sich breit. Es war nicht Marco, realisierte sie gleich darauf. Andrina liess den Atem entweichen, den sie angehalten hatte.

Der Mann hatte seine Hände in die Taschen der Winterjacke gesteckt und die Kappe tief ins Gesicht gezogen. Ein Schal deckte die untere Gesichtshälfte bis zur Nase ab. Er rutschte aus, konnte aber verhindern zu stürzen. Ein Fluch, deren Worte Andrina nicht verstand. Er näherte sich und nickte ihnen zu. Leicht hinkend setzte er seinen Weg fort.

Andrina und Gabi erreichten den Aussichtspunkt auf der Geissflue. Zwar sah man hier keine Alpen, aber auch die Aussicht ins Baselbiet war wunderschön. Die Sonne verschwand wieder hinter dichten Wolken, und der Wind frischte auf. Andrina drehte sich um und erblickte die Wegweiser. Daneben gab es eine Tafel. «Geissflue, 962 m», stand darauf. Sie waren richtig. Andrina setzte sich auf die Holzbank.

Von Marco keine Spur. Nach den Fussspuren zu urteilen waren bereits einige Personen hier vorbeigekommen. Welcher der Abdrücke Marco zuzuordnen war, konnte Andrina nicht bestimmen.

«Wo ist er?»

«Nicht da», sagte Gabi. «Das hätte mich gewundert.»

Andrina war verwirrt. Hatte es nicht geheissen, sie wollten sich hier treffen? Sie versuchte sich an den Wortlaut der Nachricht zu erinnern.

«Bevor wir losgezogen sind, hat er geschrieben, er habe die Info im Gipfelbuch deponiert», erinnerte Gabi sie.

Im Gipfelbuch. Das machte keinen Sinn. Dort würde es jeder nachlesen können.

«Ich sehe kein Gipfelbuch», sagte Andrina.

Sie stand auf und drehte sich einmal um sich selbst. Nichts. Sie trat näher an den Abhang und drehte sich abermals um.

Normalerweise waren das Buch und Stifte in einer Militärgamelle deponiert, die nicht zu übersehen war. Oder hatte man sie über den Winter entfernt? Davon ging Andrina nicht aus.

«Es muss hier sein», sagte Gabi. Sie bückte sich und schaute unter die Bank. Sie umrundete sie und prüfte die Bäume rechts und links davon.

«Bist du sicher, dass er diese Stelle gemeint hat?», fragte Andrina. «Wir sind nicht mehr im Aargau, sondern im Baselbiet.»

«Im Baselbiet?», fragte Gabi.

«Ja, im Grenzgebiet von Solothurn, Baselland und dem Aargau. Die Grenzführung ist hier speziell.»

«Was hat das damit zu tun?»

«Er könnte den höchsten Aargauer Gipfel gemeint und es falsch geschrieben haben.»

Gabi blickte sie verständnislos an.

«Nicht die Geissflue, sondern der Geissfluegrat ist der höchste Aargauer Gipfel, der neunhundertacht Meter hoch ist. Dort hat es einen Gedenkstein und so eine Gamelle mit dem Gipfelbuch, wenn ich mich richtig erinnere.»

«Woher weisst du das?», unterbrach Gabi sie.

«Ich habe Enrico den höchsten Aargauer Punkt zeigen müssen.»

«Okay, schauen wir dort nach. Weisst du, wie wir dort hinkommen?»

Andrina fasste Gabis Arm. «Warte.» Sie deutete auf den Metallpfosten, an dem die Wegweiser angebracht waren.

«Digitales Gipfelbuch», sagte Gabi. «Wie soll Marco uns dort eine Nachricht hinterlassen haben?»

«Scan den Code ein», forderte Andrina sie auf.

Gabi holte ihr Handy hervor. «Das funktioniert tatsächlich», sagte sie und tippte auf dem Display herum. «Es hat Infos zur Geissflue. Was soll mir das nützen?»

«Man muss einen Eintrag machen können.»

«Um einen Eintrag zu machen, muss ich mich anmelden», murmelte sie.

«Gilt das auch, um frühere Einträge zu lesen? Er könnte uns

so eine Botschaft hinterlassen haben.» Obwohl es für Andrina unwahrscheinlich war.

Gabi tippte weiter auf dem Handy herum. Andrina zwang sich zur Geduld.

«Hier», rief Gabi. «Für Gabi.»

Andrina stellte sich hinter sie. Gabi deutete mit dem Zeigefinger auf einen Eintrag. «Du hast den Ort gefunden. Mache ein Foto und schicke es mir über WhatsApp als Beweis. Weitere Instruktionen folgen», las sie laut vor. Ihr Kopf ruckte zu Andrina herum. «Was soll das? Veranstaltet er eine Schnitzeljagd?»

***

Andrina parkte neben Claudios Wagen. Claudio hatte Andrina eine Nachricht geschickt, als sie in Zürich abgefahren waren. Offenbar hatte es weniger Stau als befürchtet gehabt, und sie waren gut durchgekommen.

Andrina stieg nicht gleich aus. Nachdem Gabi das Foto abgeschickt hatte, war nichts passiert. Sie waren unverrichteter Dinge zum Wagen zurückgekehrt. Wiederum hatte Andrina Gabi gebeten, Susanna einzuschalten oder den Notruf zu wählen, wovon Gabi nichts wissen wollte.

Nachdem sie zu Hause angekommen waren, hatte es immer noch keine Antwort auf das Foto von der Geissflue gegeben. Gabi hatte eine neue Nachricht an Marco geschickt und gefragt, was das solle. Er solle ihr endlich ihren Sohn wiedergeben. Sie hatten den Nachmittag damit verbracht, in regelmässigen Abständen auf das Handy zu schauen. Eine Antwort war ausgeblieben. Es war Andrina vorgekommen, als wolle er sie verhöhnen. Ungerne hatte sie Gabi gehen lassen, als sie sich auf den Weg gemacht hatte, um Rebecca abzuholen.

«Er weiss, es nützt mir nichts, wenn ich die Polizei kontaktiere», hatte Gabi zum Abschied gesagt. «Er ist sich seiner Sache sicher.»

Andrina hatte Gabi gebeten, sie auf dem Laufenden zu halten.

«Du kannst mich jederzeit anrufen», hatte sie gesagt und Gabi umarmt.

Nach wie vor konnte und wollte Andrina es nicht wahrhaben, dass Marco in der Lage war, seinen Sohn zu entführen. Wenigstens hatte Gabi in Bezug auf Claudio nicht recht behalten, er könnte Rebecca entführen. Diese Angst hatte Andrina unterschwellig durch den Tag begleitet, und sie schämte sich, diese Möglichkeit ins Auge gefasst zu haben.

Ihr Blick driftete den Weg entlang, der durch einen Rosenbogen am Haus vorbeiführte. Man konnte erkennen, wie viel Liebe offenbar in den Garten gesteckt worden war. Bestimmt war es im Sommer eine grüne Oase.

Andrina stieg aus und lief auf das Gebäude zu.

«Wir sind hier», erklang Claudios Stimme aus einem Raum, der sich neben dem Esszimmer befand.

Er sass mit Rebecca auf dem Boden und hatte mit Playmobil einen Zoo aufgebaut. Rebecca sprang auf, als sie Andrina erblickte.

«Becca, *nonno*, Zoo.» Die Begeisterung war nicht zu überhören. Sie streckte Andrina ein Koala-Stofftier entgegen.

«War es gut?»

Heftiges Nicken war die Antwort.

Claudio stand auf. Er machte einen müden, aber zufriedenen Eindruck. «Wir haben es beide genossen. Das muss unbedingt wiederholt werden, nicht wahr?», wandte er sich an Rebecca, die abermals nickte. «Wir hatten sogar Glück, weil es nicht die ganze Zeit geregnet hat und wir draussen unterwegs sein konnten.»

«Welche Tiere hast du gesehen?», fragte Andrina.

«Löwe. Affe. Das.» Sie deutete auf den Koala.

«Die Mutter ist da», kam eine Männerstimme von der Tür, und Andrina erkannte den Eigentümer der Pension. «Möchten Sie was trinken?»

«Einen Tee?», fragte Claudio Andrina.

«Gerne.»

«Im Essbereich stehen Tassen, Kaffeemaschine und Wasserkocher. Dort können Sie sich bedienen.»

Als Andrina mit Rebecca auf dem Arm dem Mann aus dem Spielzimmer folgte, stutzte sie. Dieser Gang. Er zog das Bein leicht nach. So hatte sich der Mann fortbewegt, dem sie zwischen Rohrerplatte und Geissflue begegnet waren.

Am Vormittag war es ihr nicht aufgefallen. Hatte er sich verletzt, als er gestrauchelt und beinahe gestürzt war?

«Sind wir uns heute in der Nähe der Geissflue begegnet?», fragte Andrina, bevor sie ihre Überlegungen zu Ende geführt hatte.

«Wo?» Er drehte sich um. «Bestimmt nicht. Ich hatte keine Veranlassung und Zeit, dort zu sein. Es gibt genug im Haus zu tun. Während der Wintermonate nutzen wir die Gelegenheit, Reparaturen und andere Arbeiten zu erledigen, die wir nicht machen können, wenn wir voll sind.» Er deutete auf den Essbereich. «Sie kennen sich ja aus, Herr Feller. Wenn Sie sonst etwas benötigen, lassen Sie es mich wissen. Ich bin im Büro hinter der Rezeption.»

Der Abgang war fluchtartig.

Claudio legte ein Bilderbuch, das er aus dem Spielzimmer mitgenommen hatte, vor Rebecca auf den Tisch. Er berichtete von dem Zoobesuch, während er den Tee zubereitete. «Das müssen wir wiederholen», sagte er zum Abschluss erneut.

«Wo ist Laura?», fragte Andrina.

«Unterwegs.»

«Was hat sie unternommen?»

«Einen Bekannten besucht.» Das klang ausweichend.

Das «Eher Marco besucht» lag Andrina zuvorderst auf der Zunge, aber sie hielt sich zurück.

Andrina dachte an den dunkelhaarigen Mann, der Laura abgeholt hatte. Es konnte genauso der Besitzer der Pension gewesen sein, ging es ihr auf. Warum hätte er Laura an der Bushaltestelle abholen sollen? Waren die beiden zusammen auf der Geissflue gewesen? Das war absurd. Eine zweite Person hatte Andrina nicht gesehen, und Laura und Wandern passte definitiv nicht zusammen.

DREIUNDZWANZIG

Das Gefühl, es werde kein gutes Ende mit Andrés Verschwinden nehmen, erreichte einen neuen Höhepunkt, als Gabi nach dem Mittagessen vor Andrinas Tür stand.

«Er hat sich gemeldet.» Sie hielt Andrina das Handy mit einer kryptischen Botschaft hin.

Treffpunkt heute an dem Ort in der Nähe von Aarau, wo exotisch anmutende Pflanzen in der Schweizer Wildnis wachsen. Dem folgte die Aufforderung, um fünfzehn Uhr allein zu kommen.

«Hast du eine Ahnung, wo das sein könnte?» Die Panik in Gabis Stimme war nicht zu überhören. «Es ist kurz nach ein Uhr, und wir haben nicht mehr viel Zeit. Was passiert, wenn wir nicht da sind?»

Andrina griff nach Gabis Arm, als diese zitternd Luft holte.

«Ruhe bewahren.»

«Wie denn?»

«Ich muss nachdenken.»

Andrina stand auf und trat an die Terrassentür. Exotisch anmutende Pflanzen. Meinte Marco damit einen botanischen Garten? Dazu passte der Ausdruck «Schweizer Wildnis» nicht.

Was hatte Marco mit Pflanzen zu tun? Er war gerne im Grünen und genoss seinen Garten. Er liebte es, wenn es blühte. Aber genauer auseinandergesetzt hatte er sich damit nie. Mit Pflanzen kannte er sich nicht aus. Zumindest war das so, als Andrina mit ihm zusammen gewesen war. Sie hatte sich um den Garten gekümmert. Einzig beim Rasenmähen und Zurückschneiden der Sträucher hatte er ihr geholfen. Nach ihrer Trennung hatte er einen Rentner gehabt, der sich um seinen Garten kümmerte. Gabi war nie die begeisterte Gärtnerin gewesen, und daher blieb er beim Rentner.

Welche Botschaft versteckte sich in dem Satz? Exotische Pflanzen. Das klang für Andrina nach Zimmerpflanzen. In der Schweiz wuchsen keine exotischen Pflanzen in der Wildnis. Oder zumindest keine Pflanzen, die sie als exotisch ansah. Andrina holte ihr Handy hervor und rief Google auf. Die Suche ergab nichts bis auf Links von Gartencentern.

Würde Marco einen Treffpunkt in einem Gartencenter abmachen? Dort hatte es genügend potenzielle Zeugen. Sinn würde es nach Feierabend und nicht um fünfzehn Uhr machen.

Sie kehrte zum Tisch zurück und entsperrte ihren Laptop. Andrina klickte Links zu einigen Gartencentern an. Das brachte nichts. Sie schaute unauffällig auf ihre Armbanduhr. Dreissig Minuten waren vergangen.

Knapp eineinhalb Stunden blieben ihnen. Setz dich nicht unter Zeitdruck und denk lieber nach.

«In der Nähe von Aarau», hatte Marco geschrieben. Andrina tauschte in der Suchmaske «Schweiz» mit «Aargau» aus.

«Was machst du?», fragte Gabi.

«Pflanzenshop, exotische Pflanzen, invasive Pflanzen, was tun?», sagte Andrina laut, während sie durch die Liste mit den Links scrollte. «Onlineversand.»

Ähnliche Treffer wurden aufgelistet, als sie «Aargau» mit «Aarau» ersetzte. So kamen sie nicht weiter. Andrina las nochmals Marcos Botschaft. Exotisch anmutende Pflanzen. Wildnis. Auch hier hatte sie keinen Erfolg in den Weiten des Internets.

«Was sind für dich exotische Pflanzen?», fragte Andrina.

«Für mich? Palmen.»

«Die wachsen nicht in der Schweizer Wildnis.»

«Tropische Pflanzen», schlug Gabi vor. Die Panik war aus ihrem Gesicht gewichen, und sie wirkte konzentriert.

«Welche tropisch anmutenden Pflanzen können in der Schweiz wachsen.»

Ratlos schauten sie einander an, bis durch Gabis Körper ein Ruck ging. «Orchideen», sagte sie und deutete auf den Esstisch.

Andrinas Blick folgte ihrem ausgestreckten Arm. Auf dem Tisch stand eine rosa-weiss gemusterte Orchidee in voller Blüte, die ihr Seraina zu Weihnachten geschenkt hatte.

«Orchideen», murmelte sie. Nicht gerade diese, aber in der Schweiz gab es Orchideen ausserhalb von Wohnzimmern. Doch wo in der Nähe? An mehr Orten, als du denkst, lieferte sie sich die Antwort selbst. Es musste ein allgemein bekannter Ort sein, der sich obendrein in der Nähe befand und an dem zahlreiche Pflanzen wuchsen.

«Orchideen Aargau», tippte Andrina.

«Jurapark Aargau», las Gabi laut vor. Sie deutete auf den Link auf dem Bildschirm.

«Einheimische Orchideen», sagte Andrina leise und las den Text.

«Orchideenlehrpfad in Erlinsbach», rief Gabi. Sie berührte den Bildschirm.

Während Andrina den Text überflog, regten sich Zweifel. Exotische Pflanzen. Orchideen waren exotisch. Das stimmte. Der Lehrpfad befand sich in der Nähe von Aarau. Aber Wildnis?

«Ich finde es seltsam, dass er diesen Ort zu dieser Jahreszeit aussucht», sagte Andrina. «Mehr als eine schlammige Wiese wird das im Moment nicht sein.»

«Um diese Jahreszeit wird keiner dort sein. Ein idealer Treffpunkt.» Gabis Stimme überschlug sich fast.

Andrina musste dem zustimmen. Trotzdem blieben die Zweifel hartnäckig.

«Fällt dir ein anderer Ort in der Nähe ein, auf den die Beschreibung passen könnte?», fragte Gabi.

«Ehrlich gesagt nein.» Andrina schaute auf die Uhr. Erneut waren fast dreissig Minuten vergangen.

«Bitte, wir müssen es dort versuchen.»

Hoffentlich war es nicht der falsche Ort. Sie hatten keine Zeit, einen Fehler zu korrigieren. Es war ihre einzige Chance. Andrina wagte sich nicht auszumalen, wenn Gabi nicht zum festgesetzten Zeitpunkt dort war.

«Warst du schon mal da?», fragte Andrina.

«Das ist eine Zeit lang her», sagte Gabi zu Andrinas Erstaunen und stand auf. «Ich weiss nicht mehr, wo genau das ist.»

«Ich komme mit.» Andrina klappte den Deckel des Laptops zu.

«Nein», rief Gabi. «Ich soll allein kommen. Marco besteht darauf. Wage es nicht, mir wieder mit der Polizei zu kommen.»

«Ich lasse dich nicht allein gehen. Wer weiss, was er vorhat.»

«Und Rebecca?»

Verflixt, dachte Andrina frustriert. Rebecca wollte sie definitiv nicht in die Schusslinie bringen. Allein konnte und wollte sie Gabi aber nicht gehen lassen.

«Verdammtes Navi!» Fest drückte Andrina mit der Zeigefingerspitze gegen das Display. «Abgestürzt. Wenn man sie dringend braucht, funktioniert diese blöde Technik nicht.»

«Pass auf», rief Gabi.

Andrina schaute auf und riss das Steuerrad nach rechts. Der entgegenkommende Wagen blendete auf und hupte.

Andrina bog auf den Parkplatz des Landhotel Hirschen und hielt an. Sie wischte die schweissnassen Hände an der Jeans ab und atmete durch.

«Entschuldige», murmelte sie, als das Zittern aufhörte. «Dabei heisst es, man soll während der Fahrt nicht an den Geräten herumfummeln.»

«Es ist nichts passiert.» Gabi beugte sich vor und tippte auf das Display. Das Navi erwachte zum Leben. Nachdem es aufgestartet war, gab sie die Adresse des Schützenhauses Haslen ein.

«Ist das nicht die Burkhard?», fragte Gabi.

«Wo?»

Gabi deutete durch die Frontscheibe.

Corina Burkhard kam in Begleitung eines dunkelhaarigen Mannes aus dem Gasthaus. Sie blieben stehen. Er zog sie an sich, und sie küssten sich.

«Das ist nicht Marco», sagte Andrina.

Die beiden schlenderten zu einem SUV. Die Hand des Mannes strich dabei unaufhörlich über Corina Burkhards Hintern. Vor dem Auto küssten sie sich erneut.

«Die frisst den gleich auf», sagte Gabi.

Wie passte das zu ihrer Beziehung zu Marco?

«Geschieht ihm recht», sagte Gabi.

Der SUV brauste davon, und Andrina erhaschte einen Blick auf das Profil des Mannes. Das war Sybilles Nachbar. Wer wurde hier mit wem betrogen? Ob er sich dessen bewusst war, dass Corina Burkhard andere Eisen im Feuer hatte? Aber er war selbst nicht besser. Arme Sybille. Andrina dachte an ihr seliges Lächeln, als das Gespräch auf Sirio gekommen war. Sybille war dem Thema ausgewichen, aber ihre Wangen hatten eine rosa Farbe angenommen. Andrina hatte nicht weiter nachgehakt.

«Wir sollten weiter», sagte Gabi. Die Angespanntheit, die kurz von der Belustigung verdrängt worden war, war zurück. Mit Nachdruck deutete sie auf das Navi, das wieder einsatzbereit war.

«Gleich musst du rechts abbiegen», sagte Gabi. «Hier. Dort ist es sogar ausgeschildert.» Sie zeigte auf ein braunes Schild, das mit «Orchideen-Lehrpfad» beschriftet war.

Erleichtert, den Weg rasch gefunden zu haben, folgte Andrina dem schmalen Weg hangaufwärts, zunächst durch das Quartier und danach den Wiesen und Feldern entlang.

Glücklicherweise war Seraina zu Hause gewesen und hatte Zeit, Rebecca für eine oder zwei Stunden zu hüten. Andrina hatte ihr die Frage angesehen, als Seraina Gabi erblickt hatte. Sie hatte zu Andrinas Erleichterung keine Fragen gestellt.

Es war nur ein kleiner Umweg zu ihrer Schwester gewesen. Trotzdem hatten sie Zeit verloren, und ihnen blieben nur knapp zwanzig Minuten.

Sie erreichten eine Abzweigung. Geradeaus wies ein weisses Schild zum Lehrpfad für Fussgänger, und nach rechts zeigte eines zum Parkplatz.

«Das muss das Schützenhaus Haslen sein.» Gabi deutete auf das Haus, an dessen Fassade dunkle Schindeln angebracht waren. Der Parkplatz hinter dem Haus war leer.

Sie stiegen aus und blickten an den einzelnen Bäumen vorbei über Erlinsbach nach Süden. Von hier müsste man die Berge sehen können. Bei den tief hängenden Wolken hatte man jedoch keine Chance.

Schweigend liefen sie den Weg hangabwärts. Sie hielten sich an der Abzweigung rechts, folgten der Ausschilderung «Lehrpfad Fussgänger» und spazierten bergauf. Sie gelangten zu einem Bauernhof. Ein Hund schlug an.

Wäre das weisse Schild mit dem gemalten Frauenschuh nicht gewesen, wären sie an dem Trampelpfad vorbeigelaufen, der rechts in den Wald führte.

Der Pfad war matschig und rutschig. Schweigend liefen sie hintereinander und gelangten zu einer freien Fläche, an deren Rand eine Holzbank und eine Infotafel standen. Über die Wiese führten mehrere Trampelpfade bergauf.

«Und jetzt?» Andrina schaute auf die Uhr. Sie waren fünf Minuten vor der Zeit da.

«Ich weiss nicht. Du hast die Nachricht gesehen. Er hat nicht gesagt, wo wir uns hier treffen wollen.»

Andrina liess den Blick hangaufwärts über die Wiese zum angrenzenden Wald schweifen. Keine Person weit und breit. Er würde nicht mitten auf der Wiese stehen und ihnen zuwinken, musste Andrina einräumen.

«Gibt es dort oben eine weitere Bank, bei der er warten könnte?», fragte Andrina.

Gabi zuckte mit den Schultern. Hintereinander folgten sie dem Zickzackkurs eines der Trampelpfade den Hang nach oben. Mehr als einmal wäre Andrina beinahe ausgerutscht, da der schlammige Pfad keinen Halt bot. Nur die Schilder verrieten, dass es sich hier um keine normale Wiese handelte. «Langblättriges Waldvöglein, Blütezeit Mai bis Juni, geschützt in der Schweiz» las Andrina auf einer Tafel. Sie betrachtete die weisse blühende Blume auf dem Foto. Auf einer anderen Tafel war eine Pflanze mit zarten rosa Blüten abgebildet. «Immenblatt. Standort: Laubwälder, kalkliebend. Status Mittelland: Nicht gefährdet», stand darauf.

Blühende Blumen ... Die Sehnsucht nach Frühling verdrängte für einen Moment den Grund, weshalb sie hier waren. Die Angespanntheit ebbte ab. Andrina schloss die Augen und meinte, Vogelgezwitscher und das Summen von Insekten zu hören. Der Geruch, den eine Wiese im Sommer verströmte, drang in ihre Nase. Die Wärme der Sonne auf ihrer Haut …

«Andrina?» Gabis Stimme holte Andrina zurück. «Was ist los?»

«Nichts.»

Sie setzten ihren Weg fort und erreichten das obere Ende der Wiese.

«Was machen wir, wenn er nicht kommt?», fragte Gabi.

«Schick ihm ein WhatsApp, dass du da bist.» Hoffentlich war das hier der Ort, den Marco gemeint hatte.

Gabi holte ihr Handy hervor und tippte die Nachricht. «Er ist online», flüsterte sie.

Meter für Meter liess Andrina den Blick die Bäume entlangwandern, in der Hoffnung, eine Gestalt auszumachen, die sich hinter einem der Stämme versteckte. «Schreibt er was?»

«Nein.»

«Ist er weiterhin online?»

«Ja.» Gabi hielt Andrina das Handy entgegen. «Marco schreibt», sagte sie und deutete auf das Handy.

Ich hatte gesagt, du solltest allein kommen. Schon beim letzten Mal hast du dich nicht daran gehalten. Ich muss überlegen, ob ich dir eine dritte Chance geben soll.

«Nein!», stiess Gabi hervor.

Ihre Finger flogen über die Tasten. *Es ist nur Andrina*, schrieb sie. *Sie gilt nicht. Ich musste jemanden haben, der mich fährt.*

Nur ein Häkchen erschien. Die Nachricht hatte sein Handy nicht erreicht. Marco musste es ausgeschaltet haben.

***

«Das war eine dumme Idee von euch, allein an den Treffpunkt zu gehen», sagte Seraina und stellte Tassen mit Kräutertee auf den Küchentisch.

«Was sollten wir tun?»

«Die Polizei verständigen.»

«Das habe ich mehrmals vorgeschlagen», sagte Andrina.

«Das ist das Letzte, das ich tun würde», flüsterte Gabi. «Die stecken alle mit drin.»

Auf Serainas verständnisloses Gesicht hin berichtete Andrina, was Gabi vermutete.

«Wir sind nicht im Film», rief Seraina. «Trotzdem finde ich deine Bedenken verständlich», fügte sie leiser an. «Dieser Verein rund um Marcos, Pardon, inzwischen Max' Team hat sich in der Vergangenheit genügend fragwürdige Aktionen geleistet. Und dann die mysteriöse Sache mit dem Handy. Mir ist nicht wohl bei dem Gedanken, dass ihr da draussen allein wart. Wer weiss, was er euch hätte antun können. Ihr hättet Mike mitnehmen sollen. Er arbeitet bei der Autobahnpolizei und weiss besser als ihr, was in einem solchen Fall zu tun ist.»

«Wer hätte mich mitnehmen können.» Der massige muskulöse Körper von Serainas Mann erschien in der Tür. «Hallo, ihr zwei.»

«Mami, Rebecca hat die Farbe auf dem Boden ausgeleert», sagte Regina und eilte in die Küche.

Seraina schnappte sich einen Putzlappen und lief mit einem unterdrückten Fluch hinter ihrer Tochter her.

«Was ist passiert?», fragte Michael. Zum zweiten Mal erzählte Andrina von Marcos Kontaktaufnahme und dem missglückten Versuch, sich beim Lehrpfad zu treffen.

«Sag nichts», schloss sie den Bericht. «Wenn du oder jemand anderer dabei gewesen wäre, hätte es das Ganze nicht besser gemacht. Ich war schon eine Person zu viel.»

«Ihr habt keinen gesehen?», fragte Michael.

«Zwischen den Büschen unterhalb der Wiese, neben der Bank mit der Infotafel, habe ich einen Mann gesehen, der sich rasch entfernt hat. Als wir unten ankamen, war er weg.» Deutlich sah sie vor sich die dunkel gekleidete Gestalt, die weglief.

«Ein Mann? Bist du dir sicher?»

«Er hatte kurze Haare.»

«Eine Frau kann auch kurze Haare haben.»
«Er hatte die Statur eines Mannes.»
Er musste sich dort hingestellt und sie beobachtet haben, wie sie die Wiese hochliefen. Oben hatte Andrina sich vorwiegend auf die Bäume des angrenzenden Waldes konzentriert und nicht mehr nach unten geschaut. Erst als Gabi das Handy eingesteckt hatte und sie sich auf den Rückweg machten, hatte sie ihn entdeckt. Er war sofort davongeeilt.
«Es war Marco», rief Gabi.
«Hast du ihn genau erkennen können?»
Gabi schaute auf ihre Hände.
«Nein», antwortete stattdessen Andrina. «Auf die Entfernung habe ich seine dunkle Kleidung und die dunkle Kappe sehen können.»
«Wieso weisst du, dass er kurze Haare hatte, wenn er eine Kappe trug?», fragte Michael.
«Es haben keine langen Haare darunter hervorgelugt», antwortete Andrina. Das hatte nichts zu bedeuten, wurde ihr gleichzeitig bewusst.
«Er war weg, als ihr unten angekommen seid?»
«Ja. Wie sind ihm gefolgt –»
«Es gibt nur einen Zugang zu der Wiese mit den Orchideen, richtig?», unterbrach Michael Andrina.
«Ich glaube … keine Ahnung. Er hat den Weg genommen, den wir vorher gegangen sind. Auf dem Rückweg zum Schützenhaus haben wir keine Person gesehen. Ich habe keine Ahnung, wo er so schnell hin verschwunden ist.»
«Er hat sich versteckt», sagte Gabi. «Bäume und Gestrüpp hat es genug, die ohne Laub Sichtschutz geben.»
«Stand beim Schützenhaus ein anderer Wagen?», fragte Michael.
«Nein. Weder als wir ankamen noch als wir abfuhren.»
«Variante eins. Er war vor euch da und hat sich versteckt. Ihr habt kein Auto gesehen, was gegen diese Annahme spricht. Obwohl das nichts heissen muss. Er kann es an einem anderen Ort abgestellt haben.»

«Auf dem Bauernhof stand eins», fiel Andrina ein. «Das war aber nicht Marcos.»

«Er ist ohne seinen Wagen unterwegs. Der steht weiterhin bei ihm zu Hause, oder habe ich das falsch verstanden?», hakte Michael nach.

«Das ist richtig.»

«Du weisst nicht, mit welchem Wagen er unterwegs ist.»

«Das Auto muss dem Bauern gehören», sagte Andrina mit Nachdruck. «Der Geländewagen war schlammig und stand neben dem Traktor vor der Garage. Marco wird nicht mit so einem verdreckten Wagen durch die Gegend fahren. Das wäre zu auffällig.»

«Das hat was», sagte Michael. «Er wird nicht auf dem Hof parkiert haben. Er musste damit rechnen, dass es dem Bauern auffällt. Also zweite Variante: Er ist nach euch angekommen und ist euch gefolgt.»

«Als wir losgingen, war weit und breit kein Auto und kein Spaziergänger zu sehen», sagte Andrina. «Es war schwierig, ungesehen hinter uns herzuschleichen. Zumindest am Anfang, da dort nur Wiesen und Felder sind. Es gibt keine Versteckmöglichkeiten.»

«Er muss euch einen Vorsprung gelassen haben. Wie lange wart ihr auf dem Lehrpfad?»

Andrina und Gabi schauten einander an.

«Keine Ahnung», sagte Gabi.

«Wir waren fünf Minuten vor der Zeit da», sagte Andrina. «Lange sind wir nicht herumspaziert.»

«Zum Glück ist es nur Wasserfarbe», sagte Seraina, die in die Küche zurückkehrte. Sie ging zum Spülbecken und wusch den Lappen aus. «Der Schaden ist behoben, und die beiden Künstlerinnen sind weiter am Werk. Was, es ist schon so spät?»

Andrina schaute auf die Uhr. Es war kurz nach sechs Uhr. Draussen war es inzwischen stockfinster. Enrico musste bereits aus dem Tessin zurückgekehrt sein und würde auf sie warten. Sie holte ihr Handy hervor, um Enrico eine Nachricht zu schicken, wo sie waren und dass sie später heimkamen.

«Bleibt zum Nachtessen», sagte Seraina.

«Vielen Dank, aber ich habe keinen Hunger.» Gabi sackte in sich zusammen. Als Michael den Raum betreten hatte, hatte Andrina Energie bei Gabi wahrgenommen. Vermutlich war es die Hoffnung gewesen, Michael könne helfen. Nun war die offenbar verpufft.

«Keine Widerrede. Wenn du nichts isst, machst du schlapp. Damit ist keinem von euch geholfen.» Seraina stellte Teller auf den Tisch.

«Regina und ich räumen den Tisch ab», sagte Michael.

«Darf ich euch noch was anbieten? Einen Tee?», fragte Seraina.

«Nein danke», kam Gabi Andrina zuvor. Zu Andrinas Erstaunen hatte Gabi eine grosse Portion Salat, Brot und Käse gegessen. «Ich möchte dir nicht weiter zur Last fallen.»

«Das tust du nicht. Wenn ich dir schon nicht anders helfen kann …»

«Du hast mir geholfen, indem du mir zugehört hast und zugesehen hast, dass ich etwas in den Magen bekomme. Zu Hause hätte ich nichts gegessen.»

Sie verabschiedeten sich und gingen zu Andrinas Wagen. Andrina schob den Schlüssel in die Zündung, startete aber den Motor nicht.

«Möchtest du zu mir kommen?», fragte sie.

«Warum?» Das klang gereizt.

«Dich allein in deiner Wohnung zu wissen finde ich nicht beruhigend.»

«Hör auf, mich mit Samthandschuhen anzufassen.»

Andrina zuckte bei dem barschen Tonfall zusammen.

«Bring mich einfach nach Hause, okay.»

Sie schwiegen während der Fahrt. Sogar Rebecca gab keinen Laut von sich. Im Rückspiegel konnte Andrina sehen, wie Rebecca Gabi musterte. Sie kannte es nicht, dass Gabi laut wurde.

«Bitte entschuldige meinen Ausbruch», brach Gabi das Schweigen, als sie durch den Sauerländertunnel fuhren.

«Du musst dich nicht entschuldigen», sagte Andrina. Sie fuhr unter der Bahnlinie hindurch und nahm im Gaiskreisel die zweite Ausfahrt. Sie folgte dem Strassenverlauf und hielt an der roten Ampel. «Wenn ich wüsste, wie ich dir helfen kann.»

«Du, Seraina, Michael, Enrico und … tut alles, was in eurer Macht steht.»

«Trotzdem sind wir machtlos.»

Gabi berührte Andrinas Arm. «Ich bin froh, dass ich dich habe. Ich wüsste nicht, was ich ohne dich machen sollte.»

Die Ampel schaltete auf Grün, und Andrina bog in die Tramstrasse ein. «Obwohl du es nicht möchtest, solltest du dich an die Polizei wenden.»

Gabi öffnete den Mund, schloss ihn gleich darauf.

«Bitte ruf Susanna an. Privat.»

«Was soll sie gegen Max und Marco ausrichten?»

«Sie wird wissen, was in dieser Situation zu tun ist. Es wäre nicht das erste Mal, dass sie … wie soll ich sagen?»

«Okay», erwiderte Gabi zu Andrinas Erstaunen und Erleichterung. Endlich gab sie nach und holte sich professionelle Hilfe.

Als Gabi ihr Handy hervorholte, klingelte es. «Susanna», sagte sie. «Als wäre es Gedankenübertragung.»

«Was?», rief sie, als sie das Gespräch entgegengenommen hatte, und sackte nach hinten. «Ich komme», flüsterte Gabi, nachdem sie einen Augenblick gelauscht hatte. Sie liess das Handy sinken und schloss die Augen. Regungslos verharrte sie in dieser Position. Andrina wagte nicht zu atmen. Ein Zittern durchlief Gabis Körper. Danach sass sie wieder wie eine Statue. Als Gabi sich weiterhin nicht rührte, bekam sie es mit der Angst zu tun. Im Licht der Strassenlampe meinte Andrina zu sehen, wie eine Träne unter dem geschlossenen linken Auge auftauchte und sich einen Weg die Wange nach unten bahnte.

«Was ist passiert?»

Gabi schaute Andrina an. «Sie haben André gefunden.»

Mit ausgreifenden Schritten eilte Gabi die Rampe zum Kinderspital hoch. Andrina hatte Mühe, ihr zu folgen.

Nur knapp hatte sie Gabi überzeugen können, Rebecca zu Hause abzusetzen, damit Enrico sie ins Bett bringen konnte, bevor Andrina Gabi zum Kantonsspital fuhr.

Sie erreichten den Empfangsbereich, und Gabi blieb stehen. Sie machte einen hilflosen Eindruck.

«Hätten wir direkt in die Notaufnahme gehen sollen?», fragte sie.

«Was hat Susanna gesagt?»

«Keine Ahnung.»

Andrina wandte sich der Rezeption zu, als Susanna mit einer Frau in einem weissen Kittel auf sie zukam.

«Frau Hug?», fragte die Frau und reichte Andrina die Hand. Es musste sich um eine Ärztin handeln. Aus der Nähe sah sie älter aus als vorhin, als sie durch die Glasschiebetür gekommen war. Sie hatte graue, gelockte Haare, und der weisse Kittel spannte sich über den Bauch. Die Augen hinter der Brille blickten sie freundlich an.

«Das ist Gabi Hug», erwiderte Andrina und deutete auf Gabi.

«Wie geht es meinem Sohn?», rief Gabi. «Wo ist er?»

«Ihm geht es gut», antwortete die Ärztin. «Am besten kommen Sie mit.»

Sie führte Gabi auf den Lift zu. «Mein Name ist Angela Maus», hörte Andrina die Frau sagen, als sie den Aufzug betraten.

«Lass uns dort warten», sagte Susanna, nachdem sich die Lifttür hinter den beiden geschlossen hatte, und deutete auf zwei Stühle.

«Was ist passiert?», fragte Andrina. «Hat der Entführer ihn freigelassen?» Sie vermied es bewusst, Marco zu sagen.

«Es muss so sein», sagte Susanna. «Ein älteres Ehepaar hat André in Erlinsbach gefunden. Sie wollten im Landhotel Hirschen zu Nacht essen, als André ihnen auffiel. Ein Kind ohne Jacke und auf Socken bei diesem Wetter allein unterwegs machte sie misstrauisch. André war verängstigt. Er brachte kein Wort hervor und hat geweint. Sie haben die Polizei gerufen.»

«Marco hat ihn einfach so freigelassen?»

«Wenn wir das wüssten. Ob Marco der Entführer ist, ist nicht sicher», sagte Susanna mit einem grollenden Unterton. «Der Entführer muss ihn in der Nähe vom Hirschen ausgesetzt haben. Anders können wir es uns nicht erklären.»

Andrina dachte an die erzürnte WhatsApp-Nachricht, die Marco geschickt hatte. Das passte nicht zusammen. Wie kam es zu dieser Meinungsänderung? Hatte er eingesehen, mehr Schaden anzurichten, als Nutzen zu haben, wenn er André weiter festhielt?

«In welchem Zustand war André?»

«Er war, wie gesagt, verängstigt und durchnässt. Ausserdem war er leicht dehydriert und leicht unterkühlt, aber nicht besorgniserregend. Ansonsten ist er in guter körperlicher Verfassung. Er hatte saubere Kleidung an und muss regelmässig gewickelt worden sein. Nach wie vor sagt er kein Wort. Wir hoffen, das ändert sich, wenn Gabi bei ihm ist und er erzählt, wo er war und was passiert ist.»

Andrina bezweifelte, dass ein Zweijähriger brauchbare Hinweise liefern konnte.

«Er hatte keine Jacke an und war auf Socken unterwegs. Das spricht gegen die Theorie, er sei freigelassen worden», fuhr Susanna fort.

«Vielleicht hatte Marco am Abend von seinem Verschwinden die Sachen in der Eile des Aufbruchs nicht mitgenommen.» Andrina dachte an die Stiefel, den Skianzug und die Winterjacke, die sie in der Garderobe gesehen hatte.

Bei der neuen Nennung von Marcos Namen wurde Susannas Mund zu einem schmalen Strich.

«Ich meine den Entführer», beeilte Andrina sich zu sagen.

«Sie hat dich überzeugt, Marco sei der Entführer?»

«Bis diese Nachrichten von ihm kamen, wollte ich es nicht glauben.»

«Von Marco? Welche Nachrichten?»

Andrina berichtete von den WhatsApp-Nachrichten und von ihren Versuchen, Marco zu treffen.

«Von seinem Handy?», hakte Susanna nach. «Das ist unmöglich. Es ist bei uns.»

«Ich habe selbst die Nachrichten gesehen. Sie kamen eindeutig von ihm.»

Schweigend schaute Susanna sie an. Es war deutlich, wie es in ihrem Kopf arbeitete. «Ich werde dem nachgehen», sagte sie. «Ihr seid allein losgezogen?», fuhr sie fort.

Andrina nickte.

«Auf eigene Faust», stöhnte Susanna. «Das konnte nicht funktionieren. Warum habt ihr uns nicht verständigt?»

«Da stand ohne Polizei, und Gabi hat sich geweigert, obwohl ich versucht habe, sie zu überzeugen, euch einzuschalten. Ausserdem hatten wir Max in Verdacht, er habe das Handy Marco gegeben. Er war es schliesslich, der es an dem Abend, als Marco verschwand, mitgenommen hat. Ich befürchtete, Gabi werde sich allein auf die Suche machen, und bin daher auf ihren Wunsch eingegangen. In einem Punkt muss ich Gabi recht geben. Auch ohne die Sache mit dem Handy: Die Ermittlungen laufen von uns aus betrachtet nicht so, wie wir uns es vorstellen.»

Susanna verschränkte die Arme vor der Brust. «Wie stellt ihr –»

«Hinzu kommt die Sache mit Frau Burkhard», unterbrach Andrina sie.

«Corina? Was hat sie damit zu tun?»

«Mal abgesehen davon, dass die Frau durch und durch unsympathisch ist und ich sie als Ermittlerin unhaltbar finde, hat sie mit Marco ein Verhältnis. Ich finde es unprofessionell, wenn sie nicht vom Fall abgezogen wird.»

«Als Verhältnis würde ich das nicht bezeichnen. Sie hat ein Auge auf ihn geworfen.»

«Was ist mit der Knutscherei?»

«Wovon sprichst du?»

Andrina berichtete, wie sie die beiden in der Stadt gesehen und was Gabi beobachtet hatte.

«Das macht aus Marco keinen Entführer und aus ihr keine Komplizin», sagte Susanna.

Dem musste Andrina widerwillig zustimmen. Trotzdem. «Sie will ein Kind, wenn ich das richtig mitbekommen habe. Das wäre Motivation genug.»

«Wer sagt das?», fragte Susanna.

Andrina antwortete nicht.

«Ausgerechnet mit André will sie einen auf Familie machen? Wie Gabi – ich nehme an, diese Idee stammt von ihr – auf diesen Verdacht kommen mag … Er stimmt nicht. Corina macht um jedes Kind einen riesigen Bogen. Kindergeschrei kann sie nicht ausstehen. Sie will ihre Freiheit. Und sofern das mit Marco und ihr stimmt, wird es nicht mehr als eine lockere Affäre sein, um gewisse Bedürfnisse zu befriedigen. Sie ist nämlich kein Kind von Traurigkeit.» Susanna lachte, wurde aber sofort wieder ernst.

Andrina dachte an Sybilles Nachbarn, den sie am Nachmittag mit Corina Burkhard gesehen hatte. Kein Kind von Traurigkeit. Offensichtlich.

«Ich weiss, Gabi hat Angst, Marco wolle ihr André wegnehmen, aber ich dachte, das hätte sich gelegt», fuhr Susanna fort und hob die Hand, als Andrina zu einer Antwort ansetzte. «Korrekt hat Gabi sich in dieser Angelegenheit nicht verhalten. Ihre Bemühungen, Marco nicht zu André zu lassen und andersherum, sind alles andere als fair.»

«Genau das könnte Marcos Antrieb gewesen sein.»

«Und du meinst, er lässt ihn aus Vaterliebe frei, nachdem er endlich Erfolg hatte?»

Andrina musste Susanna zustimmen. Das machte keinen Sinn.

Susanna stand auf und ging auf und ab. «Ich werde Corina darauf ansprechen, ob er in ihrer Gegenwart etwas gesagt hat. Vorher schaue ich nach, ob das Handy tatsächlich weg ist.»

Sie machte eine Kehrtwendung vor der Tür, die nach draussen führte. Die Schiebetüren glitten auseinander, und kalte Luft strömte ins Innere. «Ausgerechnet heute sind wir reduziert», sagte Susanna.

«Was meinst du damit?»

«Sämi ist heute Morgen auf der Treppe ausgerutscht und hat sich einen Bänderriss zugezogen. Silvan hat sich wie andere Kollegen mit hohem Fieber abgemeldet. Es scheint eine üble Grippe die Runde zu machen. Corina hat sich freigenommen. Max hat zwar versucht, sie zu erreichen, aber sie nimmt das Telefon nicht ab.»

«Vermutlich geht sie amourösen Beschäftigungen nach», sagte Andrina und dachte erneut an Sybilles Nachbarn.

Susanna schnaubte.

Die Lifttüren öffneten sich, und Angela Maus trat heraus. Sie kam auf Andrina und Susanna zu. «Frau Hug wird im Spital bei ihrem Sohn bleiben. Ich soll Ihnen ausrichten, dass Sie nicht auf sie warten müssen.»

VIERUNDZWANZIG

«Danke, dass ich Rebecca zu dir bringen kann, obwohl ich mich kurzfristig umentschieden habe», sagte Andrina und reichte Seraina die Tasche mit Rebeccas Ausrüstung.

«Das ist kein Problem», erwiderte Seraina.

Zwar war Andrina bis morgen Freitag krankgeschrieben und müsste daher nicht in den Verlag, aber sie hatte am Morgen spontan beschlossen, ihren normalen Arbeitsrhythmus aufzunehmen, da sie dringend eine Ablenkung brauchte. Sie fühlte sich körperlich fit und hatte keine Kopfschmerzen mehr.

«Wissen deine Kollegen, dass du kommst?», fragte Seraina.

«Nein, aber das macht nichts.»

«Wie geht es eigentlich Elisabeth? Ist sie inzwischen zu Hause?»

«Ja, nach drei Tagen durfte sie aus dem Spital, ist allerdings krankgeschrieben. Die Operation ist gut verlaufen, aber sie muss den Fuss hoch lagern. Sie meinte, inzwischen könne sie nicht mehr sitzen, rauche zu viel, und mit ihrer Laune sei es nicht zum Besten. Sechs Wochen sind eine lange Zeit.»

«Kann eine von euch mir hundert Franken in Zehner- und Zwanzigernoten wechseln?», fragte Michael und zog sich seine Jacke über. «Ich brauche das für das Abschiedsgeschenk von Martin. Er geht Ende Monat in Pension, hört aber schon heute auf, weil er Ferientage zugute hat.»

Seraina und Andrina wühlten in ihren Handtaschen.

«Ich kann dir nicht helfen», sagte Seraina.

«Und ich habe mein Portemonnaie nicht.» Andrina hob den Kopf. Das hatte sie gestern schon gesucht, als sie das Parkbillet beim Kantonsspital zahlen wollte. Susanna hatte ausgeholfen. Später hatte sie es vergessen, weil Enrico sie mit Fragen zu André bestürmt hatte. Sie blickte in die Tasche. «Ich habe keine Ahnung, wo ich es hingetan habe.»

«Wann hast du es das letzte Mal gesehen?», fragte Seraina.

Wenn sie das wüsste. Falls ihre Erinnerungen stimmten, hatte sie das Portemonnaie gestern in die Tasche ihrer Winterjacke gesteckt, als sie mit Gabi beim Schützenhaus Haslen in Erlinsbach ausgestiegen und zum Orchideenlehrpfad aufgebrochen war. Sie hatte die Handtasche nicht mitnehmen wollen. Soweit sie wusste, hatte sie das Portemonnaie nicht mehr herausgenommen. Es musste aus der Jackentasche herausgefallen sein. Die einzige Möglichkeit bot sich, als sie beim Schützenhaus nach dem Autoschlüssel gesucht hatte. Sie waren das letzte Stück gerannt, da Schneeregen eingesetzt hatte. Unter dem Vordach des Schützenhauses hatten sie angehalten, bis Andrina den Autoschlüssel aus der Jackentasche geholt hatte. Schlüssel und Portemonnaie waren in der gleichen Tasche gewesen, fiel ihr ein. Andrina klopfte die Winterjacke ab. Kein Portemonnaie.

«Ich muss es gestern beim Schützenhaus verloren haben. Bevor ich zum Verlag fahre, mache ich einen Abstecher und schaue, ob ich es dort finde», sagte sie zu Seraina, nachdem sie von ihrer Vermutung berichtet hatte.

«Hoffentlich ist es dort. Ich drücke die Daumen. Hattest du viel Geld drin?»

«Um die hundert Franken, meinen Ausweis, die Kredit- und die Postkarte.»

Andrina hob Rebecca hoch. Ihre Tochter schlang die Arme um ihren Hals und drückte ihr einen Kuss auf die Wange.

Andrina verabschiedete sich von Michael und Seraina und lief zu ihrem Auto. Fünf Minuten später hielt sie auf dem Parkplatz hinter dem Schützenhaus. Sie stellte den Wagen bewusst an der gleichen Stelle wie gestern ab.

Ihr Wagen war wie am Vortag das einzige Auto hier. Andrina stieg aus und widerstand dem Drang, direkt zum Schützenhaus zu laufen. Sie setzte Fuss vor Fuss und suchte nach jedem Schritt mit den Augen den Boden ab. Abrupt blieb sie stehen und drehte sich um. Nicht das Portemonnaie, sondern nur eine kleine Pfütze. Das Blau ihres Portemonnaies sollte auf diesem braunen, schlammigen Boden gut zu sehen sein.

Schlamm …

Bevor sie gestern beim Kantonsspital in den Wagen gestiegen war, hatte Susanna erwähnt, Andrés Socken seien mit Matsch verschmutzt gewesen. Er müsse ein Stück gelaufen sein. Aber weit würde der Bub nicht gekommen sein. Sie vermuteten, er sei in der Nähe vom Gasthof Hirschen entweder gefangen gehalten worden und konnte entkommen, oder er sei frei gelassen worden.

Andrina betrachtete den Boden. Nein, dachte sie. Warum sollte Marco ihn ausgerechnet hier aus dem Wagen lassen? Es war weit bis zum Gasthof. Besonders für einen Zweijährigen. Susanna hatte erwähnt, sie würden die Häuser in der Nachbarschaft des Gasthauses kontrollieren.

Sie setzte ihren Weg fort, die Augen unverwandt auf den Boden gerichtet. Andrina widerstand dem Drang zu beschleunigen. Sie erreichte das Vordach des Schützenhauses und hatte die Hoffnung aufgegeben, als ihr das Portemonnaie ins Auge sprang. Erleichtert hob Andrina es auf. Geld, Ausweise, die Post- und Kreditkarte waren nass, doch es fehlte nichts. Sie hätte Michael wunderbar seine hundert Franken wechseln können. Andrina steckte das Portemonnaie in ihre Jackentasche und kontrollierte, ob der Reissverschluss zu war.

Sie wollte zurück zum Wagen laufen, als sie eine Bewegung aus den Augenwinkeln wahrnahm. Wieso stand die Tür zum Schützenhaus halb offen? Wenn es gestern so gewesen wäre, hätte ihr das auffallen müssen, als sie Schutz vor dem Regen gesucht hatten und neben der Tür gestanden waren. Die roten Storen waren wie gestern bis auf eine heruntergelassen. Ein leichter Windstoss, und die Tür schwang ein Stück weiter auf. Gleich darauf schloss sie sich bis auf einen kleinen Spalt, als ob es einen Durchzug in dem Gebäude hätte.

Andrina schaute ein weiteres Mal zum Parkplatz und auf der anderen Seite des Hauses nach. Definitiv war kein weiterer Wagen zu sehen.

Jemand musste vergessen haben abzuschliessen.

Andrina stiess die Tür auf. Das Licht, das nur durch das einzelne offene Fenster in den Raum drang, vermochte ihn nicht richtig zu erhellen. Der Raum musste geheizt sein. Es war nicht gerade gemütlich warm, aber wärmer als draussen.

Andrina wollte den Rückzug antreten, als sie ein Scharren vernahm. Sie schaltete das Licht ein und sah sich um. Im Raum befanden sich Festbänke. Im hinteren Teil teilte eine halbhohe Theke einen Kochbereich vom übrigen Raum ab. Auf den Tablaren an der Wand standen einzelne Dosen. Auf der Seite neben der Tür befand sich ein Kühlschrank, der nicht eingeschaltet war. Die getäferten Decke und Wände gaben dem Raum ein düsteres Aussehen. An den Wänden waren Gewehre angebracht und verstärkten Andrinas Unwohlsein.

Ein neues Scharren. War ein Tier im Raum? Bevor sie die Tür schloss, sollte sie es hinausbefördern.

Auf dem vorderen Tisch entdeckte Andrina ein Glas, das halb mit einer gelblichen Flüssigkeit gefüllt war. Daneben stand eine Rivellaflasche, und auf einem Teller lag ein angeknabbertes Biskuit.

Wiederum ein Scharren. Es kam von hinter der Küchentheke. Andrina durchquerte den Raum und umrundete die Anrichte. Sie stiess einen Schrei aus und machte einige Schritte zurück. Die zusammengekauerte Person lauerte ihr nicht auf, sondern lag auf dem Steinboden. Die Hände waren auf dem Rücken gefesselt, die Füsse waren zusammengebunden und an den Händen fixiert, was mehrheitlich bewegungsunfähig machte.

«Himmel», entfuhr es Andrina. «Marco!»

Seine Augen öffneten sich. Er versuchte zu sprechen. Wegen des Tuches über seinem Mund verstand Andrina nur mehrere «Hm» hintereinander.

Sie kniete sich zu ihm auf den Boden und entfernte das Tuch.

Marco holte tief Luft, bevor er ein «Andrina, Gott sei Dank!» ausstiess. «Dich schickt der Himmel. Wasser.»

Andrina stad auf und füllte Wasser in ein Glas. Sie hob Marcos Kopf an.

«Langsam», sagte sie, als er gierig trank.

«Seit gestern war er nicht mehr da», sagte Marco. «Habt ihr André … Achtung!»

Bevor Andrina reagieren konnte, traf sie ein harter Schlag auf dem Kopf, und es wurde schwarz.

***

Die Unterlage, auf der sie lag, war unangenehm hart. Andrina versuchte sich zu bewegen, was nicht ging. Sie wollte den Kopf anheben, liess ihn aber sofort wieder sinken. Fest schlug er auf der harten Unterlage auf. Es fühlte sich an, als würden Strassenarbeiter mit der Verdichtungsmaschine durch ihren Kopf fahren.

Als Nächstes nahm sie das Geräusch von Regen wahr, wie wenn er auf ein Dach trommelte. Das Trommeln fand Fortsetzung in ihrem Kopf. Andrina wollte sich an die Stirn fassen, doch die Hand blieb dort, wo sie war. Auf dem Rücken. Ein hartes Band schnitt in die Haut an den Handgelenken ein. Andrina öffnete ein Auge und musste es sofort wieder schliessen, da es etwas im Kopf auslöste, das einer Explosion gleichkam.

«Andrina», flüsterte eine Männerstimme. «Wach endlich auf.»

Diese Stimme.

Sie öffnete erneut die Augen, langsamer als beim ersten Mal, und blickte in Marcos Gesicht, das sich dicht vor ihrem befand. Sie lagen einander gegenüber hinter der Anrichte. Andrina hob den Kopf und erkannte den weissen Herd. In ihrem Kopf dröhnte es. Langsam liess sie ihn auf den Boden sinken. Das Pochen ebbte ab.

«Wie geht es dir?»

«Bis auf den Presslufthammer in meinem Kopf und die Tatsache, dass ich ähnlich wie du verschnürt bin …» Sie brach ab. Verschnürt. Gefesselt. Sowohl die Füsse als auch die Hände auf dem Rücken. Langsam drang in ihr Bewusstsein, was das bedeutete. «Was ist passiert?», flüsterte sie.

«Er ist zurückgekommen, obwohl er angedeutet hatte, das werde er nicht mehr tun», sagte Marco.

Wovon sprach er?

«Dieses Mal, glaube ich, wird er seine Drohung wahr machen. Besonders, da André weg ist, hat er keinen Grund mehr herzukommen.»

«Wer? Welche Drohung?»

«Mich verhungern zu lassen. Der Typ, der mich und André entführt hat.»

«Typ? Nicht deine neue Freundin?»

Marco sah verwirrt aus. «Wen meinst du?»

«Corina Burkhard.»

«Wieso Corina?» Das klang defensiv.

«Sie hat sich mehr als seltsam verhalten und …» Andrina brach ab.

«Wir sind nicht zusammen.»

«Das sah anders aus.»

«Okay, wir waren zusammen im Bett. Einmal. Ich habe ihr erklärt, es werde bei dem einen Mal bleiben.»

«Das könnte ihr Antrieb gewesen sein.» Auf einmal fügte sich alles in Andrinas Kopf zusammen. Corina Burkhard wollte Marco. Da es nicht nach ihren Vorstellungen lief, rächte sie sich.

«Corina ist, wie soll ich sagen, in letzter Zeit recht hartnäckig geworden, und ich musste ihr mehr als einmal erklären, dass aus uns nichts wird. Aber sie hat mich nicht entführt. Das war ein Mann. Lass mich von vorne bei dem Samstagnachmittag anfangen, an dem André bei mir war.»

Marco rutschte hin und her und bemühte sich um eine angenehmere Position, was mit den auf dem Rücken gefesselten Händen offenbar nicht einfach war.

«Es war früher Abend. André spielte im Gästezimmer, und ich wollte den Schwedenofen anfeuern. Wie du weisst, ist das nicht einfach, weil es diese spezielle Konstruktion des Abluftrohrs mit dem Knick hat. Man muss die Terrassentür öffnen, damit es genug Luftzufuhr gibt. Als das Feuer brannte, holte ich mir eine Tasse Tee aus der Küche.»

«Wieso war der Tisch gedeckt?», unterbrach Andrina ihn.

Für einen Moment sah Marco verwirrt aus. «Ich hatte bereits angefangen, ihn für den Abend zu decken, wenn Gabi kam.»

Das klang nach einer plausiblen Erklärung.

«Vorsichtshalber liess ich die Terrassentür offen, da ich dem Feuer nicht traute», fuhr Marco fort.

Auch das war Andrina vertraut. Häufig war es in der Vergangenheit passiert, dass die kalte Luft aus dem Abluftrohr nach unten stürzte und das Feuer löschte.

«Als ich zurückkehrte, entdeckte ich feuchte Fussspuren auf dem Holzboden. Ich nahm an, das seien meine Abdrücke, da ich draussen war und geschaut habe, ob Rauch aus dem Kamin zu sehen ist. Bevor ich die Tür schliessen konnte, wurde ich von hinten gepackt und überwältigt. Unglücklicherweise rief in diesem Moment André nach mir. Also hat er ihn auch mitgenommen.»

«Er? Kennst du ihn?»

«Nein.» Marco schaute auf die Seite. Warum log er?

«Wobei das offenbar nichts heissen muss, da er mich anscheinend kennt», fügte er leise an. «Wiederholt bekam ich ein ‹Endlich wirst du büssen› zu hören.»

«Bist du in, wie soll ich sagen, dunkle Geschäfte verwickelt? Bist du irgendwelchen Verpflichtungen nicht nachgekommen?»

«Was soll das heissen?», fuhr Marco sie an.

«Ich weiss nicht. Drogen?»

«So ein Blödsinn!», rief er heftig. «Obwohl ich weder bei dir noch bei Gabi zu der Kategorie Lieblingsmensch gehöre, heisst das nicht automatisch, ich habe Dreck am Stecken.»

Eisiges Schweigen stellte sich ein.

«Was meint er damit, endlich wirst du es büssen?», fragte Andrina, als sie das Schweigen nicht mehr aushielt.

«Ich weiss es nicht.»

Andrina glaubte ihm nicht. Ihr kamen die WhatsApp-Nachrichten in den Sinn. Wunderbare Inszenierung. Und nun war sie wie ein Trottel in die Falle getappt. Die offene Tür war wie eine Einladung gewesen.

«Was soll das Theater?», rief sie. «Warum lässt du dich fesseln? Damit ich glaube, du bist wie ich ein Opfer? Wozu?»

Verständnislosigkeit pur in Marcos Gesicht.

«Die WhatsApp-Nachrichten sind von dir gekommen.»

«Welche WhatsApp-Nachrichten?» Sogleich schien er zu verstehen. «Die hat er von meinem Handy geschrieben. Ich musste ihm den Code sagen, wenn mir Andrés Leben lieb war. Ich weiss nicht, was er für Nachrichten geschickt hat, aber ich wusste, sie gingen an Gabi, und er hat irgendein Spiel mit ihr getrieben.»

«Wunderbare Ausrede. Glaubst du, ich falle darauf rein?»

«Hör mir genau zu.» Das klang wie das Knurren eines Hundes. «Ich inszeniere hier nichts. Auf so eine dämliche Idee würde nicht einmal ich kommen. Ich hätte andere Möglichkeiten, wenn Gabi mir das Besuchsrecht verweigern will. Doch rechtliche Schritte möchte ich gerne vermeiden, wie ich dir mehr als einmal erklärt habe.»

Das soll ich dir abnehmen, dachte Andrina und schwieg.

«Ich kenne den Mann, der mich entführt hat, nicht. Okay, ich könnte ihm einmal begegnet sein. Er erinnert mich an jemanden. An wen, tut im Moment nichts zur Sache. Als er André hatte, sah er die Chance, ihn zu Geld zu machen und gleichzeitig mich als Entführer und Erpresser hinzustellen. Als kleine Entschädigung für das, was ich ihm angetan habe.»

Was hatte Marco wem angetan? Andrina war sich sicher, dass er sich seines Vergehens genau bewusst war. Doch krumme Geschäfte, in die er verwickelt war? Andrinas Kopf weigerte sich, den Gedanken weiterzuführen.

«Er hat also die Nachrichten von deinem Handy geschickt?», nahm Andrina nach längerem Schweigen den Faden wieder auf.

«So ist es. Weisst du, wie schlimm es war, als ich dich und Gabi draussen hörte und nichts machen konnte?»

«Warum hat sich André nicht bemerkbar gemacht?»

«Er war völlig eingeschüchtert, auch als er eure Stimmen hörte. Er ist erst aufgesprungen und mit einem lauten ‹Mami› zur Tür gerannt, als ihr weg wart.»

Das hiess, er war nicht gefesselt gewesen. Andrina wollte sich nicht vorstellen, was es in André ausgelöst haben musste, seinen Vater in diesem wehrlosen Zustand zu sehen. Marco gehörte zu den Personen, die für ihn Schutz und Geborgenheit bedeuteten. Sie sah vor sich, wie André sich zu Marco auf den Steinboden kauerte und sich an ihn schmiegte. Würde die Gefangenschaft bleibende Schäden – nannte man das so? – bei ihm hinterlassen? Würden diese schrecklichen Erlebnisse in seinem Unterbewusstsein bleiben?

«Ich brauchte alle Überredungskunst, ihn dazu zu bewegen, die Hütte zu verlassen», holte Marcos Stimme sie aus ihren Gedanken. «Der Typ hatte sie nicht richtig zugesperrt, als er eilig die Hütte verliess, nachdem er einen Telefonanruf erhalten hatte. André wollte nicht ohne mich gehen. Immer wieder kam er zurück und sagte: ‹Vati, Tür offen.› Wurde er gefunden?»

«Ja.» Marcos Erleichterung prallte mit Wucht gegen Andrina. «Er ist im Spital und wohlauf, hat Gabi heute Morgen gesagt.»

Ein Stöhnen auf der anderen Seite der Anrichte, liess sie gleichzeitig zusammenfahren. Erschrocken schauten sie einander an.

«Was war das?», flüsterte Andrina.

«Keine Ahnung.»

Ein neues Stöhnen. Es klang, als habe jemand starke Schmerzen.

«Hallo?», krächzte Marco und hustete. «Wer ist da?»

Keine Antwort.

«Hallo?», wiederholte er.

Stille.

«Wer ist das?», flüsterte Andrina. «Der Typ, der dich entführt hat?» Hatte er sie belauscht?

Sie reckte den Hals, konnte aber nicht mehr als die Theke erkennen.

Andrina wusste nicht, wie lange sie gelauscht hatte.

Ein neues Geräusch hatte es nicht mehr gegeben, aber deutlich spürte sie die Präsenz einer dritten Person im Raum. Erneut fragte sie sich, wer sich auf der anderen Seite der Theke befand. Es musste der Entführer sein. Wieso gab er sich nicht zu erkennen und hatte zugelassen, dass Marco und Andrina sich unterhielten? Erhoffte er sich Informationen? Falls ja, welche? Über André und dessen Aufenthaltsort? Schwebten Gabi und ihr Sohn in Gefahr?

Es war Andrina, als sei es kälter im Raum, als zu dem Zeitpunkt, als sie gekommen war. Nicht eiskalt, aber wenn man sich nicht bewegte, war es zu kalt. Trotz der Winterjacke fror Andrina.

«Er hat die Heizung abgestellt, bevor er gegangen ist, nachdem er dich zusammengeschlagen hatte», sagte Marco und hustete. Das klang nicht gesund. Er trug nichts anderes als eine Jogginghose und die dazugehörende Jacke. Sie meinte, ein leichtes Zittern seines Oberkörpers wahrzunehmen. Andrina erkannte einzelne Schweisstropfen auf seinem Gesicht.

Zudem wurde es unbequem. Der linke Arm, auf dem Andrina lag, begann zu kribbeln.

Wurde sie vermisst? Sie wusste nicht, wie spät es war, aber sie sollte längst im Verlag sein. Es war schwer, die Tageszeit zu schätzen. Vermutlich war es inzwischen früher Nachmittag. Würde jemand nach ihr suchen? Lukas? Kilian? Oder Stefanie? Sie wussten nichts von Andrinas Planänderung.

Seraina … Sie war ihre einzige Chance. Allerdings würde sie sich erst am Abend Sorgen machen, wenn Andrina nicht kam, um Rebecca abzuholen. Würde Seraina sich erinnern, wohin Andrina gewollt hatte, bevor sie zum Verlag fuhr? Es war ein hektischer Abschied gewesen. Michael wollte zur Post, um die Hundertnote zu wechseln, und Regina hatte an Serainas Arm gezogen, weil sie Hunger hatte.

Andrina lauschte erneut. Es war ruhig. Die Stille zerrte an ihren Nerven.

«Es muss wegen damals sein», sagte Marco unvermittelt.

«Was meinst du mit ‹damals›?»

«Er kann es nicht sein, da er tot ist. Aber er hatte einen Sohn.»

«Wovon sprichst du?»

«Er ist seinem Vater wie aus dem Gesicht geschnitten», sagte Marco, Andrinas Frage ignorierend. Mit den Gedanken schien er an einem anderen Ort zu sein. «Dabei konnten wir nichts dafür. Oder vielleicht doch. Wir hätten es anders anpacken müssen.» Sein Blick fokussierte Andrina. «Das muss fünfzehn oder sechzehn Jahre her sein. Ich war damals bei der Regionalpolizei. Nachdem es passiert war, wusste ich, es würde mich nie loslassen.»

«Hast du mir mal davon erzählt?» Andrina wusste nicht, worauf er anspielte.

Marco schüttelte den Kopf. «Darauf bin ich nicht stolz. Es hatte einen Banküberfall gegeben. Wir, damit meine ich meinen Kollegen Florian und mich, fuhren gerade an der Bank vor, weil Florian Geld brauchte, als der Räuber herausstürmte und in die Luft schoss. Er sprang in seinen Wagen, und wir sind ihm gefolgt. Das Ergebnis dieser Verfolgungsjagd war ein Unfall.» Marco schloss die Augen. «Wir haben das Ganze falsch angepackt und hätten nicht Wilder Westen spielen dürfen. Auf einmal hat er das Fenster heruntergekurbelt und in unsere Richtung geschossen. Dabei muss er das Steuerrad herumgerissen haben. Florian konnte nicht mehr bremsen und …» Er holte tief Luft. «Wir blieben unverletzt, der Bankräuber Moritz Hauser starb auf der Unfallstelle. Er hinterliess Frau und einen Sohn.» Marco öffnete die Augen. «Florian hat es nicht verkraftet und Selbstmord begangen. Eine weitere Person, die ich auf dem Gewissen habe.»

«Er ist gefahren, oder habe ich das falsch verstanden?»

«Ich hätte ihn davon abbringen müssen.»

Neues Schweigen senkte sich über den Raum. Andrinas Gedankenmaschinerie setzte sich in Gang. Hauser?

«Heisst der Sohn Sirio?», fragte sie.

«Woher weisst du das?»

«Der Nachbar einer Kollegin vom Verlag heisst Sirio Hauser.» Viele Männer mit diesem Namen konnte es nicht geben. Andrina beschrieb Sirio, und Marco wurde blass. Andrina dachte an gestern, als sie ihn auf dem Parkplatz vom Hirschen gesehen hatten. Und er war nicht allein. Corina Burkhard. Andrina hatte recht gehabt. Sie steckte mit drin. Zwar nicht als Komplizin von Marco, dafür als die von Sirio Hauser.

«Er ist mit Corina Burkhard zusammen», sagte sie.

Marcos Augen weiteten sich. Andrina konnte sehen, wie er die Zusammenhänge begriff, die sie gerade selbst erkannt hatte.

«Jetzt ist klar, weshalb sie ihren Charme eingesetzt hat, um mich ins Bett zu bekommen. Wir müssen einen Weg finden, hier rauszukommen. Er hat mir erklärt, er werde nicht zurückkommen, nachdem er dich zusammengeschlagen hat. Ich muss dir nicht erklären, was er vorhat.»

Das musste er durchaus nicht. Andrina durfte nicht zulassen, dass die Panik weiter wuchs. Sie brauchte einen klaren Kopf.

Andrina hatte ein Déjà-vu. Bereits im September waren sie zusammen eingesperrt gewesen und waren am Ende befreit worden. Sie mussten zusehen, auch dieses Mal heil aus der Sache herauszukommen.

Erneut fragte sie sich, wie spät es war. Sollte es tatsächlich Nachmittag sein, würde bald die Abenddämmerung einsetzen. Da der Himmel wolkenverhangen war, würde das bereits zwischen fünf und sechs Uhr geschehen. Sie musste sich etwas einfallen lassen. Ihr Handy … Das lag im Auto, fiel ihr ein.

Wohl oder übel mussten sie abwarten und auf Seraina hoffen. Seraina würde sich auf die Suche nach ihr machen. Es würde jemand herkommen und ihren Wagen sehen. Das war die erste Unsicherheit. Stand der noch auf dem Parkplatz, oder hatte Sirio Hauser ihn verschwinden lassen? Falls Letzteres der Fall war, würden die Beamten annehmen, sie sei weggefahren. Würden sie trotzdem aussteigen und nachschauen? Wenn nicht, nützte ihr Rufen nichts.

Eine neue Woge der Panik machte sich breit. Wo war der Autoschlüssel? In der Tasche ihrer Jacke? Nein, sie hatte ihn stecken gelassen und die Fahrertür nur angelehnt. Die perfekte Einladung, einzusteigen und davonzufahren.

«Wir brauchen einen Plan», sagte Marco und schreckte Andrina aus ihren Gedanken.

«Gibt es eine Schere?», fragte Andrina. Damit hatten sie es schon einmal geschafft, Kabelbinder durchzuschneiden.

«Oben in den Schubladen bestimmt. Und wenn es keine Schere hat, hat es bestimmt Messer.»

Muss es Messer haben, änderte Andrina Marcos Aussage im Kopf. Wer garantierte, dass die Küchenschränke nicht leer waren?

Mutlosigkeit ergriff von ihr Besitz.

Marco machte Anstalten, sich aufzurappeln, aber seine Bemühungen schlugen fehl, und er sackte zurück auf den Boden. Sein Atem ging stossweise, und Andrina realisierte einen fiebrigen Glanz in den Augen. Er hustete erneut. Kein Wunder bei diesen Temperaturen, dass er sich erkältet hatte.

Andrina versuchte sich aufzurichten, was mit den auf den Rücken gefesselten Händen nicht einfach war. Ihre Beine waren taub und begannen zu kribbeln. Endlich schaffte sie es in eine kniende Position.

Draussen begann es einzudunkeln. Das hiess, es musste zwischen fünf und sechs Uhr sein. Es war, als würde das Licht jede Sekunde weiter gedimmt werden. In dem schwindenden Licht erkannte Andrina den Schubladengriff auf Augenhöhe. Sie streckte sich, nahm ihn in den Mund und zerrte daran. Er klemmte. Sie zog stärker und ignorierte den Schmerz an den Zähnen.

Unverhofft gab die Schublade nach, und Andrina verlor das Gleichgewicht. Sie fiel rückwärts auf Marco, der ein Stöhnen von sich gab. Die Schublade polterte auf sie und traf sie mit der Kante an der Schulter. Nichts fiel heraus. Nachdem der Schmerz abgeebbt war, rappelte Andrina sich erneut auf, und die Schublade rutschte zu Boden. Sie war definitiv leer. Andrina gelang es, auf die Füsse zu kommen. Sie richtete sich auf, und ihr wurde schwindlig. Sie lehnte sich gegen die Theke und fixierte mit den Augen eine Stelle an der Wand. Das Gefühl, in einem Karussell zu sitzen, liess nach. Mit den gefesselten Beinen hüpfte sie zur nächsten Schublade. Die Erschütterung jedes Hüpfens fand ihre Fortsetzung als Pochen im Kopf. Trotzdem zwang sie sich, sich weiter fortzubewegen. Ein Geräusch liess sie innehalten.

«Ein Auto», flüsterte Marco.

Das Motorengeräusch kam auf sie zu. Vor der Hütte huschten Scheinwerfer vorbei. Gebannt starrte Andrina auf das Fenster, das wieder dunkel war. Das Zuschlagen von Autotüren. Stimmengemurmel drang zu ihr. Es mussten mindestens zwei Personen sein. Ein Mann und eine Frau. Schritte näherten sich.

«War er immer allein?», fragte Andrina.

«Ja. Warum? Corina war nie dabei, wenn du das meinst.»

«Wir müssen uns bemerkbar machen.»

Marco bewegte sich, aber es gelang ihm nicht, sich aufzurichten.

Die Stimmen kamen näher. Andrina sah die Schemen zweier Personen am Fenster, die gleich darauf verschwunden waren.

«Hilfe!», riefen Andrina und Marco. Seine Stimme war nicht lauter als ein Krächzen und ging wieder in Husten über. «Wir sind hier drin!»

Die Personen entfernten sich.

Sie durften nicht wegfahren. Andrina hüpfte zum Fenster und blieb an Marcos Fuss hängen. Sie strauchelte und fiel gegen die Anrichte. Der Griff eines der Schränke bohrte sich in die Seite. Ungeachtet des Schmerzes hüpfte sie weiter.

Schwieriger wurde es, als die Anrichte endete und sie sich ohne Stützhilfe weiter fortbewegen musste. Strauchelnd erreichte sie das Fenster und spähte hinaus. Draussen erkannte sie einzelne dunkle Umrisse. Sie presste ihr Gesicht gegen das Glas. Von ihrem Standpunkt aus konnte sie nur einen Teil des Parkplatzes erkennen. In dem von ihr einsehbaren Bereich stand kein Auto.

Sie musste zur Tür. Andrina versuchte sich den Raum vor Augen zu führen und hüpfte an der Wand entlang in die Richtung, in der sie die Tür vermutete. Sie hoffte, nicht gegen eine der Festbänke zu stossen. Andrina erreichte den Kühlschrank, umrundete ihn und gelangte zur Tür, als die Stimmen draussen sich erneut näherten.

«Hilfe!», schrie sie und warf sich gegen die Tür. Sie ignorierte den Schmerz, der sich explosionsartig in ihrem Kopf ausbreitete. Angestrengt lauschte sie. Draussen war nichts mehr zu hören. Andrina holte neuen Schwung, um sich gegen die Tür zu werfen.

Sie traf das Holz nur seitwärts und rutschte ab. Dumpf schlug sie mit dem Rücken auf dem Boden auf.

«Andrina», rief Marco. «Ist alles in Ordnung?»

«Ja», presste sie hervor. Die Stimmen draussen wurden lauter. Definitiv ein Mann und eine Frau.

«Hilfe!», schrie Andrina erneut und trat mit den Füssen gegen die Tür.

Sie horchte.

Stille.

Bitte geht nicht weg.

***

Andrina sass in Wagners Mazda und umschloss mit den Händen den Thermobecher. Sie blickte zu den beiden Ambulanzen. Andrina konnte nicht glauben, gerettet zu sein.

Danke, Seraina, schickte sie ihrer Schwester in Gedanken zu.

Als Andrina nicht zur verabredeten Zeit gekommen war, um Rebecca abzuholen, hatte Seraina zunächst auf Andrinas Handy und danach im Verlag angerufen, aber dort keinen erreicht. Sie hatte daraufhin Susanna verständigt. Susanna hatte sofort reagiert und war mit Max Wagner zur Hütte gekommen. Obwohl Andrinas Wagen nicht mehr dort war, hatte Susanna darauf bestanden, nachschauen zu gehen.

Durch die offene Heckklappe der Ambulanz konnte Andrina sehen, wie einer der Sanitäter Marcos Blutdruck mass. Die Heckklappe des zweiten war geschlossen.

In der Ecke auf der anderen Seite des Raumes, versteckt hinter den Festbänken, hatten Susanna und Wagner Corina Burkhard entdeckt. Ohne Bewusstsein und mit einer grossen Platzwunde am Kopf. Über den Grund, wie sie dort hingelangt war und warum, konnte Andrina nur spekulieren. Vermutlich hatte Sirio Hauser sie loswerden wollen, da sie für ihn nicht mehr nützlich war.

Geschieht ihr recht. Das sollte sie nicht denken, aber Andrina konnte nicht anders.

Die Ambulanz mit Corina Burkhard setzte sich mit Blaulicht in Bewegung und fuhr langsam vom Parkplatz.

Ein Sanitäter stieg aus der zweiten, sagte einige Worte zu Marco und schlug die Hecktür zu. Zwei Minuten später fuhr der Wagen ohne Blaulicht ab.

Max Wagner und Susanna, die bei der Ambulanz gestanden hatten, kehrten zu Andrina zurück und setzten sich zu ihr. Sie brachten einen kalten Luftzug mit.

«Du möchtest wirklich nicht ins Spital?», fragte Wagner.

Andrina schüttelte vorsichtig den Kopf. Das hatte der Sanitäter sie bereits gefragt, als er ihren Kopf untersucht hatte. Mehr als eine Beule am Hinterkopf hatte es nicht gegeben.

«Zum Glück konntest du dich bemerkbar machen», sagte er, nachdem er die Tür geschlossen hatte. «Auf die Idee, in der Hütte nachzuschauen, wären wir nicht gekommen.»

«Wir sind um das Gebäude herumgegangen, aber es war alles dunkel», sagte Susanna.

«Wir wären unverrichteter Dinge abgefahren», fuhr Wagner fort. «Nun haben wir eine Fahndung nach deinem Auto herausgegeben. Wir hoffen, der Entführer hat es nicht einfach an einem entlegenen Ort abgestellt, sondern ist mit ihm unterwegs. Wir werden die Hütte beobachten, in der Hoffnung, dass er zurückkehrt.»

«Das wird er nicht, da er uns verhungern lassen wollte», sagte Andrina.

«Das hat Marco angedeutet. Wir werden eine Nachrichtenmeldung herausgeben, die ihn hoffentlich dazu veranlasst, zurückzukommen, um nach dem Rechten zu sehen. Ich muss mir nur einen schlauen Text einfallen lassen. Vorher bringen wir dich nach Hause.»

Wagner machte Anstalten, den Wagen zu starten, hielt aber inne, als sich Scheinwerferlicht näherte. Ein Wagen hielt vor der Hütte, und das Licht der Scheinwerfer erhellte den Parkplatz. Wagners Wagen stand ausserhalb des Lichtkegels. Andrina fragte sich, ob der Fahrer des anderen Wagens sie erkennen konnte.

Der Fahrer stieg aus. Im Licht des Scheinwerfers sah Andrina einen Mann. Er blieb unschlüssig stehen. Konnte er sie aus der Distanz im Dunklen sehen?

Nach endlos erscheinenden Sekunden wandte er sich zum Schützenhaus. Er öffnete die Tür und verschwand im Gebäude.

«Du bleibst hier», sagte Wagner mit Nachdruck zu Andrina.

Er deaktivierte die Einstiegsbeleuchtung und öffnete die Tür. Susanna folgte ihm. Leise lehnten die beiden die Wagentüren an. Wagner machte mit der Hand eine Kreisbewegung, und Susanna huschte auf die Seite des Schützenhauses. Er selbst schlich in gebückter Haltung zum Eingang, wobei er ausserhalb des Lichtkegels des anderen Wagens blieb.

Im Schützenhaus war das Licht angegangen.

Als Wagner das Gebäude beinahe erreicht hatte, erschien der Mann. Bevor Andrina wusste, was geschah, hatte er Wagner gepackt und in die Hütte gezogen. Susanna eilte hinterher.

Durch die offene Tür erkannte Andrina, wie eine Person auf die andere Seite des Raumes taumelte und ihr eine andere folgte.

FÜNFUNDZWANZIG

Rebecca und André sassen auf dem Boden und waren in ihr Spiel vertieft. Gabi stellte zwei Cappuccino und zwei Espresso auf das Wohnzimmertischchen und setzte sich zu ihnen. Wagner nahm mit der linken Hand eine der Tassen und trank einen Schluck von seinem Espresso. Als er ihn zurückstellte und sich aufrichtete, verzog er das Gesicht und legte seine Hand auf den rechten Oberarm. Er hatte Glück gehabt. Sirio Hauser hatte den Arm verdreht und die Schulter dabei fast ausgekugelt. Zum Glück hatte er nicht mit Susannas Auftauchen gerechnet. Aufgrund dieses Überraschungsmoments hatte sie Hauser überwältigt.

Nach wie vor konnte Andrina nicht fassen, dass es sich beim Entführer um Sybilles Nachbarn handelte. Er war ihr sympathisch gewesen. So konnte man sich täuschen. Getäuscht hatte sie sich auch in Corina Burkhard. Wenn eine Person unsympathisch war, hiess es nicht automatisch, sie sei eine potenzielle Verbrecherin.

Corina Burkhard hatte nichts mit der Entführung zu tun gehabt. Ihr Fehler war, dass sie sich auf Sirio Hauser eingelassen hatte. Sie hatten sich vor zwei Monaten auf einer Party eines gemeinsamen Kollegen kennengelernt und waren anschliessend im Bett gelandet. Keiner von ihnen war an einer ernsthaften Beziehung interessiert gewesen, aber sie hatten sich seitdem zwei- oder dreimal getroffen, um eine Nacht gemeinsam zu verbringen. Sirio Hauser war einige Jahre jünger als Corina Burkhard, was keinen von beiden gestört hatte.

Um einiges schwerwiegender war die Sache mit Marcos Handy. Corina Burkhard wollte wissen, was genau zwischen Marco und Gabi lief und hatte sich mit dem Handy in ihr Büro zurückgezogen, um den Chat zu lesen. Als Max sie aufsuchte, steckte sie es in ihre Tasche, um nicht dabei ertappt zu werden. Corina entdeckte es wieder, als sie am Abend mit Sirio Hauser einen trinken ging. Ihm gelang es, das Handy unbemerkt an sich zu nehmen.

«Ich möchte nicht in Corinas Haut stecken», hatte Susanna Andrina gesagt.

Am Donnerstagmorgen, als Andrina ihr Portemonnaie suchte, hatte Corina nach einer gemeinsamen Nacht das Handy bei Sirio zu Hause entdeckt. Als sie ihn darauf ansprach, hatte er sie zusammengeschlagen und zur Hütte gebracht.

Über Sirio Hauser hatte Andrina inzwischen mehr erfahren. Er hatte mehrere Jahre in Frankreich gelebt. Nach Abschluss seiner Ausbildung hatte er in Paris gearbeitet und war in dieser Zeit nicht in der Schweiz gewesen. Jobtechnisch lief es nicht gut. Mehrmals hatte er die Stelle gewechselt. Als er ein weiteres Mal Opfer einer Umstrukturierung wurde, war er in die Schweiz zurückgekehrt und lebte seitdem in Erlinsbach.

Es klingelte an der Tür.

«Das wird Marco sein», sagte Wagner. Als er eingetroffen war, hatte er verkündet, Marco gebeten zu haben, ebenfalls zu kommen.

Gabi war es eindeutig nicht recht. Für einen kurzen Augenblick dachte Andrina, sie werde die Tür nicht öffnen. Schliesslich erhob sie sich und schlurfte schwerfällig aus dem Raum.

«Vati», rief André und sprang auf, als Marco hinter Gabi ins Wohnzimmer kam. Er eilte auf Marco zu und streckte ihm seine Arme entgegen. Gabis Miene wurde finsterer, sofern das möglich war.

Marco grüsste alle mit einem Kopfnicken. Er klang heiser, aber ansonsten schien er sich von der Erkältung erholt zu haben. Er setzte sich neben Wagner auf das Sofa. André kuschelte sich in seine Arme und blickte dabei unverwandt Gabi an, als wolle er sie fragen, ob das in Ordnung sei.

«Sirio Hauser ist der Sohn von Moritz Hauser», kam Wagner gleich zur Sache.

«Wie alt war Sirio, als sein Vater den Banküberfall machte?», fragte Susanna.

«Zwölf oder dreizehn», erwiderte Marco.

«Warum kam es zu dem Bankraub?»

«Moritz Hauser hatte seinen Job verloren», antwortete Marco. «Kurz zuvor hatten sie sich ein Einfamilienhaus gekauft. Die Finanzierung stand auf wackligen Beinen. Da die Bank nur bereit war, die Hypothek zu geben, wenn Hauser einen Job hatte, drohte der Traum von einem Eigenheim zu platzen. Es kam infolge einer Kurzschlusshandlung zu dem Überfall.»

«Moritz Hausers Frau nahm sich danach das Leben», fuhr Wagner fort. «Ihr Sohn Sirio kam zu Pflegeeltern. Er wuchs dort behütet auf, aber über den Tod seiner Eltern kam er nie hinweg. Der Hass auf die Polizei wurde grösser, als er wegen überhöhter Geschwindigkeit seinen Führerausweis für einige Zeit abgeben musste. Zusätzlich wurde er wegen eines Diebstahldeliktes, das er nicht begangen hatte, angezeigt. Gegenüber Freunden hat er daraufhin erwähnt, am liebsten der Polizei eine Lektion zu erteilen, angefangen mit den Beamten, die für den Tod seiner Mutter und seines Vaters verantwortlich waren.»

«Also Florian und ich», sagte Marco.

«Hat es keine Möglichkeit gegeben, das zu verhindern?», fragte Andrina.

«Diese Äusserungen machte er in der Regel bei feuchtfröhlichen Abenden. Keiner nahm sie ernst.»

«Vermutlich gärte es länger, aber er hat den Wunsch, sich zu rächen, nicht in die Tat umgesetzt», sagte Susanna. «Während seiner Zeit in Frankreich blieb es bei dem Wunsch.»

«Zudem wusste er nicht, wie», sagte Wagner. «Er kannte Marcos Namen nicht. Er hatte nur ein Foto aus einer Zeitung von damals, in der die Namen der beiden Beamten nicht genannt wurden. Dann traf er Enrico in Aarau und folgte ihm.»

«Er hatte jedoch keinen konkreten Plan», sagte Susanna. «Mord war ihm zu simpel. Wenn die Person, die am Tod seiner Eltern schuld war, nicht für dieses Verbrechen von damals bestraft werden konnte, sollte sie für eins, das sie nicht begangen hatte, hinter Gitter und somit indirekt für den Tod seiner Eltern büssen.»

«Da er über die Festtage Ferien hatte, folgte er euch in der Hoffnung, es würde sich eine Gelegenheit ergeben.»

«Etwa auch an dem Tag, als wir nach Hallwil gefahren sind?», fragte Andrina. «Ich habe nicht bemerkt, wie er uns folgte.»

«Er wurde wie ihr vom Bärzeli-Treiben überrascht», fuhr Wagner fort. «Er sah mit der spontan inszenierten Messerstecherei die Chance, seinen Plan umzusetzen und den Verdacht auf Enrico zu lenken.»

«Wie kann man nur auf eine solche Idee kommen?», rief Andrina. «Einen unschuldigen Bürger zu verunglimpfen.»

«Er dachte, Enrico sei Marco, der für ihn alles andere als unschuldig war.»

«Eine Verwechslung», sagte Marco.

«Ihr beide seht euch eben ähnlich.»

«Enrico ist kein Polizist und arbeitet in einem Pharmaunternehmen.»

«Sirio Hauser ging davon aus, Marco habe seinen Job an den Nagel gehängt und arbeite wieder in seinem ursprünglichen Beruf.»

«In seinem ursprünglichen Beruf?», fragte Andrina.

«Wie du weisst, gehört zu den Grundvoraussetzungen für eine Polizeiausbildung entweder der Abschluss einer weiterführenden Schule oder eine abgeschlossene Lehre von mindestens drei Jahren», sagte Wagner. «Sirio Hauser ging davon aus, Marco habe eine Ausbildung in der Pharmabranche hinter sich, bevor er Polizist wurde, und sei in den Beruf zurückgekehrt.»

«Es wäre nicht das erste Mal, dass ein Polizist in seinen ursprünglichen Job zurückkehrt», sagte Susanna.

«Nach dem tödlichen Unfall und Florians Selbstmord habe ich diese Möglichkeit sogar in Erwägung gezogen», sagte Marco.

«Sirio Hauser war für die Messerattacke verantwortlich?», lenkte Andrina das Gespräch zum ursprünglichen Thema zurück.

«Ja. Keiner realisierte in dem Tumult, was passierte und wer das Messer gezückt hatte. Daher konnte keiner Angaben zum Täter machen.»

«Wieso war er sich sicher, dass es so sein würde?», fragte

Andrina. «Eine Garantie, dass keiner der Anwesenden Aussagen zum tatsächlichen Täter machen konnte, gab es nicht. Das klingt für mich nach einem Himmelfahrtskommando.»

«Er hat sich in seinen Hass hineingesteigert und nicht der Realität ins Auge gesehen», erwiderte Wagner. «Und es ist aufgegangen.»

«Dafür meldete sich Sirio Hauser als Zeuge», sagte Susanna. «Praktischerweise war Corina die verantwortliche Ermittlerin, und sie stellte die Aussage nicht in Frage.»

«Kennt sie die Vergangenheit mit seinen Eltern?», fragte Andrina.

«Corina sagt Nein», erwiderte Wagner.

Ob das stimmte, bezweifelte Andrina. Auf der anderen Seite war die Beziehung der beiden oberflächlich und nur auf Sex ausgerichtet gewesen. Genauso hatte Sirio bei Sybille keine ernsten Absichten gehabt. Er hatte an dem Abend aber Andrina erkannt und suchte eine Quelle für weitere Informationen über sie und Enrico. Da Sybilles Verliebtheit nicht zu übersehen war und sie wiederholt Annäherungsversuche unternommen hatte, hatte er die Gelegenheit ergriffen.

«Hat keiner von euch realisiert, es könnte auf dem Phantombild Marco sein?», fragte Andrina.

«Vor deiner Aussage nicht. So weit haben wir nicht gedacht. Da er nicht in Hallwil war, stand sowieso ausser Frage, er könnte gemeint sein», antwortete Wagner.

«Als ich nach Hallwil fuhr, um mit Erika Fäs zu sprechen, wurde Enrico von Erikas Nachbarn als Mörder beschimpft», sagte Susanna.

«Wir haben mit dem Phantombild die Anwohner befragt. Frau Fäs hat sofort Enrico darin erkannt. Sie wird die Tatsache weiterverbreitet haben, dass ihr Mann bei einem Mörder angestellt gewesen war», ergänzte Wagner.

Es war, wie Andrina vermutet hatte. Wagner warf Andrina einen Blick zu, der wohl entschuldigend sein sollte. Es ist erschreckend, wie schnell ein Unschuldiger zum Schuldigen wurde, dachte sie, äusserte sich aber nicht dazu.

«Hat Sirio Hauser das Messer bei JuraMed deponiert?», fragte Andrina weiter.

«Ja. Er hat euch weiter beobachtet, weil er wissen wollte, ob sein Plan aufging. Doch Enrico wurde nicht verhaftet. Also wollte er nachhelfen.»

«Das heisst, mich hat mein Gefühl nach dem Vorfall in Hallwil, jemand stelle mir nach, nicht getrogen», sagte Andrina. «Der Zwischenfall mit Fara ging demnach auch auf sein Konto, nehme ich an. Die Hündin meiner Nachbarin musste ihn im Garten gestellt haben, und er hatte sie mit dem Holzscheit verletzt.»

«So muss es gewesen sein», erwiderte Susanna. «Er ist zudem für den Vandalismus an Enricos Auto verantwortlich.»

«Warum stellte er mir im Verlag nach?», fragte Andrina. «Es wäre logischer, wenn er Enrico gefolgt und nicht an dem Abend, als ich allein im Verlag war, dort eingedrungen wäre.»

«Du meinst die Fussspuren?», fragte Gabi.

«Ja. An seiner Stelle hätte ich nicht die Nerven. Und dann hat er einen Joint in unserem WC geraucht», sagte Andrina.

«Das war nicht er.» Gabi war fast nicht zu verstehen. «Das war ich.»

«Du?»

«Mir wächst im Moment alles über den Kopf. André, der Job. Marco, das Wetter.» Tränen schimmerten in ihren Augen. «Vor Weihnachten habe ich die Kündigung für meine Wohnung erhalten, weil der Vermieter Eigenbedarf angemeldet hat. Ich weiss nicht, wo ich eine neue günstige Wohnung finden soll, und schlafe nachts fast nicht. Meine Nachbarin meinte, Hanf würde helfen, sich zu entspannen. Das ideale Beruhigungsmittel, hat sie angepriesen. Zu Hause wollte ich es nicht tun. Wegen André. Ich habe mich daher an dem Abend auf Elisabeths Balkon zurückgezogen.»

«Du rauchst?»

«Eigentlich nicht. Es war eine dumme Idee, es mit einem Joint zum ersten Mal zu probieren. Mir wurde kotzübel, und ich bin zum WC geeilt. Dort habe ich mich übergeben.»

«Davon habe ich nichts mitbekommen.»

«Zum Glück. Ich habe mir Wasser ins Gesicht gespritzt und diese Sauerei veranstaltet. Ich war nicht dazu fähig, den Boden im WC aufzuwischen und wollte nur raus an die frische Luft.»

«Daher die Fussspuren, die aus dem WC zum Treppenhaus führten.»

Gabi nickte.

«Wann bemerkte Sirio Hauser seinen Irrtum?», unterbrach Andrina das Schweigen, das sich einstellte.

«Sirio Hauser erfuhr von Corina, dass Enrico nie Polizist war, und realisierte seine Verwechslung. Zusätzliche Bestätigung erhielt er, als er euch in der Autogarage traf, in der Enricos Wagentür repariert wurde. Er hat unauffällig bei Corina nachgefragt und erfuhr, dass Marco bei Leib und Leben arbeitete, und ihr wart aus seinem Fokus.»

Auf einmal machte einiges Sinn, dachte Andrina. Es musste Sirio gewesen sein, den sie am Abend auf Marcos Grundstück gesehen hatte, als sie ihm die Windeln gebracht hatte.

«André war an dem Abend zum falschen Zeitpunkt am falschen Ort», übernahm Susanna. «Da Sirio Hauser knapp bei Kasse war, sah er es als ausgleichende Gerechtigkeit, wenn er versuchte, Geld zu erpressen. Da er inzwischen herausgefunden hatte, dass ihr getrennt lebt, ergriff er die Gelegenheit, es so aussehen zu lassen, als würdest du hinter der Entführung stecken.» Sie blickte zu Marco.

«Wieso hat er André freigelassen?», fragte Gabi.

«Er erhielt einen Anruf und brach überstürzt auf», sagte Marco. «Dabei muss er die Tür nicht richtig zugesperrt haben. André kam wiederholt zu mir und wies mich auf die offene Tür hin. Er war zum Glück nicht gefesselt wie ich und konnte sich frei im Raum bewegen. Es dauerte, bis ich ihn überzeugen konnte loszulaufen. Den Rest kennt ihr.» Marco strich über Andrés Kopf. Der Bub schmiegte sich weiterhin an ihn.

André hatte tatsächlich die Strecke bis zum Gasthof Hirschen zurückgelegt, wie Andrina inzwischen wusste.

«Nachdem André entkommen konnte, wollte Sirio Hauser

mich verhungern lassen. Da er es zum zweiten Mal nicht geschafft hatte, mir ein Verbrechen anzuhängen und mich dafür unschuldig büssen zu lassen, sollte ich langsam und qualvoll sterben.»

«Warum hat er euch ausgerechnet in dieser Schützenhütte versteckt?», fragte Andrina.

«Sirio Hauser kennt Herrn Brügger von der Erlinsbacher Schützengesellschaft, die für die Vermietung des Schützenhauses zuständig ist», sagte Wagner. «Von ihm wusste er, dass niemand das Haus im Januar für Anlässe gemietet hatte. Den Schlüssel hat er mitgehen lassen, als er bei Herrn Brügger zu Besuch war.»

Wagners Handy klingelte. Er nahm das Gespräch entgegen. «Wir kommen», sagte er und stand auf. «Wir sollten zurück ins Polizeikommando», wandte er sich an Susanna. «Bleib sitzen», sagte er zu Marco, der Anstalten machte aufzustehen.

Das Schweigen war unangenehm und zog sich in die Länge, nachdem die beiden gegangen waren. Es war, als knistere es in der Luft. Jeder wich dem Blick des anderen aus. Andrina war sich unschlüssig, wie sie sich verhalten sollte.

Marco stand auf. Er ging mit André auf dem Arm zu Gabi und hockte sich neben den Sessel, in dem sie sass. Er legte seine Hand auf ihre Schulter. Unter der Berührung zuckte Gabi kaum merklich zusammen.

«Ich bin nicht der Teufel, für den du mich hältst», sagte er leise. Gabi starrte auf einen Punkt vor dem Wohnzimmertischchen. Deutlich sah Andrina ihr an, wie sie sich bemühte, nicht wegzurücken. «Vergangenes kann man leider nicht ungeschehen machen, aber einen Einfluss auf die Zukunft nehmen schon.»

Gabi hatte die Hände in den Schoss gelegt und knibbelte am Daumennagel.

«Nichts liegt mir ferner, als dir André wegzunehmen», fuhr Marco fort. «Weder für dich und André noch für mich ist die Situation toll. Ich würde das gerne ändern. Allerdings weiss ich nicht, wie.» Mit den Fingerspitzen drehte er Gabis Gesicht in seine Richtung. Tränen rannen über ihre Wangen.

«Wir müssen nicht die besten Freunde werden, aber wir können den Zustand der gegenseitigen Anfeindungen und Unterstellungen ändern. Ich weiss, es ist nicht einfach. Wir müssen es nur wollen.»

Gabi nickte.

Rebecca deutete mit dem Finger auf die drei. Andrina legte den Zeigefinger gegen ihre Lippen und hob Rebecca hoch. Sie stand vorsichtig auf und schlich aus dem Raum. In der Wohnzimmertür drehte sie sich um. Marco hatte einen Arm um Gabi gelegt. André sass bewegungslos zwischen ihnen.

Andrina verliess das Haus und schloss leise die Tür hinter sich.

Andrinas Dreikönigskuchen

Zutaten
Teig:
500 g Mehl
40 g Zucker
1–1½ TL Salz
1–2 Beutel Trockenhefe
2,5–3 dl lauwarme Milch
75 g weiche Butter
100 g Rosinen (Alternative: Schoggiwürfel)
1 ganze Mandel (als Ersatz für die Plastikkönigfigur)

Garnitur:
1 Eigelb
1 EL Milch
20 g Mandelblättchen
5 g Hagelzucker

Zubereitung
Mehl, Zucker, Salz und Hefe mischen. Milch und Butter dazugeben und zu einem geschmeidigen Teig kneten. An der Wärme aufgehen lassen.
Die Rosinen (alternativ die Schoggiwürfel) unter den Teig kneten. Aus einem Viertel des Teigs eine Kugel formen, auf das mit Backpapier belegte Blech setzen. Restlichen Teig in acht gleich grosse Portionen teilen und Kugeln formen. Dabei die Mandel in eine der Kugeln stecken. Die Teigkugeln mit wenig Abstand rund um die Mitte anordnen.
Das Eigelb mit 1 EL Milch verquirlen und damit den Kuchen bestreichen. Mandelblättchen und Hagelzucker darüberstreuen. In den kalten Ofen geben und bei 180 °C circa 25 Minuten backen.

Sybilles Dampfnudeln

Zutaten
Teig (ergibt 24 Kugeln):
1,2 kg Mehl
3 Beutel Trockenhefe
10 EL Zucker
1 Prise Salz
4 Eier
5 dl Milch
80 g Butter

Guss:
5 dl Milch
60 g Butter

Füllung (falls gewünscht):
Konfitüre
(Back-)Schokolade

Zubereitung
Mehl, Hefe, Zucker und das Salz mischen. Die Eier hinzugeben. Die Milch mit der Butter erwärmen und nach und nach zugeben. Alles zu einem geschmeidigen Teig kneten. An einem warmen Ort gehen lassen.
Kleine gleich grosse Kugeln formen und, falls gewünscht, mit Konfitüre oder Schokolade füllen. Eine Lasagne-/Gratinform einfetten und die Kugeln hineinlegen.
Für den Guss die Milch mit der Butter erwärmen und die Hälfte davon über die Kugeln giessen. In den kalten Ofen schieben. Bei Umluft bei 200 °C circa 35 Minuten backen.
Nach der Hälfte der Backzeit den restlichen Guss über die Dampfnudeln geben.
Dazu passt Vanillesauce.

Glossar

Apéro – Umtrunk
Bostitch – Hefter, Tacker
Bueb (Mundart) – Junge/Bursche
Büsi (Mundart) – Katze
Canapé – belegte Brotscheibe
Couvert – Briefumschlag
Es guets Nois! (Mundart) – Ein gutes neues Jahr!
Gamelle – nierenförmiges Koch-/Essgeschirr der Schweizer Armee
Gfrörli – jemand, der schnell friert
Gipfeli – Croissant
Gottemeitli – Patenmädchen
Gotti – Patentante
Grazie a Diò (neapolitanisch) – Gott sei Dank
Häfi – Töpfchen
Hobuspöönig – Sägespänige (Hallwiler Bärzeli-Bueb)
Jass – Schweizer Kartenspiel
Kappe – Mütze
Kübel – Abfalleimer
Lachsbrötli – Lachsbrötchen
Lavabo – Waschbecken
Marroni – Esskastanien
Meteo – Schweizer Wetterdienst
Nonno (italienisch) – Grossvater
Nuscheli – Schmusetuch

Parkbillet – Parkticket
Pflotsch – Schneematsch
Plastiksack – Plastiktüte
Rivella – milchserumhaltiges Süssgetränk mit Kohlensäure
Rossschwanz – Pferdeschwanz
Schlitteln – Schlittenfahren
Schoggi – Schokolade
Signalisation – Ausschilderung/Bahnübergangsblinklichter
Söiblootere – Schweineblase (Mundart)
Stächpaumig – Stechpalmige (Hallwiler Bärzeli-Bueb)
Storen – Rollladen
Straumaa – Strohmann (Hallwiler Bärzeli-Bueb)
Strunzata (neapolitanisch) – Blödsinn
Tablar – Regalbrett
Täfer – hölzerne Wand- oder Deckenverkleidung
Tannreesig – Tannenreisig (Hallwiler Bärzeli-Bueb)
Trottoir – Gehweg, Bürgersteig
Velo – Fahrrad
Zvieri – Nachmittagsimbiss

Die Kriminalromane von Erfolgsautorin Ina Haller im Überblick

Alle Titel sind auch als eBook erhältlich.

Krimis mit Andrina Kaufmann

Tod im Aargau
ISBN 978-3-95451-076-4

Gift im Aargau
ISBN 978-3-95451-264-5

Der Metzger von Aarau
ISBN 978-3-95451-483-0

Schatten über dem Aargau
ISBN 978-3-95451-796-1

Aargau-Fieber
ISBN 978-3-7408-0058-1

Der Fluch von Aarau
ISBN 978-3-7408-0284-4

Aarauer Finsternis
ISBN 978-3-7408-0513-5

Nebel im Aargau
ISBN 978-3-7408-0925-6

Aargauer Abgründe
ISBN 978-3-7408-1259-1

Krimis mit Samantha Kälin

Rüebliland
ISBN 978-3-7408-0631-6

Chriesimord
ISBN 978-3-7408-0791-7

Chienbäse
ISBN 978-3-7408-1123-5

Liestaler Gold
ISBN 978-3-7408-1439-7